UN

PRÊTRE MARIÉ

IL A ÉTÉ TIRÉ DE CET OUVRAGE

20 exemplaires sur papier de Chine.
20 — sur papier Whatman.

Tous ces exemplaires sont numérotés et paraphés
par l'éditeur.

ŒUVRES

DE

J. BARBEY D'AUREVILLY

UN PRÊTRE MARIÉ

TOME PREMIER

PARIS

ALPHONSE LEMERRE, ÉDITEUR

27-31, PASSAGE CHOISEUL, 27-31

M DCCC LXXXI

UN

PRÊTRE MARIÉ

INTRODUCTION

’ÉTAIS avec Elle, ce soir-là... Elle avait (comme elle l'a souvent) ce médaillon monté en broche, que je crois parfois, sans le lui dire, quelque talisman enchanté.

Nous étions assis sur le petit balcon, en face de la Seine, près du pont aux quatre statues, par lequel elle me regarde, tous les jours, ve-

1

nir vers cinq heures et qu'elle a nommé son
pont des Soupirs. Nous avions roulé à cette
place aérienne deux de ces fauteuils qu'on appelle assez drôlement des *ganaches*, peut-être
parce qu'on devient bête, à force de se trouver
bien dedans. Toutes les voluptés nous émous-
sent. Et là dans ces délicieuses gondoles de
soie rose et blanche (c'est la plus convenable
couleur pour des ganaches), nous causions, appuyés contre cette rampe en fer qui a porté et
rougi tant de coudes nus dans les soirées
d'été, lorsqu'elle reçoit et qu'on s'en vient, du
fond du salon brûlant, boire deux gorgées
d'air de rivière à ce frais balcon presque suspendu sur les eaux.

Pauvre rampe, autour de laquelle j'ai en-
roulé bien des rêves, morts là, tordus, dans la
volupté ou dans la souffrance, et qui pour moi,
seul, y sont encore comme de beaux serpents
pétrifiés ! Elle posait alors, sans le savoir, sur
ces serpents invisibles un de ses bras dans sa
manche de dentelles foisonnantes, rattachées
au-dessus du coude par deux nœuds de ruban
cerise qui retombaient à flots le long de ce
bras, non de reine, mais d'impératrice ; et l'air
du soir agitait les rubans vermeils, comme des
banderoles de victoire ! J'ai oublié ce que je lui
disais. Mais mes yeux, qui m'ont souvent joué
des tours perfides, ne s'allumaient point à mes

paroles. Ils reflétaient probablement, les misérables! tout ce que je ne disais pas, car j'étais fasciné, mais non par elle.

— Savez-vous que c'est fort impertinent, — interrompit-elle avec une langueur jalouse, — de me dire tout cela depuis une heure, sans me regarder une seule fois?...

Qu'elle me dictait un beau mensonge! J'avais les yeux sur son sein rond et hardi comme l'orbe d'un bouclier d'amazone, et qui respirait, avec la majesté d'un rhythme, dans les baleines et les ruches de son corsage. Mais elle avait raison : ce n'était pas elle que je regardais! C'était le médaillon qui m'ensorcelait tout bas et auquel le mouvement du sein, sur lequel il était posé, semblait communiquer la vie. On aurait dit qu'il respirait aussi, au milieu de son cercle d'or.

— Savez-vous, me dit-elle encore, que si ce n'était pas là un portrait de femme morte, et de femme morte il y a déjà longtemps, je jetterais d'ici dans la Seine ce médaillon qui *m'intercepte à vous*, et que vous regardez à m'impatienter?

— Alors, lui répondis-je en riant, mais, au fond, sérieux sous mon rire, je regarderais peut-être la Seine. Qui sait si ce médaillon n'est pas comme la bague charmée qu'on trouva sous la langue de cette belle Allemande qu'ai-

ma si follement Charlemagne, même après
qu'elle eut cessé d'exister ? Turpin, effrayé de
cet amour pour un cadavre, jeta la bague dans
le lac de Constance. Est-ce pour cela qu'il
porte le nom de Constance ? Mais Charlemagne aima le lac, comme il avait aimé la jeune
fille.

— Vous m'aimez donc pour mon portrait ?...
répliqua-t-elle avec la colère voilée de dépit.

— Sait-on jamais pourquoi l'on aime ?... répondis-je avec une profondeur vague et mena-
çante, conformément au précepte de Figaro :
il faut les inquiéter sur leurs possessions !

Mais l'inquiétude qu'elle allait avoir devait
être terriblement bizarre.

Ce n'était, comme elle le disait, qu'un portrait, ancien déjà, un simple médaillon, comme
on en portait beaucoup alors : car il fut un
temps, si on se le rappelle, où les femmes eurent la *douce fureur* de mettre en bijoux leurs
grands-pères, leurs tantes, leurs frères et leurs
enfants, et d'étaler en espalier, sur leur personne, tous leurs médaillons de famille, relé-
gués depuis des siècles dans de vieux tiroirs.

C'était une gouache un peu passée. Sur un
fond gris-poussière, une tête de très jeune fille,
en robe d'un gris bleuâtre, largement sillonné
de céruse, à la manière des gouaches. Voilà
tout... mais c'était une magie ! La tête de la

jeune fille, qui sortait de tous ces *tons* gris,
comme une étoile sort d'une vapeur, était un
de ces visages qui nous brisent le cœur de ne
pouvoir sortir de leur cadre! Elle était belle
et avait l'air malheureux, mais c'était d'une
beauté et d'un tel malheur, qu'on se disait :
« C'est impossible! ce n'est pas la vie! cette
tête-là n'a jamais vécu ailleurs que dans ce
médaillon. C'est la pensée d'un génie, cruel et
charmant, mais ce n'est qu'une pensée! »

Et de fait, pour mieux montrer sans doute
que cette jeune fille n'était qu'une chimère,
sortie d'un pinceau idolâtre, l'étonnant rêveur,
qui l'avait inventée, n'avait attaché aux diaphanes épaules qui soutenaient un frêle cou
de fleur qu'une robe sans date, de tous les
temps et de tous les pays, — et comme si ce
n'était pas assez encore, il avait accompli sur
elle toute sa fantaisie, une fantaisie étrange
et presque sauvage, en lui traversant le front
d'un ruban rouge très large, qu'aucune femme
assurément n'aurait jamais voulu porter, et
qui, passant tout près des yeux, donnait une
expression unique à ces deux yeux immenses;
le croirait-on? navrés et pourtant suaves! Je
ne puis dire le charme incompréhensible de
tout cela. On m'appellerait fou. Ce ne serait
pas une idée neuve!

— Si un simple portrait agit sur vous

ainsi, reprit-elle après un silence, qu'aurait fait donc de vous la femme de ce portrait, si vous l'aviez jamais connue ?...

— Elle a donc existé ? m'écriai-je.

— Certainement, fit-elle nonchalamment. Elle a existé. C'est toute une histoire. Et même, ajouta-t-elle avec l'aplomb (un peu pédant, je l'avoue) d'un vieux moraliste, une histoire qui devient chaque jour de plus en plus incompréhensible, avec nos mœurs !

Que voulait-elle dire ? Cingler ma curiosité, sans nul doute. Elle s'était arrêtée... pour prendre le plus bel air de sphinx qu'une femme, assise dans une ganache, ait jamais pris devant une autre ganache, emplie d'un curieux. Elle avait l'intention féroce, et elle savait bien qu'en ce moment-là le silence était sa meilleure manière de me dévorer.

— Et la savez-vous, cette histoire ? lui dis-je presque avec flamme, car j'étais trop intéressé par ce qu'elle venait de m'apprendre pour faire du machiavélisme avec elle. Je me souciais bien de Machiavel !

— Mais, quand je la saurais, fit-elle, croyez-vous que je vous la dirais ? Vous n'êtes déjà pas si aimable ! Il faudrait être sotte vraiment pour s'exposer à augmenter vos distractions, en vous intéressant à une femme dont le portrait seul vous fait rêver... près de moi. Et

puis elle est un peu longue, cette histoire, et
le vent devient bien frais sur la rivière. Je ne
me soucie pas du tout d'attraper une extinc-
tion de voix pour vous faire plaisir.

— Si ce n'était que cela, nous pourrions
rentrer, dis-je modestement sans appuyer, car
la curiosité m'avait rendu insinuant comme
l'ambre de son collier et souple comme sa mi-
taine.

— Mais ce n'est pas que cela, — fit-elle mu-
tinement. — Ce balcon me plaît et j'y veux
rester !

Évidemment elle était outrée. Et elle avait
raison ! J'étais un impertinent avec ma rêverie,
qui n'était pas pour elle ! Je lorgnais encore
du coin de l'œil le médaillon qui me fascinait,
et je me tus pendant quelque temps.

Ce temps dura trop à son gré. — Tenez !
regardez-la, dit-elle ; — et, détrônant de son
sein le médaillon, elle me le tendit d'une main
qui semblait généreuse, mais qui voulait tout
simplement tisonner un peu dans mon âme
pour savoir combien il en sortirait d'étincelles !

Cléopâtre coquetant avec l'aspic qu'elle s'appliquait devait être piquante. Mais ici Cléopâtre appliquant l'aspic à un autre... n'était-ce
pas infiniment mieux ?...

— Allons ! ne vous faites pas prier. Regardez-la ! je vous le permets. Elle est réellement

charmante, avec son chiffon rouge à la tête,
cette petite. Qu'ai-je à craindre? Elle est
morte. Vous ne la ferez pas déterrer probablement, comme François Ier fit déterrer Laure.
Et d'ailleurs, elle vivrait qu'elle aurait maintenant cinquante ans passés... l'âge d'une
douairière...

Et elle souffla ce dernier mot comme si elle
eût craint de casser le chalumeau de l'Ironie,
en soufflant trop fort. Elle voulait rester du
faubourg Saint-Germain dans son ironie, et
cependant la Bégum qui enterra, vive, sa rivale, sous le siége où elle s'asseyait, pouvait
bien avoir de l'air qu'elle avait alors dans sa
ganache rose, — en plaisantant du haut de sa
jeunesse, — comme si la jeunesse, la beauté,
c'étaient là des trônes éternels d'où l'on ne doit
jamais descendre !

Heureusement qu'au milieu de tout cela elle
avait de la grâce ! Elle était atroce et charmante.
Or, il y a tant de choses maintenant que je
préfère à mon amour-propre, que, quand une
femme a de la grâce, je souffre vraiment très
bien qu'elle se moque de moi.

Tout à coup une main souleva le rideau du
salon qui était baissé et qui flottait sur le
balcon derrière sa tête comme une draperie
d'or sur laquelle son visage, ardemment brun,
se détachait bien.

— C'est votre histoire qui nous arrive ! fit-
elle. Ne vous désespérez pas. Vous allez l'entendre ! Vous vous imagineriez peut-être que
je suis jalouse, si on ne vous la disait pas !

La personne qu'elle appelait mon histoire et
qui parut sur le balcon où nous étions assis
était un homme que j'avais vu maintes fois
chez elle, et dont la physionomie marquée d'un
caractère perdu dans l'effacement général des
esprits et des visages actuels m'avait toujours
frappé... pas autant que ce diable de médaillon
qui menaçait de mettre la discorde dans le
camp d'Agramant de notre intimité, mais cependant beaucoup encore.

Il est vrai que le médaillon était femme et
que cet homme... n'était qu'un homme, mais
un homme devient chaque jour chose assez
rare pour que nous retournions vers *cela* moins
languissamment nos sceptiques yeux ! Il s'appelait Rollon Langrune, et son nom, doublement normand, dira bien tout ce qu'il était,
visiblement et invisiblement, à ceux qui ont le
sentiment des analogies ; qui comprennent, par
exemple, que le dieu de la couleur s'appelle Ru-
bens, et qui retrouvent dans la suavité corré-
gienne du nom de Mozart le souffle d'éther qui
qui sort de la *Flûte enchantée*.

Rollon Langrune avait la beauté âpre que
nos rêveries peuvent supposer au pirate-duc

qu'on lui avait donné pour patron, et cette
beauté sévère passait presque pour une laideur
sous les tentures en soie des salons de Paris,
où le don de *seconde vue* de la beauté vraie
n'existe pas plus qu'à la Chine ! D'ailleurs il
n'était plus jeune. Mais la force de la jeunesse
avait comme de la peine à le quitter. Le soleil
couchant d'une vie puissante jetait sa dernière
flamme fauve à cette roche noire.

Dispensez-moi de vous décrire minutieuse-
ment un homme chez qui le grandiose de l'ensemble tuait l'infiniment *petit* des détails, et
dressez devant vous, par la pensée, le majes-
tueux portrait du Poussin, le Nicolas normand,
vous aurez une idée assez juste de ce Rollon
Langrune. Seulement l'expression de son regard
et celle de son attitude étaient moins sereines ..
Et qui eût pu s'en étonner ? Quand le peintre
des Andelys se peignait, il se regardait dans le
clair miroir de sa gloire, étincelante devant lui,
tandis que Rollon ne se voyait encore que
dans le sombre miroir d'ébène de son obscurité.
De rares connaisseurs auxquels il s'était révélé
disaient qu'il y avait en lui un robuste génie
de conteur et de poète, un de ces grands ta-
lents *genuine* qui renouvellent, d'une source
inespérée, les littératures défaillantes, — mais
il ne l'avait pas attesté, du moins au regard
de la foule, dans une de ces œuvres qui font

taire les doutes menteurs ou les incrédulités de
l'envie.

Positif comme la forte race à laquelle il appartenait, ce rêveur, qui avait brassé les
hommes, les méprisait, et le mépris l'avait dé-
goûté de la gloire. Il ne s'agenouillait point
devant cette hostie qui n'est pas toujours consacrée et que rompent ou distribuent tant de
sots qui en sont les prêtres !

D'un autre côté, en vivant à Paris quelque
temps, il avait appris bien vite ce que vaut cette
autre parlotte qu'on y intitule la Renommée,
et il n'avait jamais quémandé la moindre obole
de cette fausse monnaie à ceux qui la font. A
le juger par l'air qu'il avait, ce n'était rien
moins que le Madallo du poème de Shelley,
c'est-à-dire la plus superbe indifférence des
hommes, appuyée à la certitude du génie...
Le sien, dont on parlait tout bas, était, disait-
on, un génie autochthone, le génie du pays où
il était né, et qui, jusqu'à lui, avait été à peu
près incommunicable.

Quelque jour Rollon Langrune devait être,
disaient les jugeurs, le Walter Scott ou le Ro-
bert Burns de la Normandie, — d'un pays non
moins poétique à sa façon et non moins pittoresque que l'Écosse. On ajoutait même que cet
étrange observateur qui, sous ses vêtements
noirs, avait alors au balcon de Mme de... la di-

gnité d'un prince en voyage, avait passé une
partie de sa vie avec les paysans, les douaniers, les
fraudeurs, les marins et les mendiants des côtés
de la Manche, comme Callot avec ses brigands
et Fielding avec ses aveugles, ses filles de mauvaise vie et ses Irlandais ; devant, comme eux,
rapporter des tableaux immortels de ces ignobles accointances.

Pour mon compte particulier, je ne savais
rien de précis sur Rollon Langrune, mais en
regardant, en étudiant cette tête expressive, je
m'étais souvent dit que les bruits qui couraient
devaient avoir raison. Aujourd'hui, par un hasard heureux, l'histoire que je voulais connaître se rattachait, je ne sais encore par quel
fil, à cet homme qui dédaignait le succès et
portait sa supériorité comme on porte un diamant sous son gant, sans se soucier d'en faire
voir les feux.

Si cet homme était réellement, ainsi qu'elle
l'avait dit, mon histoire, et s'il voulait, comme
elle avait l'air d'en être sûre, me la raconter,
j'allais avoir deux grands plaisirs, — deux curiosités satisfaites, — l'histoire d'abord, puis
l'historien ! — Mais le voudrait-il ?...

— Monsieur Rollon Langrune, — lui dit-elle,
— vous savez bien..... ce médaillon que vous
m'avez donné ?

Rollon s'inclina.

— Eh bien ! reprit-elle, ce médaillon a fait une fière conquête ce soir ! — Et toujours moqueuse, elle se prit, dès qu'il fut assis sur le balcon, à lui raconter, avec toutes les nuances chatoyantes d'un dépit qui le fit sourire, la préoccupation qui m'asservissait toujours, quand je retrouvais, embusqué dans les dentelles de son corsage, le chaste médaillon qui m'effaçait jusqu'au sein splendide sur lequel il était posé...

Mais Rollon Langrune était trop poète pour s'étonner de ce qui lui semblait, à elle, une insolence et peut-être une dépravation. Et, d'ailleurs, elle n'était pas trop en droit de se moquer de moi, comme vous allez le voir. C'était Rollon, — ils me le dirent bientôt, — qui, aux bains du Tréport, je crois, où elle l'avait rencontré une année, lui avait donné ce médaillon, lequel lui avait inspiré à la première vue l'espèce d'ensorcelant caprice dont j'étais victime à mon tour. Pour tous ceux qui l'apercevaient, en effet, ce portrait était une émotion et un évènement. On ne l'oubliait plus.

Rollon, avant nous, l'avait éprouvé comme nous deux, et s'il ne l'avait pas refusé aux désirs très vifs et très éloquents de madame de... c'est qu'il était poète et que les poètes peuvent très bien ne tenir à rien, comme les moines. N'ont-ils pas tout ? La rêverie des poètes est pour eux une réalité profonde, bien plus

profonde que toutes les images. Même leurs
maîtresses vivantes et possédées, les poètes les
étreignent encore mieux avec une pensée qu'avec
leurs bras, quand ce seraient des bras d'Hercule.

Certes, Rollon Langrune, un de ces puis-
sants intellectuels, n'avait pas besoin de cette
gouache, empâtée de céruse par une main ano-
nyme, mais inspirée, pour retrouver, là où Mil-
ton l'aveugle voyait son Ève, la tête ineffable
de ce médaillon, près de laquelle le visage si
touchant et si connu de la Cinci, peinte par
Titien amoureux, quand elle allait à l'échafaud,
manquait de délicatesse et de mélancolie. Il
ne s'était donc pas appauvri en le donnant...

A dater du jour où il l'avait aperçu pour la
première fois, « et vous ne devineriez jamais où
je le trouvai, — ajouta-t-il en forme de parenthèse, — vous le saurez plus tard, » il
s'était mis *en chasse* (ce fut son expression)
pour savoir l'histoire de cet être qui, plus beau
et plus virginal que la Cinci, la pure *assassine*
de son père, semblait aussi porter comme elle
le crime d'un autre sur son innocence.

Dévoré des mêmes curiosités que je ressen-
tais, il voulut alors soulever ce bandeau rouge
qui devait rester éternellement au front du
portrait, ce bandeau qui était teint de sang,
peut-être, et qui déshonorait les lignes idéales
de ce front divin.

Pendant des mois, des mois entiers, il avait recueilli les fragments épars de cette histoire, comme on recueille par terre le parfum qui s'échappe d'un flacon brisé... Je la lui demandai avec instance, et quelle fut ma surprise! il ne me la refusa pas! Les âmes qui se comprennent se devinent. « Tous ceux qui ont été frappés du portrait sont dignes de l'histoire », me dit-il. Il l'avait racontée à madame de... sur les rochers de Tréport, la mer à leurs pieds, et pour ne pas l'ennuyer d'une redite, il me la raconterait, un de ces jours...

Mais elle exigea qu'il la dît encore et tout de suite, *là, sur ce balcon,* dût-elle y passer toute la nuit à l'écouter! La taquinerie était finie. La girouette de son caprice avait tourné! Elle ne craignait plus l'air de la rivière qui fraîchissait toujours davantage, qui roulait et déroulait en spirales folles ses rubans cerise!

Elle ne craignait plus rien. Elle était intrépide. Elle avait chaud. Elle brûlait. Elle était de marbre. Elle valait les quatre statues de *là-bas*... Elle en aurait le silence. Elle en aurait l'immobilité, car elle ne se lèverait pas de son socle ou de sa ganache que l'histoire qu'elle demandait ne fût entièrement terminée, ce qui était parfaitement impossible, mais ce qui était une raison de plus!

C'était donc décidé... Voulait-elle reprendre

une à une les sensations qu'elle avait éprouvées
en écoutant une première fois ce grand conteur ?
Voulait-elle pénétrer les miennes, chercher des
griefs pour plus tard, des bobines que les femmes
se plaisent à dévider avec ceux qui les aiment
et dont elles ont l'écheveau toujours prêt sous
la main ? Voulait-elle ?... Savait-elle seulement
ce qu'elle voulait ? Mais nous eûmes l'histoire,
ou plutôt nous eûmes, ce soir-là, le commencement de l'histoire, car cette histoire était trop
longue pour qu'en une seule fois il fût possible
de la raconter.

En la réentendant, elle ne pensa même pas
à demander un châle à sa femme de chambre
qui, vers dix heures, l'en enveloppa. Je compris
alors ce que deviendrait Rollon Langrune, s'il
voulait écrire. La nuit passa, toute, à l'écouter,
sur ce balcon, tellement pris et enlevés que
madame de..., qui n'avait jamais affronté la fin
d'un bal, — cette agonie, — avait oublié qu'il
y eût au monde une aurore, cruelle aux visages
qui ont veillé ; et pour la première fois, avec
son teint meurtri, ses cheveux alourdis, ses
yeux battus, elle en brava les clartés roses. Le
jour seul, le jour impatientant interrompit notre
histoire.

Le lendemain, Rollon put la reprendre, à la
même heure et à la même place, et, chose
étrange ! elle ne perdit rien à être ainsi inter-

rompue, cette histoire qui dura trois nuits,
coupée par ces douze heures de journée bête
qui forment les mailles du joli tissu de la vie !
La vie ! elle était pour nous transposée. Elle
n'était plus que dans cette histoire de Rollon
Langrune. Du moins elle y était pour moi qui
ne repassais pas une première impression,
comme madame de...

J'emportais chaque matin l'histoire de Rollon
sur ma pensée, ou plutôt j'emportais ma pensée,
toute plongée en l'histoire de Rollon, comme
le plongeur qui marcherait sous sa cloche de
verre et qui la déplacerait avec lui. Rentré
chez moi en proie aux émotions qu'elle m'avait
causées, je faisais comme Polidori, après avoir
entendu ce poème inédit et perdu le lord Byron qui est resté perdu, car ce n'est pas le récit
de Polidori qui l'a remplacé.

Je cherchais à fixer l'émotion que j'avais res-
sentie en me rappelant l'expression toute-
puissante de ce conteur sans égal qui, comme
Homère, n'écrivait pas, et continuait en pleine
civilisation la tradition des anciens Rhapsodes.
Hélas ! l'expression envolée était bien... envolée !
cette expression inouïe qui ne craignait pas,
pour être plus forte, de se tremper aux sources
sauvages du patois, dans ce premier flot salin
de toute langue.

Rollon Langrune était un *patoisant* audacieux.

3

Il méprisait les Académies autant que la gloire
et il se servait, en maître, de ces idiomes primitifs, tués et déshonorés par les langues, leurs
filles parricides et jalouses.

Dans cette histoire qui sentait tous les genres
d'aromes concentrés qui font le terroir, — «aussi
âcrement, — eût-il dit avec son accent à la
Burns, — que la bouche d'un homme qui a
beaucoup fumé sent la pipe», il enchâssa, pour
être plus vrai de langage et de mœurs, dans
cette langue du dix-neuvième siècle que le
temps a pâlie en croyant la polir, un patois
d'une poésie sublime. Joaillier barbare peut-
être, qui n'avait pas ce que les lettrés appellent le goût, mais qui avait le génie, et qui
incrustait dans une opale, aux nuances endor-
mies, quelque diamant brut, dans toute la bru-
talité de ses feux !

Malheureusement, tout cela devait rester,
pour qui n'avait pas entendu Rollon Langrune,
d'un effet à peu près incompréhensible, comme
le médaillon de madame de... Les pages qui
vont suivre ressembleront au plâtre avec lequel
on essaye de lever une empreinte de la vie, et
qui n'en est qu'une ironie ! Mais l'homme se
sent si impuissant contre la mort, qu'il s'en
contente. Puissiez-vous vous en contenter !

I

 E château du Quesnay, qu'il faut
bien vous faire connaître, dit Rollon, comme un personnage, — puisqu'il est le théâtre de cette histoire,
— avait appartenu de temps immémorial à l'ancienne famille de ce nom. Il
était situé, car il n'existe plus, — et cette histoire vous dira pourquoi, — dans la partie la
plus reculée, — la plus basse de la basse Normandie.

Son toit de châteaulin d'un bleu noir d'hiron-
delle brillait à travers un massif de saules dont
les pieds et le flanc trempaient dans une pièce
d'eau dormante, laquelle, partant du fond des
bois profonds de cette terre boiseuse, s'avançait,
— en style de charretier, *raz la route qui pas-*

sait sous le Quesnay et menait du vieux bourg
de B... au vieux bourg de S..., — les bourgs
étant encore plus communs que les villes, il y
a quarante ans, dans ce coin de pays perdu.

Sans cette pièce d'eau qu'on appelait l'étang
du Quesnay, d'une grandeur étrange et d'une
forme particulière (elle avait la forme d'un cône
dont la base se fût appuyée à la route), la
terre et le château dont il est question n'auraient eu rien de plus remarquable que les terres
et les châteaux environnants. C'eût été un beau
et commode manoir, voilà tout, une noble demeure. Mais cet étang qui se prolongeait bien
au delà de ce château, assis et oublié dans son
bouquet de saules, mouillés et entortillés par
les crêpes blancs d'un brouillard éternel, cet
étang qui s'enfonçait dans l'espace comme une
avenue liquide, — à perte de vue! — frappait
le Quesnay de toute une physionomie!

Les mendiants du pays disaient avec mélancolie que cet étang-là était long et triste comme
un jour sans pain. Et de fait, avec sa couleur
d'un vert mordoré comme le dos de ses gre-
nouilles, ses plaques de nénuphars jaunâtres, sa
bordure hérissée de joncs, sa solitude hantée
seulement par quelques sarcelles, sa barque à
moitié submergée et pourrie, il avait pour tout
le monde un aspect sinistre, et même pour moi,
qui suis né entre deux marais typhoïdes, par

un temps de pluie, et qui tiens du canard sauvage pour l'amour des profondes rivières, au
miroir glauque, — des ciels gris — et des petites
pluies qui *n'en finissent pas*, au fond des hori-
zons brumeux.

J'ai vu pas mal d'eau dans ma vie, mais la
physionomie qu'avait cette espèce de lac m'est
restée, et jamais, depuis que les évènements
m'ont roulé, ici et là, je n'ai retrouvé, aux
endroits les plus terribles d'aspect ou de souvenir pour l'imagination prévenue, l'air qu'avait
cet étang obscur, cette place d'eau ignorée, et
dont certainement, après moi, personne ne
parlera jamais ! Non ! nulle part je n'ai revu
place d'eau plus tragique, ni dans la mer où
Byron fait jeter, sous un pâle rayon de la lune,
le sac cousu dans lequel Leïla palpite et va
mourir pour le giaour, ni dans le canal Orfano,
à Venise, cette affreuse oubliette, une horreur
distinguée entre toutes cependant, pour ceux
qui, comme Macbeth, aiment à *se rassasier
d'horreurs !*

Du reste, ainsi que le canal Orfano, l'étang
du Quesnay avait ses mystères. On s'y noyait
très bien, et très souvent à la brune. Étaient-ce
des assassinats, ou des accidents, ou des suici-
des, que ces morts fréquentes ?... Qui le savait
et qui s'en inquiétait ?... L'eau silencieuse et
morne venait jusqu'à la route. Y pousser un

homme qui passait au bord était aisé. Y tomber, plus facile encore Avant mon âge de
douze ans, j'en avais vu déjà retirer bien des
cadavres...

Dans ces campagnes isolées, on en jasait
trois jours, et puis on n'en parlait plus. Seulement qui expliquerait une telle apathie, —
tragique aussi, n'était l'immobilité du caractère
normand, indifférent à tout, quand le gain n'est
pas au bout de l'effort qu'il doit faire et qui se
soucie de la vie pour la vie, comme d'un pot
de cidre vidé ?

Ces morts dans l'étang du Quesnay ne firent
jamais élever entre la pièce d'eau et la route,
soit par le fermier du château, soit par l'admi-
nistration de la paroisse, un pauvre bout de
mur, en pierres sèches, qui eût à peine demandé
une journée d'ouvrage, ni même la simple gaule
sur deux fourches, piquées en terre, — le parapet des temps primitifs.

J'ai dit : le fermier, car les maîtres depuis
longtemps ne vivaient plus au Quesnay. « Ils
n'y tenaient plus leurs assises », ainsi que le
disait ma vieille bonne, Jeanne Roussel, — une
vraie rhapsode populaire, — à laquelle je dois,
après Dieu, le peu de poésie qui ait jamais
chauffé ma cervelle ; — et le mot de la vieille
rhapsode peignait bien, dans sa solennité antique, le train de châtelain que les seigneurs du

Quesnay avaient mené dans leur châtellenie.

Jeanne Roussel avait parfaitement connu la dernière génération de cette famille, tuée par ses vices, comme toutes les vieilles races, qui ne meurent jamais d'autre chose que de leurs péchés. Or, un jour, ou plutôt une nuit de triste mémoire, cette génération avait quitté, sans tambour ni trompette, le vaporeux château, au toit bleu, qui ressemblait à un gros nid de martin-pêcheur dans sa saussaie.

Comme un amas de paille pourrie qui se lève de son fumier sous un coup de vent vigoureux, elle s'était dispersée dans les villes et les bourgs d'alentour — le père ici, avec la mère ; — là, les frères, — les sœurs ailleurs... On ne savait où, pour celles-ci, car elles avaient disparu, emportées par les plus abjects séducteurs. D'abord le scandale avait jeté son cri, mais ce scandale était si grand qu'il devint bientôt silencieux.

La raison, du reste, qui fit abandonner aux maîtres du Quesnay leur ancienne demeure, ne fut point leur opprobre. Ils avaient le front assez dur pour le porter. Ce fut la pauvreté, ce fut cette dernière misère qui rompt au-dessus de nos têtes la solive de notre toit ! Des dettes, longtemps cachées, avaient éclaté. Une meute de créanciers s'était levée.

Ayant déjà goûté par l'usure à ce patrimoine

déshonoré, ces ignobles chiens, qui avaient au
museau du sang de cette belle fortune, dont
ils voulaient tout boire, hurlèrent pour qu'on
leur en donnât la dernière gorge-chaude et
procédèrent à une expropriation qui devait
être l'acte final de leur curée.

Retardée autant qu'il fut possible, la vente
fut affichée à la fin. Mais un sentiment de ré-
pugnance, qui tenait peut-être à une sentiment de caste, quoique l'esprit de caste fût
déjà en poussière, dès ce temps-là, comme
tant d'autres liens sociaux, empêcha les gentilshommes de paraître à cette *vente aux bougies* — espèce de vente dont les formalités sont
parfois la grande et sombre image de la ruine
qu'elle vient constater.

Les loups ne se mangent pas entre eux, dit
un proverbe ; mais le proverbe ne dit vrai que
quand les loups sont sur leurs pattes, tandis
que, même la faim au ventre, les lions ne touchent pas, de leurs nobles ongles, à un autre
lion abattu. Telle, une dernière fois, se montra
cette noblesse... En dehors d'elle, personne,
non plus, parmi les gros bourgeois de B... et
de S..., ne se présenta à la vente de la terre et
du château de Quesnay, et on le comprend.

Tous ou presque tous avaient dans l'idée
que l'homme qui ne serait pas noble et qui serait assez riche pour acheter la terre et le cha-

teau, et pour y vivre comme les anciens posses-
seurs y avaient vécu, devrait être un *gars* plus
que hardi : car, *s'il l'osait,* on l'y engraisserait
d'humiliations, on l'y régalerait d'ignominies.
Il pourrait y faire ripaille de mépris. C'était
certain !

L'orgueil des nobles circonvoisins brûlerait
l'herbe autour de sa demeure, et l'enfermerait
dans un désert où la dernière goutte d'eau de
la politesse ou de la charité lui serait refusée.
Son château se changerait en une Tour de la
faim, — de la faim sociale ! Il n'y mourrait
pas, mais il y vivrait ! Perspective à effrayer
les plus solides de cœur et de reins. Aussi
dans l'opinion de la contrée, sembla-t-il longtemps que le futur acquéreur du Quesnay —
— s'il s'en trouvait un — serait un homme qui
viendrait de fort loin et qui ne connaîtrait pas
le pays.

Eh bien ! il s'en trouva un cependant, —
lequel vint de fort loin, il est vrai, comme on
l'avait toujours dit, — et qui connaissait le
pays ; mais ceux qui l'y ont revu, après une si
longue absence, ne purent jamais s'expliquer
ce téméraire et insolent retour d'un homme
monstrueusement taré et qui portait l'Horreur
et l'Épouvante, comme en palanquin, sur son
nom !

Il est vrai que, quand ce singulier acqué-

4

reur, inconnu tout d'abord de visage, grâce au
masque que les années avaient moulé sur son
angle facial, arriva, un soir que personne n'y
pensait, rue *aux Lices,* dans la modeste étude
de maître Tizonnet, notaire au bourg de S...,
et lorsque (les renseignements pris sur la terre
et le marché débattu) il eut dit nettement qu'il
achetait *comptant* le Quesnay, et qu'il eut prononcé, d'une bouche impassible, toutes les syl-
labes de son terrible nom, maître Tizonnet,
qui était un notaire craignant Dieu et ses
Saints, et qui avait senti, en entendant le
client que le diable lui envoyait, la *chair de
poule* monter de son dos jusqu'à son petit
crâne, sous sa petite perruque, n'objecta rien
sur l'atroce isolement dans lequel tout acquéreur du Quesnay se condamnait à vivre, s'il
voulait habiter le château.

Il se contenta de gratter du bout de la plume
qu'il tenait à la main sa fameuse perruque d'un
châtain luisant et verdâtre, que les enfants du
bourg de S... comparaient à « une bouse de
vache, » avec plus d'exactitude que d'honnê-
teté... Mais il ne souffla mot... Et pourquoi
aurait-il parlé? Maître Tizonnet savait de vieux
temps l'histoire attachée, dans les souvenirs
du pays, au nom de cet homme assis devant
lui, et probablement il se dit que, puisque le
malheureux était assez endurci pour revenir là

où il n'aurait jamais dû reparaître, n'importe
où il voulût habiter dans ce coin de basse Normandie, que ce fût au Lude, à Néhou ou à
Sainte-Colombe, partout, les hommes, les châteaux, les pierres mêmes des châteaux environnants, se reculeraient de lui et le laisse-
raient dans une solitude pire que celle du lé-
preux au Moyen Age, quand tout, jusqu'à la
maladrerie, lui manquait.

En effet, pour ce coin de pays d'où la religion n'était pas déracinée encore (songez que je
vous parle d'il y a plus de quarante ans), cet
inconnu, qui n'en était plus un pour maître
Tizonnet, était plus criminel et plus odieux
que l'assassin, — que le bandit qui a tué un
homme. Lui, il avait TUÉ DIEU, autant que
l'homme, cette méchante petite bête de deux
jours, peut tuer l'Éternel, — en le reniant!
C'était un ancien prêtre, — un prêtre marié!

Il s'appelait Sombreval. — Jean Gourgue,
dit Sombreval, du nom d'un petit clos qui
avait appartenu à son père, un paysan de la
vieille roche, mort de la conduite de son fils.
Ce paysan, qui avait eu quinze enfants, beaux
comme des Absalon et forts comme des Go-
liath, et qui en avait perdu quatorze, les uns
après les autres, ce qu'il appelait dans sa langue matérielle et poignante : « ses quatorze
coups de couteau, » ne put sauver que le *trei-*

zième de ses fils, le moins beau, le moins fort
et celui de tous qui devait donner le moins
d'orgueil à son cœur de paysan.

Jean Sombreval n'avait, lui, de paysan que
la race et les apparences extérieures, mais c'é-
tait une âme d'un autre ordre que celle de
son père. Il appartenait à cette espèce d'orga-
nisations que Tacite, dont le mépris a tout
simplifié et qui ne voit dans le monde que des
maîtres et des esclaves, appelle les âmes faites
pour commander.

Or, le commandement sur les deux bœufs de
la charrue de son père ; le pouvoir même absolu sur ce champ de quelques arpents qu'il
pouvait tourner et retourner entre ses quatre
haies ; sur ce petit clos de Sombreval dans lequel devait *s'enclore* toute sa destinée, ne parurent pas à Jean Gourgue, lorsqu'il put penser, un empire suffisant pour l'ampleur de son
désir ou de sa puissance. Aussi, à peine eut-il
douze ans, qu'il supplia, à deux genoux, son
père de le laisser *aller aux écoles*.

Le bonhomme hésita longtemps. Il aimait la
terre de cet amour profond qu'ont pour elle
ceux qui la labourent, qui entr'ouvent à toute
heure son sein maternel. *Il ne lui duisait pas,*
— disait-il, — de faire un *clerc* du seul fils qui
lui restât et qui pût lui donner de cette *graine
à garçons* qui avait levé sur son sillon, pour y

périr. Mais Jean, persévérant, vainquit les ré-
pugnances de son père. Il fut mis *en camérie*
au bourg de B... (être *en camérie*, c'est avoir
sa chambre chez un bourgeois qui vous donne,
moyennant un prix de... *la soupe sur du pain*),
et suivit assidûment la classe d'un prêtre qui
tenait alors un pensionnat pour les jeunes gens
pauvres dont le projet était d'entrer plus tard
au séminaire.

Jean se distingua dans ses études. « Il mord
dans son latin, — disait le père Sombreval, —
comme dans un morceau de pain blanc. » C'é-
tait une intelligence robuste comme un chêne,
et qui sait si les précoces ambitions qui lui
avaient fait jeter sa bêche et sa houe n'étaient
pas les premières fermentations de son intelligence? Gœthe dit quelque part que : « Nos
désirs sont les précurseurs des choses que nous
sommes capables d'exécuter. »

Cela se pourrait bien !

Du bourg de B..., Jean Sombreval alla à
Coutances, et, le temps écoulé des études nécessaires, il y fut sacré prêtre, malgré le noir
chagrin de son père, qui voyait « sa race abo-
lie » mais dont l'orgueil religieux finit par
l'emporter sur l'autre orgueil, et le consola en
lui répétant : que ce fils *sorti de lui* DIRAIT LA
MESSE ! Fierté prise à la plus sainte des sources et qu'on pardonne au cœur d'un chrétien !

Lorsque l'abbé Sombreval sorti du séminaire de Coutances avec les honneurs de cette
dispense d'âge que l'Église, dans sa prévoyante
sagesse, accorde si largement à ceux qui lui
paraissent devoir être un jour les Machabées
du saint ministère, il était, par le fait de sa
réputation de séminaire, presque un pouvoir
parmi le clergé du diocèse. Que dis-je! il était
mieux qu'un pouvoir : il était une grande espérance, — de tous les pouvoirs humains le
seul peut-être qu'on ne songe pas à contester!

C'était le temps où l'Église de France incli-
nait en bas. Elle allait bientôt, sous le genou
de bourreau que la Révolution lui appuierait
à la poitrine, toucher terre et plus bas que
terre, car on enfonce dans du sang, pour se
relever, divinement purifié par ce sang, qui
purifie toujours ; mais, il faut bien le dire (car
c'est la vérité), à cette époque, l'Église de
France n'était ni dans ses mœurs, ni dans son
personnel, ni dans sa doctrine, ce que des
chrétiens, qui l'aimaient, auraient tant désiré
pour elle !

Aux yeux de qui voyait le mal et prévoyait
le remède, les jeunes gens, à tête carrée, à capacité forte, comme l'abbé Sombreval, parais-
saient, dans le lointain, les colonnes qui sou-
tiendraient le temple ébranlé. Cet abbé, en
effet, semblait propre à tout, — au vicariat le

plus militant, comme à la science la plus profondément contemplative.

Il avait, ce fils de paysan, une force de travail comparable à celle des bœufs de son père,
et des facultés aussi intuitives que s'il eût été
un génie assez grand pour se permettre d'être
paresseux. Homme (disait-on) qui devait servir
l'Église plus par le cerveau que par le cœur,
un docteur plutôt qu'un apôtre. On comptait
sur lui ; on y comptait beaucoup, mais il ne
plaisait pas. Il n'inspirait point de sympathie.
Ses deux mains ouvertes n'avaient pas de
rayons, comme ceux qui pleuvent (symbole
spirituel et charmant !) des mains de la Vierge
Marie.

Il faut ajouter aussi qu'il manquait de ces
agréments extérieurs, lesquels seront toujours
d'un irrésistible ascendant sur ces femmes
qu'on appelle les hommes.

Il était laid et il aurait été vulgaire, sans
l'ombre majestueuse de toute une forêt de
pensées qui semblaient ombrager et offusquer
son grand front, coupé comme un dôme. Il était
haut de taille, vaste d'épaules, doué d'une vigueur physique inférieure à celle de ses frères
(des Goliaths !), mais assez redoutable encore
pour qu'il pût, sans appeler à son aide, relever
une charrette versée sur la route et la replacer
droit dans l'ornière ; mais ses épaules, un peu

voûtées, touchaient ses oreilles, et il n'était pas
fait au tour, comme dit l'expression proverbiale,
mais à la hache ; dégrossi à grands coups, in-
achevé.

Il avait les bras longs comme Rob-Roy, et
comme lui, il eût pu, sans se baisser, renouer sa
jarretière. C'était vraiment plutôt un énorme
orang-outang qu'un homme. Il en avait les larges
oreilles, la nuque fortement animale, les pommettes saillantes, les mains velues, le rictus,
l'aspect noir et cynique, mais son œil et ses sourcils, dignes d'un Jupiter Olympien, le vengeaient
et disaient, en traits de flamme, que le Satyre,
dans sa peau de bête, avait l'intelligence d'un
Dieu.

Sa voix un peu caverneuse roulait des ac-
cents qui devaient trouver de l'écho dans le
diaphragme de la foule, soit qu'elle vînt de
l'autel, cette voix, soit qu'elle tombât de la
chaire sur les fronts, en l'entendant, devenus
pensifs. Il n'était pas orateur. Il n'avait pas
cette main qui prend le cœur de l'éloquence,
mais sa logique vous dévidait une doctrine
comme une machine dévide un homme,
accroché à son engrenage, et n'en laisse pas
un morceau.

Tel il était et tel on le vit pendant les premières années de son ministère. Il était ré-
gulier dans ses mœurs, sobre de monde, et, sa

messe dite, au bourg de S..., il travaillait comme un Mabillon, retiré dans la petite maison où il vivait avec son père. Il se communiquait fort peu et, pour cette raison, personne, alors ou depuis, ne put dire ce qui passait dans cette tête de grand travailleur, et ce qu'il serait plus tard devenu, s'il était resté là entre ses livres et son clos de Sombreval ; mais le Crime comme la Science a sa pomme d'Adam ou de Newton. Il est un grain de sable qui fait choir et rouler l'édifice le mieux équilibré d'une destinée.

En 1789, l'abbé Sombreval fut chargé par son évêque d'une mission secrète. Il partit pour Paris, et, le croira-t-on ? il n'en revint pas. Paris, ce gouffre de corruption, de science et d'athéisme, l'avait dévoré. Il s'était jeté tout vivant, comme Empédocle, dans le cratère qui allait vomir la Révolution française et ses sandales de prêtre, on ne les retrouva même pas au bord du cratère, tiède et menaçant. Il n'écrivit pas à son père ; il oublia son évêque ; il garda enfin avec tous ceux qui le connaissaient un silence qui les fit trembler.

On sut, — comme on sait tout en province par les gens de province qui viennent à Paris, — que l'abbé Sombreval ne vivait plus que pour la science qui ne le conduirait pas en Sorbonne, car c'était la chimie dont il s'était affolé. Sa

passion avait presque les caractères d'un em-
poisonnement. On disait qu'on le rencontrait
dans Paris ne portant plus ses habits de prêtre.
Il a jeté, disait-on, *le froc aux orties.* On ajoutait des choses affreuses, d'autres immondes...
Mais on ne savait pas, mais personne ne pouvait savoir si la science volait seule à Dieu
cette tête de prêtre, ou si d'autres passions lui
arrachaient aussi le cœur.

Déplorable et criminel abandon, pour lequel
il y avait peut-être dans ceux qui le pleuraient
une miséricorde toute prête, mais pour laquelle
il n'y eut plus rien, quand on apprit un matin,
comme une bombe éclate, que l'abbé Sombreval avait consommé son apostasie ; qu'il avait
accompli intégralement son sacrilège, plongé
sa personne consacrée par le sacerdoce dans le
bourbier des bras d'une femme et qu'il ne l'en
retirerait jamais, — car il était marié !

Son père mourut de cette nouvelle, comme
on meurt tué d'un coup de fusil, tiré à bout
portant. En apprenant le crime et la forfaiture
de son fils, il n'eut que le temps de le maudire.
Un vaisseau se rompit dans sa poitrine et le
flot du sang de ce cœur brisé noya les derniers
mots de cette malédiction suprême dans un
gargouillement plus affreux qu'une imprécation.

C'est ainsi que ce père de douleur, qui avait
vécu avec « ses quatorze coups de couteau »

dans la poitrine, comme la Mère des Sept-Dou-
leurs avec ses sept glaives dans le sein, tomba
achevé sous le quinzième. Les cheveux se le-
vaient sur la tête des moins religieux, rien que
d'y penser ! L'abbé Sombreval, déicide et parricide tout à la fois, fut mis au ban de l'opinion
de ce pays, qui avait encore la vieille croyance
des ancêtres.

Vers ce temps-la, on vit dans le ciel, raconte-
t-on, des signes effrayants, des météores de
forme étrange, qui ressemblaient à d'immenses
astres contrefaits, titubant, dans le ciel incendié,
sous l'ivresse de la colère de Dieu qu'ils annon-
çaient. Mais ces météores, qu'on regarda
comme les précurseurs de la Révolution et des
malheurs qui allaient la suivre, parurent aux
gens de ce pays, dans leur moralité simple et
profonde, de moins épouvantables augures que
ce hideux phénomène de l'impiété d'un prêtre
resté, avant comme après sa chute, pour tout
le monde, *l'abbé Sombreval.*

En effet, on n'arracha jamais son titre d'abbé
de son autre nom, et jusqu'à sa mort, quand on
parlait de lui, et même parfois, quand on lui
parlait à lui-même, on les lui donnait, en les
joignant tous les deux, comme si par là on
l'eût cloué à ce pilori d'infamie !

Cependant, il faut bien l'avouer, la Révolution, pour laquelle ce prêtre renégat semblait

si bien fait, ne le tenta pas, comme elle avait tenté d'autres prêtres apostats, cupides, corrompus, qui se cachèrent dans ce trou de sang et de boue, — comme Adam se cacha, après son péché. L'insurgé contre Dieu n'apporta point son esprit de révolte à la révolte universelle. Mais il n'eut aucun mérite à cela.

La science le tenait trop fort pour le lâcher un seul instant dans l'arène brûlante de la politique. L'abbé Sombreval continua d'habiter Paris, — le Paris de Marat, de Fouquier-Tinville, des têtes fichées au bout des piques, des cœurs chauds et tressaillant encore, portés dans des bouquets d'œillets blancs, — mais il l'habita comme un plongeur habite une mer vaseuse sous la plus pure cloche de cristal. Pendant que le sang tombait sur la France, de l'échafaud de la place de la Révolution, comme d'un arrosoir, l'abbé Sombreval étudiait tranquillement la formation et la décomposition de ce sang qui avait étouffé son père.

La femme qu'il avait épousée était la fille d'un chimiste, fort riche, avec lequel il s'était lié d'une amitié d'adepte, son complice de science : ami ne dirait point assez pour exprimer cette confraternité ardente dans la recherche des mêmes faits mystérieux, dans la fureur des mêmes découvertes.

Cette fille, jeune et belle, l'avait-il épousée

par amour, ou tout simplement parce qu'elle
faisait son lit scientifique, dans la maison
de son père ?... La foi, que la science des
choses physiques avait tuée en lui, céda-t-elle
la place dans cet homme, chaste jusque-là, à
la curiosité de connaître la femme ; et cette curiosité âpre et mordante, même pour les êtres
les plus purs, s'empara-t-elle fougueusement de
cette nature de satyre, renversant l'âme sous
l'animal ?

Pour la jeune fille qu'il épousa, orpheline de
sa mère, orpheline deux fois, puisque son père
avait étouffé son cœur paternel sous la machine pneumatique de son cerveau de savant,
elle trouva, en sortant du couvent où elle avait
été élevée, l'abbé Sombreval logé chez son père.
Il ne portait plus ses vêtements de prêtre.
Elle ignorait qu'il en fût un...

Pieuse, mais tendre, elle ne vit en lui qu'un
homme plein de génie, et elle se prosterna devant ce génie, devant cette force, cette profondeur et toutes ces grandes incompréhensibilités
que les femmes adorent. Quand son père la
donna à cet homme pour souder leur liaison
par elle, elle aimait Sombreval déjà et elle lui
tendit sa main dans toute la confiance d'une
âme heureuse.

Nul hasard ne révéla le secret de l'apostat
qui, d'ailleurs, avait pris toutes ses précautions

et menti à sa fiancée comme il avait menti à
son père. Seulement, dans les premiers mois de
sa grossesse, une indiscrétion calculée apprit à
la *citoyenne* Sombreval que le mari qu'elle aimait était un prêtre, et cela fit sur elle un effet
tout aussi terrible que le supplice de la roue
sur la femme dont parle Malebranche dans sa
Recherche de la vérité, laquelle, étant grosse,
eut *envie* du spectacle de ce supplice.

L'enfant qu'elle avait dans le sein dut en être
marqué. Elle le mit au monde avant terme et
elle mourut dès qu'elle n'eut plus à le porter.
Elle mourut, n'osant plus regarder l'homme
qui l'avait si scélératement trompée, se sentant
plus malheureuse que si elle avait passé par le
viol, retrouvant une pudeur plus brûlante dans
les affres de sa foi, ayant horreur de cette main
qui avait touché au saint calice et qui avait
souillé la sienne ; elle mourut, navrée, dans
une honte immense et le plus amer désespoir;
et ce crime s'ajouta aux autres crimes de cet
être funeste, qui tuait avec ses crimes, comme
d'autres tuent avec du poison et du fer !

Mais ici l'expiation commença, faible, sourde,
il est vrai, mais déjà douloureuse, dans l'âme
d'un homme qu'une seule passion semblait
remplir. Sombreval engourdi par le serpent de
la Science qui se tordait autour de sa vie,
avait à peine senti la mort de son père et le

dard de foudre de cette malédiction qui aurait
dû être pour lui la première flamme du feu de
l'enfer, et voilà que les larmes de sa femme à
l'agonie, ces larmes obstinées, renaissantes, in-
flexibles, le poursuivirent encore, même quand
les yeux qui les répandaient furent fermés et
n'en versèrent plus !

En vain fit-il le fort avec son beau-père, et,
matérialistes l'un et l'autre, expliquant tout par
des combinaisons de gaz et de fluides, croyant
tenir le secret de la création dans le creux de
leurs fourneaux et de leur main, se prodi-
guèrent-ils leurs abjectes consolations de phy-
siciens sur cette mort soudaine d'une jeune
femme tuée par un sentiment et par une idée.

Le cœur de l'athée, qui avait trouvé le néant
au fond du calice où il avait bu le sang du
Sauveur, sentit quelque chose qui s'engravait
dans son âme et qui pourrait bien être immor-
tel ! Ce fut le souvenir ineffaçable de *ces* larmes.
Le sentiment paternel qu'il avait traité chez
son père, le paysan, avec une si hautaine indifférence, le prit à son tour, en regardant cette
pâle forme d'enfant, à peine venue, — à peine
aboutie, — qui était une part de sa vie, à lui,
le solide, le puissant d'organes et de chair.
C'était une fille.

Il eut peur qu'elle ne vécût pas.

Le confesseur qui avait assisté en secret la

mère à ses derniers moments et baptisé cette
enfant fragile l'avait nommée du nom triste et
presque macéré de Calixte, qui avait plu à la
mourante, et dans lequel il y a comme de la
piété et du repentir. Piété et repentir pour un
crime involontaire, n'était-ce pas, en effet,
toute la destinée de la mère de cette pauvre
enfant ? Comme sa mère, elle semblait, elle
aussi, vouée à la mort. On aurait dit qu'elle
répugnait à l'existence.

L'expression d'horreur pour la vie qu'avait
le visage de sa mère avait passé sur ses petits
traits, à peine ébauchés, et les convulsait ; mais
ce que la douleur et le remords fixe de la
Femme du Prêtre avaient imprimé plus avant
encore sur le fruit de son union réprouvée,
c'était une croix, marquée dans le front de
l'enfant, — la croix méprisée, trahie, renversée
par le prêtre impie et qui, s'élevant nettement
entre les deux sourcils de sa fille, tatouait sa
face, innocemment vengeresse, de l'idée de
Dieu.

Très visible déjà, quoique d'un rose meurtri
sur la pâte de ce front presque malléable où
les veines semblaient une voie lactée plus que
les fils d'un réseau sanguin, ce signe devenait
plus apparent au moindre effort de cette organisation chétive. Il se fonçait alors d'un rouge
vif, vermeil comme le sang.

Les deux chimistes contemplèrent longtemps ce *jeu de la nature*, parfois si capricieusement féroce. Ils se dirent qu'il trouveraient bien, par la suite, une composition assez puissante pour effacer ce signe imprimé là par la *superstition* d'une mère, et qui devait troubler si singulièrement l'harmonie d'un visage fait peut-être pour être beau. Seulement le père, en parlant ainsi, ne put apaiser son inquiétude, et il trembla de cette perspective d'avoir à retrouver le Seigneur offensé et terrible, — immobile à jamais sur le front que sa fille tendrait un jour à ses baisers.

Car il aurait besoin de ses baisers et de ses caresses. Il le sentait bien ! Ce qu'il commençait à éprouver d'affection pour cette enfant, suspendue à la vie par un fil à moitié rompu, devait devenir un sentiment profond, une vraie passion paternelle. Cet amour, qui est un mystère et qui asservit tous les êtres pour les êtres sortis de leurs flancs, s'accomplit dans cet homme, également doué d'une animalité et d'une intellectualité si fortes.

Il aima sa fille parce qu'il était père, mais il l'aima aussi parce que, née sans être viable, il fallait empêcher, à force d'art et de science, de précaution et de divination, qu'elle mourût, et pour ce savant, ce lutteur contre la Nature, elle eut l'intérêt haletant d'un problème. Il par-

6

tagea son temps entre elle et la chimie, et il
parvint à élever... est-ce élever qu'il faut dire ?
non ! mais à faire durer, à conserver, et par
combien de soins ! une enfant victime des circonstances qui avaient, en quelques mois, dé-
truit sa mère, dans toute la floraison de la jeunesse et de la santé.

Il est vrai que l'intelligence s'alluma plus
tôt et plus fort dans ce jeune regard que la vie
elle-même, et que des convulsions fréquentes
préludèrent à la névrose qui s'empara d'un organisme toujours à la veille d'une excitation
suraiguë. Jean Sombreval eut pour la petite
Calixte des attentions, des surveillances et des
adorations sans bornes.

Cet homme, rude d'écorce et d'une si intense
préoccupation de travail, ce grand chimiste qui
avait étonné Lavoisier, et qui plus tard fut lié
avec Fourcroy, s'attendrit, se fondit, devint
mère, de père qu'il était déjà ! et présenta le
spectacle le plus touchant à ceux qui savent la
magie des transformations de la destinée par
le cœur. Il épia avec une anxiété palpitante la
première étincelle d'un esprit auquel il eût
désiré communiquer toutes les énergies du
sien...

Entre son père et son grand-père, entre ces
deux cariatides, austères et soucieuses, de son
enfance, ces deux géants de science et de

pensée, la petite Calixte, qui manquait d'une douce influence de femme sur sa tête, aurait pu devenir une pédante comme madame Dacier, une de ces viragos d'intelligence chez lesquelles, comme chez Christine de Suède, l'hypertrophie cérébrale déforme le sexe et produit la monstruosité. Mais une délicatesse inouïe, rendue plus fine et plus exquise par la souffrance nerveuse, la préserva de l'affreux malheur de la *disgrâce* et lui conserva son velouté de fleur, sa poésie.

Son père était trop viril, d'ailleurs, pour ne pas adorer les suaves faiblesses de la femme, et trop grand observateur pour ignorer que là est le secret de l'empire exercé par elle sur les hommes les plus étoffés et les plus vaillants. Il se garda bien de toucher à cette toute-puissante débilité. Il eut pour sa fille, et dans son corps, et dans son âme, et dans son esprit, tous les genres de sollicitudes... hors une seule, hors un point fatal qu'il n'eut jamais le courage de dépasser.

Cet éducateur idolâtre, cette espèce de Prométhée qui aurait voulu faire descendre le feu du ciel dans sa créature, introduire toutes les idées dans ce jeune cerveau, en oublia une, — la plus grande de toutes — l'idée de Dieu.

Était-ce impiété réfléchie ? endurcissement de réprouvé ou impossibilité de traiter avec sa

fille ce grand sujet de Dieu auquel il ne croyait
plus ? Voulait-il, en laissant dormir à jamais
la fibre religieuse dans son enfant, la faire
davantage à son image, cette prétention de tout
amour qui agit avec ce qu'il aime comme Dieu
agit avec sa créature ? Craignait-il plutôt qu'en
permettant à sa fille d'être chrétienne comme
sa mère l'avait été, elle eût moins de tendresse
pour un père qui n'eût pas partagé sa croyance ?
Fut-il jaloux de ce Dieu, qui est aussi jaloux
de ceux qui l'aiment ?

Mais, quoi qu'il pût être des motifs de cet
homme chez lequel tout contractait un caractère de profondeur enflammée, Calixte grandit
la tête dans la lumière humaine sans qu'une
seule groutte de la lumière divine tombât sur
ce front où pourtant on voyait une croix...
Jusqu'à son âge de douze ans, elle sut moins
de Dieu, de ses commandements, de son culte,
que n'en savent la biche et la gazelle dans le
fond des bois, lorsqu'une circonstance vint tout
changer dans cette âme ignorante des choses
divines et dut singulièrement troubler les plans
de Jean Sombreval... ou ses rêves, s'il en faisait pour son enfant.

Il y avait déjà quelque temps que la Révolution était finie et que les émigrés avaient pu
rentrer dans leur pays. Un de ceux qui rentrèrent le plus tard fut l'abbé Hugon, le par-

rain de Calixte, le témoin de ce drame intime
et domestique qui s'était joué dans cette maison de recueillement et de travail (à ce qu'il
semblait) et qui s'était terminé par la mort de
sa pénitente.

L'abbé Hugon crut de son devoir d'aller
visiter sa filleule, — sa fille spirituelle, que sa
mère, au moment d'expirer, lui avait si ardemment recommandée. Il la trouva presque ado-
lescente, trop grande pour son âge, épuisée de
précocité. Le bon prêtre s'étonna du spectacle
de cette tête, fragile comme une tige, que la
science et l'amour paternel soutenaient à fleur
d'existence, et qui, depuis douze ans, aurait
dû se briser vingt fois.

Il étudia, mais non sans pitié et sans terreur,
ce visage d'une beauté effrayante, cette pâleur
sépulcrale et pourtant ardente au milieu de
laquelle brûlaient deux yeux caves et éblouis-
sants comme deux brasiers sous deux voûtes.
Et il ne sut qu'admirer le plus, ou de cette
miraculeuse conservation d'un être qui paraissait aussi facile à se dissoudre au moindre
choc que les plus frêles poussières d'Hercula-
num, ou de cette intelligence allumée comme
une torchère, dans cette tête malade, comme
pour insulter à ces organes de la vie qui
ressemblaient à des flambeaux à moitié fondus !

Jusque-là tout était bien ; mais que ne devint pas le prêtre, quand, en causant avec cette fille si avancée sur toutes les choses de la pensée, il s'aperçut que, sur les choses religieuses, elle était d'une ignorance de sauvage ? Oh ! alors le saint courroux du serviteur de Dieu déborda. Il s'expliqua cette ignorance. Il savait l'histoire de l'abbé Sombreval, et si ce jour-là, par une délicatesse qui prenait sa source dans les motifs les plus élevés il ne la dit pas à Calixte, il ne lui cacha pas néanmoins qu'une science orgueilleuse avait faussé l'esprit de son père. Il lui montra à quels périls ce père incrédule l'avait exposée, elle ! et, prévoyant quel vase d'élection pourrait devenir un jour cette jeune fille dans laquelle il reconnaissait une âme supérieure à celle de sa mère, il travailla, selon sa belle expression sacerdotale, à « replacer le Seigneur dans un de ses plus blancs tabernacles. »

Ce ne lui fut pas difficile, Calixte était prédisposée à la foi, et sa tête conformée pour croire tout aussi bien que pour comprendre. L'enseignement de l'abbé Hugon produisit sur elle l'effet de la lumière sur un gaz. Il fit explosion, — et du même coup il éclaira et enflamma cette âme qui fermentait et souffrait peut-être dans les facultés religieuses que son père avait jugées dangereuses et inutiles, et qu'il avait cru *chloroformer* au fond d'elle, en ne les développant pas.

Ce fut donc une vraie Pentecôte pour cette jeune fille pure, poétique, géniale, à la nature d'Inspirée, que les premiers rayons de la religion de sa mère, tombant soudainement dans son cœur. Elle eut comme les Apôtres la divine ébriété de cette langue de feu qni descendait sur elle, à la parole de l'abbé Hugon, et sa joie sainte se répandit jusqu'à son père...

Lui, déjà, avait pressenti, avec l'instinct sagace de l'ancien prêtre, l'influence que prendrait immanquablement sur sa fille cet abbé Hugon revenu de l'exil, ce confesseur qui, aux yeux de Calixte, aurait deux auréoles : — le souvenir de sa mère et l'ascendant du sacerdoce, — et il s'était promis de l'écarter... Malheureusement pour lui, heureusement pour elle, il était trop tard. Calixte s'était précipitée aux pieds de la croix, dès qu'on la lui avait tendue...

Comme la Pauline de *Polyeucte*, elle était devenue chrétienne avec emportement. Une idée terrible arrêta Sombreval. S'il avait tenté d'éloigner l'abbé Hugon de sa néophyte, qui sait si celui-ci ne lui eût pas disputé l'âme de l'enfant qu'il croyait avoir sauvée, et, pour ne pas la perdre, s'il n'aurait pas parlé ?... si de doux et de miséricordieux, devenu implacable, il n'eût pas dit tout ?... et par cette révélation

s'il n'eût pas mis dans les yeux de Calixte ces
cruelles larmes que lui, Jean Sombreval, ne
pouvait oublier et qu'il avait vues jaillir *contre
lui* des yeux de la malheureuse mère ?...

Telle est la raison qui *fut* plus forte que la
volonté de Sombreval et qui lui fit tendre pas-
sivement le cou, comme le taureau du sacrifice,
à cette première atteinte de la destinée. Il fut
travaillé d'une transe éternelle... D'un jour à
l'autre, l'âme de son enfant, — de sa chère
enfant, — pouvait moins adhérer à la sienne.
Elle pouvait tout à coup lui être arrachée !

Depuis qu'elle existait, il avait tremblé, bien
des jours, bien des nuits, en voyant combien
peu cette pauvre plante humaine plongeait de
racine dans la vie ; mais ici, il ne s'agissait plus
de la santé, de la vie et du corps : il s'agissait
du cœur, et l'inconséquent matérialiste souffrit
plus de la crainte de perdre l'affection de son
enfant que son enfant tout entière ! Que de
fois il la pressa sur son cœur avec une irrévé-
lable angoisse, comme un homme blessé qui
perdrait ses entrailles et les retiendrait avec
la main !

Baignée dans la joie d'être chrétienne, Calixte faisait sans cesse intervenir l'idée de
Dieu entre elle et son père. Elle avait des mots
qui entraient dans l'âme de Sombreval comme
des dards. Elle avait d'impitoyables tendresses.

Elle lui demandait pourquoi il ne croyait pas, et quand l'athée répondait tristement, — car il n'avait pas son assurance impie avec cette fillette dont la tête n'était plus pétrie par lui seul ; avec cette catéchumène de deux jours qui brillait de foi et presque déjà de doctrine : — « La pensée n'est pas libre, ma pauvre Calixte, de se faire autre chose qu'une foi scientifique, » — elle lui répliquait avec une grâce attendrie qui le déchirait comme un reproche : « Je prierai tant pour toi, mon père, que Dieu t'enverra la foi religieuse comme il me l'a envoyée. »

Elle lui disait cela si simplement, si profondément, que, troublé, bouleversé et voulant lui cacher ce qu'il éprouvait, il lui prenait la tête dans ses deux mains pour l'embrasser : mais la croix d'entre les sourcils lui jetait son éclair invisible ; et, foudroyé par ce signe muet jusqu'au fond de son être, il baissait tout à coup contre sa poitrine ce front qu'il n'osait pas toucher de ses lèvres, et il l'embrassait sur les cheveux.

Hélas ! les prières de Calixte furent impuissantes. Renversé de plus haut spirituellement que les autres hommes, il est rare qu'un prêtre tombé se relève. Judas, l'apôtre, se pendit. Des remords ne sont pas des repentirs. Jean Sombreval aimait sa fille avec l'enfance de cœur

qui trouve un bonheur enivrant dans cette folle
obéissance dont on sourit, tout en se regardant
obéir, et il se laissait conduire par elle à l'église,
lui qui n'y avait jamais mis le pied depuis son
apostasie, et qui même évitait de passer devant
un portail.

Il l'accompagna régulièrement à tous les
offices de cette éloquente Église catholique,
qui devaient être pour lui de poignants souvenirs ! Il dut se dévorer pendant les longues
heures qu'il enlevait à la science et qu'il ne
donnait pas à la prière, mais il ne se plaignait
jamais, quoiqu'il eût sur le cœur le poids de
ces voûtes. Nonobstant cette docilité à la Thé-
mistocle pour le doux tyran de sa vie, Jean
Sombreval resta ce qu'il était. Le père expliquait tout en lui, mais l'homme gardait ses
pensées.

Ceux qui le voyaient le dimanche à Saint-
Germain des Prés, sa paroisse, debout auprès
de cette jeune fille douloureusement charmante,
à genoux comme un ange sans ses ailes et qui
semblait une Mignon des cieux *regrettant sa
patrie,* étaient saisis du contraste de ces bras
croisés, de cette lèvre immobile, de toute cette
attitude endurcie qui disait que l'impiété du
réprouvé Don Juan avait passé dans la statue
du Commandeur.

Et il en fut toujours ainsi. Même la pre-

mière communion de Calixte, même la sublimité de cette jeune fille, transfigurée par un
pareil jour, n'amena aucun changement appré-
ciable dans Sombreval. Ce qui le tordit et le
déchira, — si quelque chose le déchira et le
tordit, — nul ne le vit dans l'abîme remué du
cœur de cet homme, et rien n'en passa dans
les sombres étreintes dont il faillit étouffer sa
Calixte, quand elle revint de la table sainte à
la maison paternelle, la poitrine pleine de son
Dieu.

Ce fut le jour de sa première communion que
l'abbé Hugon avait choisi pour révéler à Calixte tout ce qu'il savait de l'ancien abbé Sombreval. Puisqu'il fallait, un jour ou l'autre, lui
faire cette épouvantable révélation, il l'appuya
contre le Dieu qu'elle venait de recevoir pour
la frapper de ce terrible coup...

Sa prudence, — cette prudence du prêtre
catholique qui plonge si avant dans la vie et
saisit l'âme humaine dans tous ses replis, —
avait hésité bien longtemps, mais enfin il s'était
dit qu'il valait mieux, à tous les points de vue,
que cette *épreuve* eût lieu le jour où, pour la
première fois, elle avait, par la communion,
bu le sang de l'Agneau et partagé la force divine.

L'abbé Hugon ne se trompait pas. Calixte
fut terrifiée de ce qu'elle apprit sur son père ;

mais si, comme sa mère, elle l'avait appris par
hasard, un tout autre jour, cette révélation
inattendue lui eût peut-être été, comme à sa
mère, mortellement funeste.

A dater de ce cruel et suprême moment, Calixte eut comme un secret effroi de son père, et
Sombreval put deviner à certains frémissements
de sa fille, quand il lui prenait sa main pâle,
— car la virginité de cette enfant malade n'a-
vait rien de rose, pas même les bras, — à certaines contractions d'horreur éphémère, qu'une
pensée muette jetait dans son sourire — que
l'abbé Hugon avait tout dit.

Aussi, parfaitement *sûr de cela*, il ne posa à
Calixte aucune question directe ; il n'essaya
pour lui-même aucune justification, aucune ex-
plication de sa conduite. Elle aussi se tut. Et
pourquoi auraient-ils parlé? Ils se savaient
tous les deux. Les années vinrent et passèrent,
amenant des évènements de toute sorte et leurs
mille changements accoutumés.

Le beau-père de Sombreval mourut. Il resta
seul avec sa fille. La névrose dont elle était
atteinte multiplia ses phénomènes et finit par
dépayser le savoir et le coup d'œil des méde-
cins de l'Europe les plus renommés. Ils déses-
pérèrent de cette jeune fille.

Est-ce à cause de cette désespérance que
Jean Sombreval, dont la science était colossale

et qui entreprit de guérir lui même sa chère
Calixte, pensa à se retirer et à s'enfermer avec
elle dans une campagne solitaire où il pût lui
prodiguer, sans distraction, les soins qui devaient la sauver ?...

Seulement, s'il en était ainsi, et pourquoi
non ? de toutes les campagnes qu'il pouvait
acheter, pourquoi choisissait-il le Quesnay,
c'est-à-dire précisément celle où depuis dix-
huit ans son nom croupissait, sans périr, sous
le déshonneur, l'exécration et la honte ?...
Voilà ce qui, dans le temps, fut un problème
insoluble de cœur humain, pour les gens sages,
et ce que ne purent jamais pleinement savoir
les gens curieux.

AIS ce qui ne fut pénétré ou su par personne, Jeanne Roussel prétendait, à bien des années de là, le savoir, et elle le racontait — quelquefois — rarement — car elle n'aimait pas cette histoire ; et quand elle la racontait, elle ne disait point de qui elle la tenait, et je ne crois pas qu'elle l'ait dit jamais, mais enfin elle la racontait et d'un ton si étrangement puissant et si sûr de son dire, qu'on la croyait et que même il était impossible de ne pas la croire.

Eh bien, à ce soir-là, — disait Jeanne Roussel, — où Jean Sombreval arrêta le marché du Quesnay, dans l'étude de maître Tizonnet, notaire, et lui commanda l'acte de vente sous le plus bref délai possible, car il était pressé, — il

sortit sans avoir rien pris (chose anti-normande !
maître Tizonet n'ayant pas osé l'inviter à se
rafraîchir), et il tira droit du côté de la terre
qu'il venait d'acheter.

La nuit commençait à se répandre, mais il
faisait encore une goutte de jour qu'elle n'avait
pas noyée dans son envahissante obscurité. Il
résultait de cela un crépuscule qui faisait paraître les chemins plus blancs et les haies plus
sombres... Quoiqu'il y eût plus de vingt ans que
Jean Sombreval n'eût passé par les chemins
qu'il enfilait, ce soir-là, d'un pied où l'on sentait
encore le muscle de l'ancien marcheur, il ne se
trompa point d'un seul pas aux carrefours qui,
à certains endroits, courbaient ou étoilaient la
route.

A cette époque-là, les chemins changeaient
peu. A cela près de quelques ornières que le
poids des charrettes gravait, comme une ride
de plus, sur une vieille surface, ou encore de
quelque effrondrement de terrain, ici ou là ; de
quelque mare survenue entre deux pentes et
dans laquelle l'ocre et la glaise se dissolvaient
tristement en silence, les chemins restaient de
longues années ce qu'autrefois on les avait vus.

A travers les incertaines et fraîches brumes
de ce jour baissant, Jean Sombreval reconnaissait jusqu'aux cailloux contre lesquels il
avait butté dans sa jeunesse, mais il ne

s'arrêtait pas à les contempler, en rêvant. Il
marchait vite : le fermier du Quesnay pouvait
être couché — car c'était la saison de l'année où,
dans les fermes, on se couchait avec le jour. —
Et puis, il y avait peut-être une raison pour
qu'il fût bien aise d'avoir dépassé un certain
point de la route qu'il connaissait bien...

Ce point, il allait y toucher tout à l'heure.
C'était un petit tertre de gazon, placé au centre
de trois chemins qui s'entre-croisaient, et sur
lequel s'élevait jadis une croix en *carreau*, —
sorte de pierre blanche et tendre, particulière
au pays. Quand il était jeune et fervent, il
avait prié devant cette croix. Il s'était beaucoup agenouillé au pied, dans ce temps où son
âme était blanche comme elle.

Force du souvenir! il y pensait... Il espérait
bien que la Révolution avait jeté bas cette
croix de pierre... et de fait, elle l'avait renversée, mais la dévotion des hameaux voisins
l'avait remplacée par une croix d'un bois très
grossier, qu'il aperçut, noire et décharnée,
comme un spectre de l'autre croix, dans les
ombres tombantes... Il ne s'arrêta point à la
regarder, mais il passa devant, de son pas ordinaire, sans le hâter ni le ralentir.

C'était une âme perdue, mais ce n'était ni un
fanfaron ni un lâche. Il ne croyait plus à Dieu,
mais il ne le bravait pas... Quant, tout à coup,

une voix qui semblait venir du tertre, où se
dressait la croix, dit très haut, d'un ton d'ironie
calme et mordante :

— Tu t'en vas donc au Quesnay, l'abbé
Sombreval ?

Ceci l'arrêta court. — Il était arrivé de la
ville de. ., distante de quatre lieues du bourg
de S..., dans l'après-midi. Il était venu à
cheval et n'avait, au bourg dont il sortait, parlé
à personne, si ce n'est au garçon d'écurie de
l'*Hôtel de la Victoire*, chez Picot, et à maître
Tizonnet, le notaire, qui d'ailleurs ne l'aurait
pas reconnu, s'il ne lui avait pas décliné son
nom. Il pouvait donc se croire parfaitement inconnu dans le pays.

D'un autre côté, excepté à Tizonnet, — il
n'y avait qu'un moment, — il n'avait dit à
âme qui vive son projet d'acheter la terre
du Quesnay. Il devait donc y avoir pour lui
quelque chose d'effrayant dans cette voix qui
lui jetait insolemment son nom en pleine route,
et qui lui disait si bien où, présentement, il
s'en allait.

Mais il ne fut pas effrayé, car, malgré son
incognito et son silence, il savait, à n'en pouvoir douter, qu'il existait dans le pays une personne, une personne seule, il est vrai, qui l'attendait depuis que le Quesnay était sans maîtres.

Seulement, que cette personne fût précisé-

ment là, à cette heure de vesprée tardive, et le
reconnût après vingt ans qu'elle ne l'avait vu,
comme il longeait ainsi les haies et se coulait
dans l'ombre, c'était plus qu'étonnant, en vérité !

— Oh ! il n'y a qu'*elle* qui puisse me reconnaître, — fit-il tout haut, en plongeant de ses
yeux fauves, dont l'âge n'avait diminué ni l'ardeur ni la portée, du côté de ce tertre qu'il ne
s'était pas soucié de regarder.

— Et il n'y a, — dit la voix, — que Jean
Sombreval, l'ancien prêtre, qui puisse passer la
tête couverte devant la croix du Sauveur des
hommes, sans y prendre plus garde que la bête
qui passe, en paissant !

Et Sombreval vit alors au pied de la croix de
bois et sur les tronçons du carreau renversé,
qui avaient été la croix de pierre, une forme
humaine, — une femme assise dont on ne distinguait alors ni vêtements ni le visage, tant il
commençait de faire noir !

— Tu n'as pas menti, la Malgaigne, — dit Jean
Sombreval, — car tu ne peux être que la Mal-
gaigné, toi qui viens de parler et qui sais si
bien qui je suis et où je vais à cette heure.
Oui, c'est moi ! Jean Sombreval, qui passe et
qui vas au Quesnay, à cette terre dont ne voulait personne et qui m'appartient, de ce soir !

— Vrai ! l'as-tu enfin ? Est-ce fini ?... dit-elle,

comme si une anxiété, pleine d'impatience, l'avait dévorée depuis bien longtemps.

— Oui, c'est fini! dit Sombreval. La chose a eu lieu comme tu l'avais *vue,* la Malgaigne!

— C'est à faire trembler, interrompit la femme. Toute ma vie, j'ai espéré que je m'étais trompée et que le démon s'était joué de nous deux... Mais c'est Dieu plutôt qui va se jouer de nous d'une manière terrible... Toi le maître du Quesnay, Sombreval!

— Aussi réellement que tu l'as vu sous le porche de l'église de Taillepied, le jour que le tonnerre tomba sur la tour — dit Sombreval.

— J'ai passé ma vie à me moquer de cela et à y penser. C'est une chose étrange! La pensée en a toujours été plus forte en moi que la moquerie. A force d'y penser, sans doute, j'ai fini par faire ce que tu avais prédit, la Malgaigne. J'ai acheté le Quesnay, moi Jean Gourgue Sombreval, le paysan, la veste rousse, qui ai tant de fois rôdé, pieds nus dans la crotte, au bord de son étang, pendant mon enfance, et qui ai tant rêvé la vie des maîtres, en regardant ses murs!

— Il y a bien de ton ancien orgueil là-dedans..., dit la Malgaigne. Mais, si tu n'as pu faire autrement que d'acheter le Quesnay, au moins, n'y vis pas! Ils disent que tu as un grand esprit et un grand savoir, quoique tu te

sois mal servi de l'un et de l'autre, mais crois-en
la Malgaigne, si tu peux ! Crois-en celle qui
t'eût épargné bien des fautes, si tu l'avais
crue. Ne montre pas dans le lit vermoulu des
du Quesnay un crime plus grand que tous
leurs vices. Ne t'en viens pas dans un pays où
tu es encore plus honni qu'eux... où l'on se
signe quand, par hasard, on parle de toi ! Dieu
t'a donc crevé les yeux, les oreilles, l'entende-
ment, tout ! Tu veux donc vivre dans ton château comme le crapaud dans sa pierre ! Moi
qui ne bouge plus guère de ma bijude, je suis
venue ici ce soir, poussée par un instinct. Les
moineaux sentent le faucon dans l'air sans le
voir, et ils se hérissent... Moi, je sentais dans
l'air Sombreval, et tu vois, je me suis trouvée
juste sur ton chemin encore une fois, Sombreval ! Encore une fois inutile ! Car je te connais,
tu n'as pas changé ! Tu es le même qu'il y a
vingt ans, quand tu marchas par-dessus mon
corps que je mis en travers de ma porte pour
t'empêcher d'aller à la perdition ! Tu marche-
rais peut-être encore par-dessus moi, — ce soir
— si je me mettais en travers du chemin que
tu suis !

— Oui ! — dit Sombreval avec l'horrible
sécheresse d'une résolution qui ne peut plus
être ébranlée ni par raison humaine ni par
raison divine, — et il tourna le dos à celle qu'il

avait appelé la Malgaigne, et il s'en alla au Quesnay.

Voilà ce que racontait Jeanne Roussel. Mais, pour bien le comprendre, il faut dire aussi ce qu'elle ajoutait. Cette vieille femme, cette Malgaine, rencontrée si singulièrement à la croix des Trois-Chemins par Jean Sombreval, était une ancienne fileuse, voisine du clos au père Sombreval, et qui l'avait aidé à élever son dernier enfant.

Le père Sombreval était un *veuvier,* comme on dit dans le pays. Perpétuellement à la charrue, il avait eu besoin d'une main de femme à la maison pour décrasser le visage de singe du petit Jean avec le bas de son tablier et peigner sa chevelure crépue.

La Malgaigne, qui fut cette main-là, n'avait jamais pu trouver dans les dix-sept paroisses dépendant du bourg de S... un garçon assez intrépidement dégourdi pour l'épouser *soi-disant* parce qu'elle était *un brin* sorcière. Telle était du moins l'opinion de plus d'une commère dans les fermes, — de la Lande des Hériques au Gripois.

Quand Jean Sombreval attrapa ses quinze ans et fut mis *en camérie* au bourg de S... elle avait, elle, dépassé plus de la moitié de sa vie. Aux vacances, lorsqu'il revenait au clos, il ne manquait pas d'aller *voisiner* chez la Malgaigne:

mais, si elle aimait son espèce de nourrisson,
elle ne se souciait ni des livres qu'il avait toujours
à la main et dans les feuilles desquels il plongeait son vaste front pensif, ni des ambitions
dont elle sentait la flamme couvant, à travers
ce jeune homme, comme on sent à travers une
cloison la chaleur d'une chambre qui serait en
feu.

Cela devint même si fort, l'horreur dont elle
se prit contre les livres et les études de Jean,
que lui, qui alors étudiait presque malgré son
père, crut longtemps que le vieux Sombreval
induisait sournoisement la Malgaigne à le dé-
goûter de ses travaux.

C'était peut-être vrai, peut-être faux, que
cette idée! mais toujours est-il qu'elle se tuait
à lui répéter sur tous les tons : « Tu travailles
à ton malheur, Jean ! Tu *maçonnes sur ton dos*
un édifice qui t'écrasera comme Samson, mais
qui n'écrasera pas tes ennemis ! »

Or, un jour de certaine année, pendant les
vacances, où elle s'était montrée plus acharnée
que jamais contre les livres et les études de
Jeanotin, comme elle l'appelait par mignonne-
rie, par manière de caresse, ils allèrent tous
deux rôder du côté de Taillepied, qui n'était
pas loin de leurs chaumières ; et toujours elle le
harcelant à propos de ses *livreries*, et lui s'é-
chauffant contre ses reproches, il s'impatienta

tout à fait, le bouillant jeune homme! et,
poussé à l'extrême, il finit par la mettre au
défi, puisqu'elle en voyait si long et que d'au-
cuns la croyaient sorcière, de lui dire, une
bonne fois pour toutes, ce qui arriverait de ses
goûts d'apprendre et de son avenir.

Elle ne put, à ce qu'il paraît, résister à ce
défi... sans y répondre, et elle dit à Jean
d'aller chercher de l'eau plein son écuelle, à la
première mare qu'il rencontrerait au bas du
mont, tandis qu'elle chercherait des herbes
dont elle avait besoin pour faire son charme.

Il y alla donc et, quand il revint, elle l'entraîna sous le porche de l'église de Taillepied,
qui couronne la cime verte de ce mont, lequel
a, comme on sait, la forme d'un œuf coupé par
la moitié, et préoccupés ou plutôt possédés
tous deux d'une curiosité qui leur fit oublier
qu'ils étaient sous la porte de la maison de
Dieu, elle attacha, après bien des simagrées
effrayantes, ses deux yeux blancs sur l'eau
charmée qui frissonnait comme si un feu avait
été dessous, et elle dit à Jean « qu'elle le
voyait prêtre, — puis marié, — et puis posses-
seur du Quesnay (or, à ce moment-là, les du
Quesnay étaient encore dans l'opulence, et
personne ne pensait à leur ruine), — enfin que
l'eau lui serait funeste et qu'il y trouverait sa
fin. »

Jean se mit à rire de cette prédiction, mais ce qui lui *renfonça le rire dans la gorge,* — disait Jeanne Roussel, — fut la foudre qui tout à coup tomba sur la tour du clocher et le coupa à moitié de sa hauteur aussi net que la serpette du jardinier coupe une asperge.

Un orage s'était formé, rapide, pendant qu'il étaient sous le porche de l'église fermée à la clef, comme toutes les églises dans les campagnes... Ils se crurent perdus, car les pierres de la tour roulèrent jusqu'à eux sous le porche.

Ce coup de tonnerre leur sembla comme un avertissement de Dieu. Du moins fut-ce à dater de ce grand péril que la Malgaigne renonça à ses sorcelleries et qu'on la revit aux églises où depuis longtemps on ne la voyait plus. Seulement, toute pieuse qu'elle fût redevenue, elle resta toujours sous l'impression de ce qu'elle disait avoir vu dans son eau charmée et cela lui fut une raison de plus pour supplier Jean, à mains jointes, de renoncer à ses lectures et à ses ambitions : mais, — ajoutait encore Jeanne Roussel, — rien n'y fit, pas même, quand il voulut partir pour le séminaire, de se coucher comme une chienne, à travers le seuil, pour l'empêcher de sortir... C'était la scène sublime de la légends de saint Colomban retournée.

En effet, si lui, le beau Saint des forêts de

la verte Irlande, passa sur le corps de sa mère, ce fut pour aller à la gloire du ciel parmi les hommes, tandis que Jean Sombreval... l'*abbé* Sombreval..., on ne savait que trop où il était allé !

Cependant il atteignit bientôt le Quesnay. On n'y voyait plus : la nuit était complètement venue. L'étang, qui dans toute saison était cou‑ vert d'une mousse verte, n'envoyait pas dans les ténèbres de ces reflets d'acier que l'eau jette parfois sous un ciel de nuit.

Sombreval en devina plutôt la place qu'il ne put la voir, mais il s'arrêta pourtant pour la contempler, comme s'il la voyait. Il se rap‑ pelait qu'il n'y avait point de parapet à ce traître bout de route, et, la prédiction de la Malgaigne lui montant à la tête, il recula de quelques pas. Jusque-là elle avait vu si clair !

III

'ÉTANG dépassé, Sombreval gagna
le château, dont il ouvrit la grille
sans sonner. Il était chez lui déjà !
Il y arrivait mystérieusement et
tranquillement comme un maître
qu'on n'attendait pas... Et de fait on n'attendait pas celui-là chez le fermier, Jacques Herpin,
dont il poussa la porte sans que les chiens
eussent seulement grogné.

Et il se trouva de plain-pied dans la cuisine
de Jacques Herpin, grande pièce noire et
terrée que la fumée avait bistrée aux vitres et
aux murs, autrefois blanchis à la chaux, et qui
n'était alors éclairée — mais qui l'était vigoureusement de bas en haut — que par un vaste
feu de pommier et de fagot allumé sous une
grosse marmite où bouillait le souper des gens.

Il n'y avait autour de ce feu que le vieux Herpin, assis ou plutôt accroupi sur un tabouret — une chaise dont on avait coupé les pieds — lequel Herpin ressemblait, pour la gravité, à un vieux hibou qui rêvait, et comme le hibou, clignait ses yeux ronds à cette vive lumière qui lui venait du feu.

Sa femme, la jupe relevée et nouée derrière elle, allait et venait et *sabotait* autour de sa marmite, qu'elle écumait de minute en minute et sous laquelle elle rapprochait les tisons croulés. A genoux dans un coin, une servante, au chignon défait et aux bras rouges comme de l'écarlate, frottait le cuivre d'une poêle à bouillie.

Une autre, plus jeune et moins robuste, coupait le pain de la soupe, au bord de la table. Les deux fils qu'on attendait pour la tremper étaient, l'un à l'écurie, l'autre à l'étable. Un vieux scieur de long, qui s'appelait Giot, et le couvreur en paille Livois, connu comme Giot de toute la contrée, étaient assis, genou à genou, sur la bancelle de la table.

Ils dirent, à quelques jours de là, qu'ils furent les premiers à reconnaître Jean Sombreval quand il entra, car ils avaient joué bien des fois avec lui à la *quillebote*[1] dans leur jeu-

1. C'est le jeu du bouchon, en patois normand.

nesse, et avant qu'il fût au séminaire : mais ils
ne soufflèrent mot. Sa seule vue fit sur eux
l'effet de la vue du Démon.

Du reste, Sombreval dit ce qu'il était sans
barguigner, — racontèrent-ils, — et il tendit à
Jacques Herpin la lettre du notaire de S... qui
lui mandait que le Quesnay était vendu. Or,
si le petit Tizonnet avait été presque effrayé
en voyant tomber chez lui, à la brune, ce sinistre acquéreur d'une terre qui semblait devoir passer en de pires mains que celles qui
jusque-là l'avaient possédée, Jacques Herpin
ne fut pas moins désagréablement surpris en
en voyant le maître avec lequel il allait avoir
à compter.

Depuis que la terre était affichée, et même
sous le dernier des Quesnay, lequel avait l'a-
pathie des gens ruinés, qui se sentent perdus,
Jacques Herpin, dit la Main-Crochue, régnait
au château et sur la terre et y *faisait royale-
ment ses orges :* mais avec l'homme qui venait
d'entrer tout à coup sous les poutres de sa cuisine et qui s'annonçait comme le maître de
céans désormais, il comprit fort bien qu'il aurait un houblon plus amer à brasser qu'avec le
bonhomme du Quesnay, le dernier Roi Fai-
néant de sa triste race, cloué et roulé par sa
goutte et par la paresse dans son fauteuil de
basane et sa redingote de molleton blanc.

Quoique maître Jacques Herpin fût, comme tout paysan bas-normand, un esprit lent et à pas de bœuf, cette pensée-là ne mit pas grand temps à faire le tour de sa caboche. Dès qu'il eut jeté deux ou trois regards obliques à Sombreval, il sentit tout de suite quel homme c'était.

Jean Sombreval, en effet, quoiqu'il approchât de la soixantaine, suait encore cette force que les gens du peuple respectent. Sa figure osseuse, labourée de rides, où l'endurcissement de l'âme avait mis le calus d'une volonté de fer, forgée à froid ; ses yeux, — deux vrais coups de hache qui tombaient sur vous, en brillant, — ses sourcils grisonnants et touffus dans lesquels se cachait un monde de pensées, toutes ces choses faisaient de sa personne un ensemble difficile à braver et même à regarder avec indifférence.

Appuyé sur son bâton de houx à nœuds, revêtu de cette espèce de redingote de voyage, croisée sur la poitrine et à col droit, que 'l'on appelait en ce temps-là une redingote *à la saxonne*, avec son *charivari* de coutil à mille raies blanches et vertes et à gros boutons d'os blanc qu'il n'avait pas défaits, en descendant de cheval à S..., il ne rappelait guère l'ancien et jeune abbé qui avait fait autrefois l'édification du canton de S... et de ses dix-sept paroisses ! Et qui même aurait dit que cet homme-là eût été jamais un prêtre ?

Lorsque la lampe fut allumée et que Jacques Herpin se fut mis à lire la lettre de maître Tizonnet, Livois et Giot se montrèrent du coin de l'œil leur ancien camarade de quillebote. Il venait d'ôter son chapeau, couvert d'une toile cirée contre la pluie, et il passait sa main musclée sur son grand front soucieux.

Les cheveux boulus qui l'ombragaient étaient plus noirs que gris encore, mais le temps, cet atroce railleur, avait dégarni le sommet de cette tête, et y avait exactement dessiné une tonsure que Giot montra tout bas à Livois, en le poussant du coude : « En v'là une, du moins, dit le scieur de long, qu'il ne pourra pas effacer ! »

La lettre de maître Tizonnet à Jacques Herpin était positive. Le Quesnay était acquis par Jean Gourgue, dit Sombreval, qui l'avait acheté à prix débattu et qui voulait ce soir-là juger par lui-même des réparations intérieures qu'il y avait à faire au château.

— Nous avons du cidre et du jambon sur la tuile, monsieur Sombreval, dit Jacques Herpin, qui prit enfin le parti de faire bonne mine à mauvais jeu. Ma femme mettra des draps dans la chambre au *lit rouge*. Vous ne retournerez pas ce soir au bourg, et puisque vous êtes chez

vous, vous ferez comme chez vous. — Sombreval dit en effet qu'il coucherait au Quesnay
cette nuit-là, son intention étant seulement de
voir l'état des appartements et de repartir à la
pointe du jour, le lendemain.

Jacques Herpin prit donc une chandelle
dans un flambeau de cuivre et conduisit Sombreval partout où ce dernier lui dit d'aller. Il
le *pilota* à travers les escaliers et les corridors
du château. Tous les deux marchant l'un devant l'autre, ils visitèrent les appartements
étage par étage, le fermier donnant au nouveau
maître les détails et les explications qu'il lui
demandait.

Sombreval semblait prendre un cruel plaisir
à voir l'état de délabrement de ce château dans
lequel il s'était senti si écrasé et si petit pendant son enfance, quand il y venait avec son
père vendre le gibier tué sur son clos.

Ce délabrement était affreux. Les tapisseries
déchirées pendaient le long de leurs lambris
comme des drapeaux qui semblaient pleurer
leur défaite. Les glaces encrassées de poussière
et tachées ignoblement par les mouches avaient
du fond de leurs toiles d'araignée, des reflets
verdâtres et faux. Les plafonds s'écaillaient.

L'air humide de l'étang avait pénétré dans
les appartements dont les fenêtres surplom-
baient la pièce d'eau et y pourrissait les boise-

ries. Le vent jouait dans les ferrures des fenêtres et faisait, par intervalles égaux, grincer, en les agaçant, les persiennes. C'était enfin la poésie de la ruine et de l'abandon !

— Il était temps que cela fût vendu, monsieur Sombreval, — dit Jacques Herpin, fort peu sensible à cette poésie, en lui montrant tout un panneau qui s'effondrait. Rien ne tient plus ni à clou ni à cheville, et vous en aurez pour de l'argent, des réparations !

Sombreval ne répondait pas. Il cognait contre les vieilles boiseries sculptées, de son bâton de houx, et les bois vermoulus croulaient en poussière impalpable. Il pensait que sans cet abandon, sans cette ruine, le château du Quesnay ne fût pas tombé de la main de ses anciens maîtres, comme un nid brisé, dans sa main.

Quand Jacques Herpin revint à la ferme, on remarqua avec étonnement que le nouvel acquéreur de la terre ne le suivait pas. « Il est resté dans la chambre au lit rouge, fit le fermier. Il a dit qu'il n'en descendrait pas et qu'il n'avait besoin de rien, — pas plus de souper que de se coucher, car il paraît qu'il ne mange ni ne dort, ce réchigné-là.

« Un singulier seigneur que nous allons avoir au Quesnay, garçons ! Par la sainte Messe qu'il a dite autrefois ! il vous a un ton de commandement aussi fier que l'ancien grand Bailli

Ango, notre lieutenant général de justice! Et c'est pourtant comme nous un fils de l'ornière, et un plus pécheur que nous, puisque c'est un défroqué.

« Quand, sur son ordre, j'ai dévalé de la chambre par les escaliers, je l'ai entendu qui tirait les verrous derrière moi, et il ne vous rouvrirait pas, Blandine! Gardez donc votre jambon et vos draps, ma fille! Je l'ai laissé assis à la table où le vieux monsieur du Quesnay nous *libellait* ses quittances, dans les temps; mais ce qui m'a surpris plus que tout, c'est qu'il a tiré de sa poche un *cassetier*[1] plus gros que celui d'une ménagère, et du *cassetier,* une fiole dans laquelle il y avait quelque chose d'épais comme de l'huile et de rouge comme du sang, et il l'a bu tout à même la fiole en disant qu'il n'avait besoin que de ça...

« — Pas grand'chose, monsieur Sombreval (que je lui ai dit), pour vous *rafaler !* — Mais il m'a jeté un regard qui m'a ôté l'envie de rire, car, après tout, le v'là le maître, et il ne paraît pas commode, le vieux renégat! et j'ai descendu les escaliers lestement et la bouche cousue. »

Tel fut le récit de Jacques Herpin. Au fond, rien n'était plus simple que cette conduite dont

1 Un étui.

le paysan s'étonnait. Sombreval avait résolu
de passer la nuit à écrire à sa Calixte, à sa
fille bien-aimée, pour lui apprendre son acquisition du Quesñay.

Cette huile rouge qu'il avait bue était une
essence composée par lui et qui avait les pro-
priétés d'un cordial chaleureusement tonique,
lequel tout à la fois réconfortait et empêchait de
s'endormir : mais la réputation de Sombreval
était si atroce, que son atrocité créait, du coup,
l'incroyable et le merveilleux..., et que ce fut
de ce soir-là et de la ferme de Herpin que
partirent, avec Giot et Livois, les premiers
bruits qui commencèrent de circuler du bourg
de B... au bourg de S..., à savoir : que les
crimes de l'abbé Sombreval, le prêtre marié,
l'empêchaient de dormir, et qu'il ne vivait plus,
— soit pour le boire soit pour le manger, —
que de la cuisine du diable, depuis qu'il avait
si publiquement et si scandaleusement renié
Dieu.

IV

R, quinze jours après cette visite nocturne de Sombreval à son château du Quesnay, on vit arriver au château des caisses de toute forme et de toute grandeur, lesquelles, — dirent les rouliers qui les apportèrent, — ne devaient précéder que de fort peu les nouveaux maîtres. On déposa ces caisses au hasard dans les appartements du château, mais quelques-unes étaient si grandes qu'elles ne purent passer par les portes et qu'on les laissa dans la cour, couvertes de leurs toiles cirées et dans la paille éparse de leur emballage.

Pour des paysans dont l'imagination fermentait et travaillait sur le compte de cet abbé Sombreval, entr'aperçu un soir, comme un re-

venant, après tant d'années, et qui venait
tranquillement se mesurer avec le mépris de
tout un pays exaspéré, ces caisses, aux formes
étranges, placées dans la cour du Quesnay,
étaient un perpétuel aliment de *dire*. Les garçons de la ferme les regardaient assis dessus, en
les frappant du talon de leurs gros sabots, et se
demandaient ce que de pareilles boîtes pouvaient contenir. « C'est le mobilier de l'enfer, »
disaient-ils, ne pouvant rien accueillir de la
vie ordinaire sur cet homme qu'ils ont toujours cru capable de tout, ainsi que la suite de
cette histoire va nous le faire voir.

C'était le 13 du mois et un vendredi, — car
ils ont retenu les moindres circonstances de
l'arrivée définitive de Sombreval au Quesnay
et de son séjour dans le château qu'il ne devait
plus quitter, — oui, c'était le 13 du mois de
juin 18... qu'il y arriva avec sa fille, — *la fille
au prêtre !* comme ils n'ont jamais cessé de
l'appeler pendant tout le temps qu'ils l'y virent,
et comme ils l'appellent certainement encore,
si quelques-uns d'entre eux en parlent là-bas,
comme nous ici sur le balcon de ce quai, maintenant silencieux.

Il était environ six heures du soir. Le soleil,
qui passait obliquement ses rayons par-dessus
la saussaie et enflammait un couchant teint de
vermillon, semblable à un rideau de pourpre

auquel le feu vient d'être mis, allumait aussi
les toiles cirées des caisses, empilées dans les
cours et attachait ses rosaces flamboyantes aux
vitres des fenêtres, qu'on avait nettoyées au
blanc d'Espagne, il y avait quelques jours. Les
Herpin, qui venaient de rentrer des champs
pour la collation, allaient et venaient dans la
cour, et ils parlaient à travers la grille à un
jeune homme qui ne passait jamais par là
d'ordinaire : mais on ne fuit pas sa destinée.
Ce jeune homme à cheval, et qui n'en était
pas descendu, disait alors aux Herpin :

— Hé! les fils à Jacques! quel jour attendez-
vous vos misérables maîtres, et le Quesnay va-
t-il bientôt être infecté de la charogne de votre
vieux scélérat de Sombreval?...

Il n'avait pas fini cette phrase d'un mépris
vomissant, qu'un vigoureux coup du plat de la
main fut appliqué sur la croupe de son cheval.
La main qui l'appliqua, large comme une roue
de charrette, était si puissante que le cheval,
surpris, se cabra sous cette claque retentissante,
qui fit le bruit d'un coup de battoir sur du
linge mouillé, et qu'en s'enlevant il fit porter
la tête du cavalier, négligent et distrait, contre
la grille de fer à laquelle il se blessa. Il ne
tomba pas cependant de la force du coup, et
même il leva sa cravache... Mais un nuage
passa sur ses yeux et la tête blessée s'affaissa

sur la crinière de l'animal qui ne s'était pas renversé.

— La charogne n'est pas encore trop pourrie, hein? — dit Sombreval d'une voix qui emplit toute la cour et qui attira les Herpin à la grille où ceci venait de se passer avec la rapidité de l'éclair.

C'était Sombreval, en effet. Il avait laissé à moitié chemin la carriole de S... qui l'amenait au Quesnay avec sa fille, et tenté par ce beau soleil couchant, le vrai soleil de Normandie, pays d'automne et de couchers de soleil, il était venu à pied, Calixte à son bras, voulant lui montrer, à pleine vue, le paysage au sein duquel elle allait désormais habiter.

Elle était encore à son bras, mais elle y était toute tremblante... Quand le cavalier inconnu s'était heurté contre la grille, elle avait poussé un cri, en se pressant contre son père, et par ce cri et par ce mouvement elle avait arrêté Sombreval, dont la main s'étendait de nouveau pour châtier l'insolent qui avait parlé et que, par hasard, il avait entendu.

— Père ! lui dit-elle, pardonnez-lui, puisqu'il est blessé !

— Bah ! répondit Sombreval, un coup à la tête, c'est une correction d'étourdi ! Mais, puisque tu veux sauver ce freluquet, que ta volonté soit faite, ma chère enfant !

Et il prit par le milieu du corps, à hauteur
de ceinture, le jeune cavalier, à moitié évanoui
et l'enlevant de la selle avec la légèreté d'une
plume, il lui fit vider les étriers.

— Tiens, ma Calixte, — dit-il en éclairant
son visage sombre d'un sourire qu'elle seule
faisait naître, — je te l'apporte pour que tu
guérisses le mal que ton père lui a fait.

Et il déposa le jeune évanoui devant elle, et
il le coucha sur la margelle du mur à hauteur
d'appui qui faisait soubassement à la grille de
la cour.

Les Herpin étonnés regardaient cette scène
avec des yeux grands comme des portes.

— De l'eau! leur dit-il avec sa brusquerie
impérieuse, et l'un d'eux étant allé lui en chercher à la ferme, il y trempa le mouchoir de sa
fille et il en lava le front du blessé qui rouvrit
les yeux.

En apercevant Sombreval, le jeune homme
se dressa sur son séant et, d'un geste plein de
ressentiment, fut pour repousser la main qui
pansait sa blessure ; mais Calixte qui vit le
mouvement prit le mouchoir des mains de son
père... et le jeune inconnu s'arrêta, — il l'a
dit lui-même, — comme s'il avait vu Dieu, et
il tendit son front à la main de la fille du
prêtre, quoique ce fût pour lui, en chair et en
os, la fille du Démon !

De tous les hommes de ce pays, fermé si
longtemps à l'esprit nouveau et qui avait encore l'arome des mœurs anciennes, comme le
linge serré dans les armoires de ses ménagères
garde la senteur des prairies où il a séché, l'inconnu, en effet, que le hasard et l'injure venaient de livrer au bras robuste de Sombreval
et à la main bienfaisante de sa fille, était certainement celui-là qui devait le plus énergique-
ment résumer en sa personne l'horreur et les
superstitions de la contrée.

Ni le petit Tizonnet, le notaire, ni Jacques
Herpin, ni Giot, ni Livois, gens de mince état
et d'ailleurs, d'âme assez tranquille ne pouvaient
approcher en intensité de sensation de ce jeune
homme absolu et fougueux. A celui-là, tous
les préjugés, tous les sentiments, toutes les re-
ligions de la vie devaient s'insurger à la seule
pensée des Sombreval. Ils devaient être réellement pour lui des démons — ou pis encore —
des crachats de démon sous la forme humaine !
C'était un cousin des du Quesnay et le fils
d'un gentilhomme du pays, qui, malgré la Révolution et la gloire de Bonaparte, alors au
zénith de sa puissance, avait le plus opiniâtré-
ment gardé les traditions de son berceau.

Il portait un nom aussi vieux que les marais
du Cotentin. Il s'appellait Néel de Néhou. Les
Néhou se vantaient de descendre du fameux

Néel, le vicomte, qui, sous Guillaume le Conquérant, avait arraché le donjon de Saint-Sauveur aux Anglais, et pour cette raison, l'aîné de leur famille portait toujours le nom de Néel, de coutume séculaire.

Issu d'une mère polonaise que son père, Éphrem de Néhou, avait épousée par amour, à Dresde, lors de la première émigration, et qu'il avait déjà perdue, quand il revint dans le pays lorsque les émigrés rentrèrent (car cet indomptable Terrien aimait tant la poussière dont il avait été Seigneur et maître, qu'il racheta des deniers de la dot de sa femme ce qui restait de son manoir décapité et quelques bribes de ses anciennes terres, alentour), le jeune Néel de Néhou, d'un an plus âgé que Calixte, avait la beauté de sa mère et l'impétuosité de ce sang slave qui arrêta si net sur une poignée de lances tendues les masses turques débordées ; puis, plus tard, perdit la Pologne pour avoir, dans des Diètes, ouragans d'orgueil et de colère, fait voir trop vite le jour aux sabres tirés.

De tempérament, Néel était plus Polonais que Normand, mais c'était un Polonais du temps de Sobieski. Il en eût porté héroïquement le carquois d'or. Sa violence, qui ressemblait à certains coups de vent dans les steppes, paraissait excessive et même un peu folle dans

un pays de sens rassis, de ce bon sens normand, tout-puissant et calme, que l'on peut
appeler *stator*, comme Jupiter! Mais cette violence était accompagnée d'un éclat si vibrant
et si pur de qualités chevaleresques, que pour
la première fois charmée, la Judiciaire normande la lui pardonnait.

Il semblait que ces qualités rayonnassent
d'un éclat plus vif à travers cette fougue, un
peu sauvage, comme les diamants de ces Polonais venus, sous Louis XIII, au mariage de
mademoiselle de Gonzague, brillaient et se détachaient mieux sur le fond hérissé des martres
zibelines et la toison des astracans.

D'ailleurs la vie que menait ce fier et noble
jeune homme, et surtout l'avenir sur lequel il
portait, en frémissant, ses beaux yeux d'anti-
lope, si fauves et si doux, expliquait le jet de
cette flamme qui jaillissait si vite de son âme
émue! Il souffrait déjà de la vie. Créé pour la
lutte et la guerre comme tous ses aïeux, il se
dévorait dans un loisir qui pesait à ses instincts d'héroïsme.

Il avait besoin de sentir battre sur ses sveltes
jambes d'Hippolyte le sabre courbe avec lequel
ses pères maternels coupaient la figure des
Pachas, et il n'y sentait jamais que le fouette-
ment de sa cravache, rêveuse ou forcenée. De
double race militaire, il aspirait l'odeur des

combats dans le tonique parfum des bois et la
poudre de son fusil de chasse, mais il pouvait
croire qu'il ne la respirerait jamais mieux.

Les opinions, ou plutôt les passions politiques
du vieil Éphrem (ancien officier de l'armée des
Princes), défendaient impérieusement à Néel
de servir sous un drapeau qui n'était pas celui
de ses ancêtres, et il le regrettait amèrement.
A cette époque, la France était en pleine
épopée militaire. La lecture des journaux, les
bulletins publiés par l'Empereur, les récits qui
volaient de bouche en bouche, étaient autant
de coups de trompette pour l'impatiente ardeur
de ce jeune homme dont le cœur hennissait
dans les liens respectés du devoir. Néel se
demandait, parfois avec larmes, s'il aurait jamais la sensation enivrante d'une garde d'épée
dans sa main.

Toutes les chouanneries étaient finies. Le
Corse, — comme l'appelait le vicomte Éphrem
de Néhou, Corse lui-même, du moins par la
profondeur des ressentiments, — venait d'épouser une archiduchesse d'Autriche. Son empire de
fer et bronze, qui devait se fausser plus tard,
semblait avoir alors une solidité éblouissante
qui désespérait ses ennemis.

Néel, que la conscription allait atteindre, si,
avant que l'heure en fût sonnée, un brevet de
lieutenant dans quelque régiment de cavalerie,

comme Bonaparte, qui savait le prix des anciennes familles, en adressait parfois à ces
blancs-becs à aïeux, ne lui était pas décoché
par ce grand Sagittaire, qui visait toujours à
la place où fleurit l'honneur dans le cœur des
hommes, Néel n'avait d'autre perspective qu'un
mariage de convenance ou d'amour : mais le
roman de cette tête ardente et martiale passait
de bien haut par-dessus les bonheurs calmes
du foyer.

Déjà son père avait pensé à lui choisir une
femme parmi les châtelaines d'alentour. Elle
était choisie. Mais lui voyait avec tristesse
s'approcher le moment où il faudrait, en se
mariant, renoncer formellement à cette vie des
armes vers laquelle l'entraînaient inutilement
tous ses instincts.

Avant le jour où il vit Calixte à la grille du
Quesnay, les femmes ne l'avaient jamais pré-
occupé, même une heure, quoiqu'il eût le
genre de beauté qu'elles adorent et qui dit
bien qu'on est capable de toutes les folies
qu'elles peuvent inspirer. Cette beauté rare
était accompagnée d'un air étranger, — l'air
de sa mère, — qui faisait rêver les jeunes filles
du pays un peu davantage. Avec les femmes,
ce qui vient de loin n'est-il pas toujours merveilleux ? Il était blond, comme toutes ces
Normandes, mais il l'était d'une nuance plus

profonde, d'une nuance, pour ainsi parler, re-
doublée, indice marqué de sa double origine
d'homme du Nord. L'ambre éteignait l'or sur
ses cheveux qui semblaient des plumes, tant
ils étaient légers et diaphanes! et qui bouclaient, courts et pressés, autour de sa tête
élégante, coiffée comme depuis on a vu se
coiffer Byron.

Son front blanc, un peu busqué et ouvert,
comme une plaine de neige durcie, à tous les
rayons, à toutes les ombres, à toutes les tempêtes,
était traversé de la belle torsade bleue de cette
veine que les physiologistes appellent la *veine de
la colère* et qui, partant de la racine des cheveux
descendait entre les sourcils jusqu'à la naissance d'un nez plus correct et plus pur que
celui de tous les sphinx grecs.

A chaque instant, cette veine se gonflait sur
ce front, expressivement téméraire, jusque dans
son immobilité et sa blancheur.

On eût pensé, en la voyant, qu'elle était un
signe de mort prématurée, — que le jour ne
pouvait être loin où elle se romprait sous la joie
ou la peine, comme cette autre veine qui se
rompit de volupté dans la poitrine d'Attila.

Du reste, en attendant la catastrophe, les
violences qui créaient un danger perpétuel
pour Néel et pour les autres lui donnaient deux
charmes inouïs de physionomie, lorsqu'elles

le touchaient de leur foudre. Elles le pâlissaient
tout à coup d'une pâleur profonde et lui noircissaient instantanément le bleu de saphir de
ses yeux.

Ils devenaient alors entièrement et affreusement noirs. Quand la couleur tranquille de la
vie revenait à l'opale rosée de la jone, l'azur
aussi revenait aux prunelles, mais il était toujours près de s'en retourner! Cela était charmant et terrible, et rappelait ces changements
de couleur qu'a aussi la mer, sous de certaines
latitudes, dans les pays et sous les cieux où
elle est le plus une sirène.

Tel était le jeune homme en habit de chasse
étendu aux derniers rayons du soleil couchant
sur le mur du Quesnay, et dont Calixte pressait la tête saignante dans le linge qu'elle avait
pris des mains de son père.

V

E gonflement de la veine sur ce front menaçant avait-il averti Calixte? Mais au geste de l'inconnu, quand il était sorti de son évanouissement, elle avait eu l'intuition de ce qui allait suivre entre son père et ce jeune homme, et elle s'était mise entre deux.

Les Herpin qui connaissaient Néel de Néhou — qui l'avaient vu aux chasses et partout « où il y avait de ça à montrer, » comme ils disaient en relevant la manche de leur veste et en faisant saillir les muscles de leur poignet, s'attendaient à une rixe effroyable, quand il aurait repris connaissance : mais ils se trompaient, il n'en fut rien. La main de Calixte avait tout calmé en se posant sur cette tête blessée, à laquelle pourtant la blessure aurait dû faire

l'effet d'un tison tombant dans de la poudre.
Néel, l'impétueux Néel, qui venait, — il n'y
avait qu'un moment, — de parler de Sombreval
et de Calixte avec l'insultant mépris que tout
le monde avait pour eux, — apaisé maintenant,
doux et presque soumis, non seulement ne
souffrait pas de sentir la main de la fille au
prêtre sur sa tête, mais encore il allait souffrir,
et cruellement, tout à l'heure, quand il ne l'y
sentirait plus !

Jamais il n'avait éprouvé rien de pareil à ce
rêve vivant, car ce qu'il voyait ne ressemblait
pas à la vie, du moins à la vie ordinaire. La
femme qu'il avait devant lui et qui lui touchait
sa blessure tenait elle-même bien plus du rêve
que de la réalité.

En venant seule, au bras de son père, dans
ces campagnes désertes où les brises de la fin
du jour, chargées de senteurs végétales, appor-
taient des vagues de vie à sa faiblesse, Calixte
avait ôté sa capote de voyage pour faire
prendre un bain d'air à sa tête souffrante, qui
s'était relevée comme la tige d'un beau lis, au
soir. Avec sa blancheur, en effet, l'élancement
de ses formes sveltes, le long châle de laine
blanche, sans bordure, qui l'enveloppait tout
entière comme une draperie mouillée enveloppe
une statue, elle ressemblait à cette fleur, em-
blème des âmes pures, que les Vierges portent

dans le ciel, comme le calice d'albâtre de leur sacrifice.

Néel de Néhou, qui depuis quelques jours pensait à elle, — car le bruit de la scandaleuse acquisition du Quesnay par Sombreval faisait sa tournée dans le pays, — Néel, qui s'imaginait que si la fille de cet abominable prêtre pouvait être belle, elle ne devait l'être que de la beauté orgueilleuse, matérielle et hardie d'une réprouvée, fut frappé jusque dans le cœur, quand il aperçut contre l'énorme et noire épaule de Sombreval cette tête de Sainte, aux paupières baissées, sublime de tristesse calme et de chasteté !

Calixte était moins une femme qu'une vision, — « une vision, disait Jeanne Roussel, qui me l'a presque montrée à force de m'en parler, comme Dieu voulait sans doute, dans une vue de providence, que ce scélérat de Sombreval en eût une, sans cesse, devant les yeux. » On aurait dit l'Ange de la souffrance marchant sur la terre du Seigneur, mais y marchant dans sa fulgurante et virginale beauté d'ange, que les plus cruelles douleurs ressenties ne pouvaient profaner.

Calixte souffrait dans son corps par la maladie et dans son esprit par son père, mais elle n'en était que plus belle. Elle avait la beauté chrétienne, la double poésie, la double vertu de

l'Innocence et de l'Expiation... Les pâleurs de
la colère de Néel n'étaient que des roses lavées
par les pluies en comparaison de la pâleur surnaturelle de Calixte. Comme un vase d'un
ivoire humain trop pur pour résister aux rudes
attouchements de la vie, son visage, plus que
pâle, était simplement encadré par des cheveux
d'un blond d'or clair, relevés droit et découvrant les tempes douloureuses, — coiffure inconnue à cette époque, et que la malheureuse
enfant avait inventée pour s'épargner les sensations, insupportablement aiguës, que le fer
et la torsion causaient à ses cheveux ; — seulement, chose étrange ! il était surmonté d'une
bande de velours écarlate, qui rendait plus
profonde et plus exaspérée son étonnante
pâleur.

Trop large pour être une parure, ce ruban
écarlate qui ceignait cette tête d'un blanc si
mat et passait tout près des sourcils figurait
bien la couronne sanglante d'un front martyr.
On eût dit un cercle de sang figé — laissé là
par de sublimes tortures — et on aurait pensé
à ces Méduses chrétiennes dont le front ouvert
verse du vrai sang sous les épines du couronne-
ment mystique, comme nous en avons vu couler
en ces dernières années, du front déchiré des
Stigmatisées du Tyrol. Elle aussi était stigma-
tisée ! Elle ne l'était pas par l'amour qui a de-

mandé à Dieu de partager ses blessures, mais
par l'horreur involontaire d'une mère, — morte
d'horreur !

Néel, qui ne savait pas ce que cachait cette
singulière bande écarlate, Néel, qui ne pouvait pas se douter que la *fille au prêtre* fût
une chrétienne, ne comprenait rien à ce dia-
dème inexplicable qui faisait peur comme un
mystère et fascinait comme un danger. Il ne
comprenait pas. Mais n'est-ce pas l'incompréhensible qui enfonce toujours plus avant l'amour
dans nos cœurs ?...

Le sang de la légère blessure de Néel était
étanché. Ses cheveux mouillés encore bouclaient
plus lustrés et plus beaux autour de son visage,
auquel une passion naissante donnait une expression pleine de charme. Il se leva gracieusement du mur où il était étendu et, regardant
avec des yeux, redevenus bleus de douceur et
de tendresse, la jeune fille qui, en se penchant
vers lui, s'était (à ce qu'il semblait) toute
versée dans son cœur et qui l'emplissait,
comme un liquide remplit une coupe :

— Merci, mademoiselle — lui dit-il avec
trouble — oh ! merci et pardon ; pardon plus
que merci encore ! Oubliez ce que j'ai dit,
avant de vous connaître. Moi, je n'oublierai
plus que je vous connais et que je vous ai
offensée, — et je garderai mes remords ! !

— On ne les garde pas quand on se repent,
— répondit profondément la jeune fille, qui eut
un tressaillement, comme si un aspic l'eût
touchée, et qui regarda son père avec une sublime intention. — Mais vous ne m'avez point
offensée, — ajouta-t-elle d'une voix charmante
où vibrait la bonté du cœur le plus doux.

— C'est moi qu'on offense, jeune homme,
dit Sombreval, et non pas elle ! Elle ! elle est
trop haut du côté du ciel pour que l'injure puisse
jamais l'atteindre, et d'ailleurs n'a-t-elle pas le
cœur de son vieux père pour tout intercepter ?

Au mot du ciel prononcé par ce renégat qui
n'y croyait pas, Calixte eut un regard magnifique de joie et de reconnaissance, car il venait
de dire pour elle un mot qu'il ne disait jamais.

Les Herpin avaient ouvert la grille de la
cour, et ils étaient venus saluer leur nouveau
maître.

— Je ne vous invite pas, monsieur, dit
Sombreval avec hauteur, à entrer chez un
homme que vous haïssiez avant de le connaître.
Il vaut mieux nous quitter comme si nous ne
nous étions jamais vus et comme si nous ne
devions plus nous revoir. Avec Gourgue-Sombreval pour maître, la grille de la cour du
Quesnay sera désormais plus fermée qu'ouverte.
— Entre chez toi, ma Calixte ! dit-il en changeant
de voix, qui de rauque et dure devint veloutée.

Elle avait repris le bras de son père, elle passa près de Néel, en le saluant d'un sourire. Parthe innocente! qui n'envoya jamais de flèche plus meurtrière, empennée d'un duvet plus doux!

Néel resta, le temps de respirer, à voir flotter le châle blanc et briller le bandeau rouge de cette fille du prêtre, qui vraiment avait, en montant le perron du Quesnay, la majesté d'une prêtresse qui monte à l'autel. Puis il s'élança sur son cheval et retourna à Néhou avec une pensée terrible. Sombreval était trop vengé!

VI

L l'était, en effet. Néel emportait
ailleurs qu'à la tête une blessure
dont il ne guérirait pas. Et comment en eût-il guéri? Il aimait
déjà son mal et ne cherchait pas à
s'en défendre. Malgré la force d'un caractère très
décidé, malgré tout ce que devait être, pour un
jeune homme élevé comme lui, cette jeune
fille, pire qu'une bâtarde, fruit d'un crime, à
ses yeux chrétiens, plus grand que l'inceste, il
ne se révolta pas ; il ne pensa pas même un
seul instant à lutter contre l'ascendant souverain de cette femme-vision qui avait disparu
derrière les vitres embrasées de la porte-fenêtre
du Quesnay, mais qui ne disparaîtrait plus de
sa pensée. Quoique son héros favori fût

Charles XII, le roi de Suède, dont il lisait sans cesse la *Vie*, il ne songea pas à imiter son héros.

Vous le savez, Charles XII (Néel l'avait admiré souvent!) n'avait jamais voulu revoir mademoiselle de Kœnigsmark, tant il avait été épouvanté de la capacité d'amour qu'il avait sentie dans son âme profonde, au premier regard de cette Méduse de beauté! Mais lui, Néel, dont toutes les pensées cependant, toutes les rêveries, étaient la gloire par l'épée, — par cette épée que l'honneur lui défendait momentanément de tirer, — n'eut pas peur de revoir cette troublante créature qui allait l'enlever probablement à toutes les idées de gloire et qui aurait dû, plus qu'aucune autre femme, le frapper de l'héroïque épouvante de l'amour. Que dis-je! il voulait la revoir, au contraire; il s'acharna dans cette volonté. Il n'aspira plus qu'à rencontrer de nouveau cette fille, une première fois rencontrée.

S'il avait été un Normand de race pure, il se serait demandé peut-être à quoi bon revenir à cette enfant à l'ignominie de qui la nature avait fait l'horrible mensonge de donner une forme divine, et il se serait payé des meilleures raisons pour la fuir. Mais il ne s'interrogea point, ne réfléchit pas, et, en vrai Slave qui va devant lui, comme les chveaux indomptés

de ses steppes, il alla sans frein du côté de son
désir et poussa toujours.

Parfaitement maître de ses heures, fils d'un
père qui ne sortait presque plus de la tourelle
de son manoir et qui lui laissait toute sa liberté, il crut pouvoir arranger sa vie de manière à revoir parfois, dans ces campagnes où
elle allait vivre, la fille de cet homme chez
lequel la convenance, la religion, la fierté, tout
enfin, jusqu'à l'insolente volonté de cet homme
d'opprobre, lui défendait de mettre le pied. Il
le crut... mais ce problème d'une solution qui
lui paraissait si facile rencontra bientôt plus
d'un obstacle sur lequel il n'avait pas compté.

Il était chasseur. Il avait la patience de
l'affût. Comme tous les hommes, même les
plus bouillants, qui sont organisés pour la
guerre, il avait la force de l'attente immobile,
la puissance de comprimer les battements et
les élans d'un cœur persévérant et d'une volonté infatigable.

Il vint donc presque tous les jours s'embus-
quer dans les environs du château, tantôt plus
près, mais toujours dans l'étroit rayon qu'une
femme qui habite la campagne et qui s'y promène ne peut guère, si elle est prudente, dépasser. Sous prétexte de course ou de chasse,
il quittait Néhou de bon matin et n'y rentrait
guère que le soir.

Depuis qu'il savait sangler un cheval et en rattacher les gourmettes, Néel avait toujours aimé à courir par monts et par vaux. Il jetait l'activité dont il débordait aux quatre angles de la rose des vents. Quand on le croyait à chasser le loup ou le sanglier sur un point éloigné de la presqu'île, tout à coup il apparaissait sur un autre.

Aux yeux de son père accoutumé à ses absences, et à qui d'ailleurs il n'avait rien dit de la scène avec les Sombreval, la vie de Néel, si changée au fond, ne fut point extérieurement modifiée, mais il n'en était pas tout à fait de même pour les gens qui allaient et venaient dans ce coin de pays, et qui l'y rencontraient, — comme ils disaient avec la narquoise expression de la contrée, — « un peu plus souvent qu'à son tour. »

Habitués aussi aux absences de Néel, qu'ils ne voyaient que de loin en loin dans les mêmes parages, ils durent s'étonner, sans nul doute, de l'y trouver hantant les mêmes places et battant toujours les mêmes buissons, quand il les battait. Mais à cette époque de mon histoire, nul d'entre eux n'aurait soupçonné dans quel but *monsieur Néel*, — car ils l'appelaient *monsieur Néel*, avec un respect familier et tendre, comme les paysans du Bocage appelaient Henri de La Rochejaquelein *monsieur*

Henri, — avait tout à coup resserré le cercle
de ses courses et de sa volée, et s'était mis à
tourner autour du Quesnay, comme le fil autour du fuseau.

Du reste, quand on le rencontrait, il était
toujours seul, — avec sa carabine de chasse ;
et il leur parlait des choses du temps, — marchant avec eux, — puis les quittant pour revenir là où il croyait qu'un jour ou l'autre
finirait par passer cette châtelaine cachée du
château de là-bas, dont le toit bleu l'impatien-
tait d'étinceler toujours du même azur, dans la
lumière monotone d'un lointain vide.

C'était comme un fait exprès, une gageure ;
les jours étaient charmants, l'été magnifique,
cette année-là. Calixte, qui était malade et
asservie au traitement que lui prescrivait son
père, ne prenait l'air et le soleil qu'à doses
prudentes et surveillées, le long des espaliers
du jardin, fermé de murs énormes et où l'on
n'aurait pu l'apercevoir que du côté de l'étang,
si l'étang n'avait appartenu exclusivement à
Sombreval.

Néel ignorait la maladie de Calixte. La voix
de la contrée, — cet écho fait de mille échos,
qui dit tant de choses et qui plus tard en a
tant répété sur cette infortunée, — ne lui avait
pas appris qu'elle était positivement malade,
et que la douleur dont il avait vu les reflets

sur son beau visage n'était pas seulement une
physionomie comme la nature en attache parfois
au visage de ses créatures les plus calmes et
les plus heureuses, mais une réalité cruelle qui
la dévorait.

Il ne s'expliquait pas qu'une jeune personne
si récemment venue des villes, restât invisible
au milieu du plus tentant des paysages. Aussi
y avait-il des jours où, ne résistant plus à ses
impatiences et ne craignant pas d'ailleurs
d'être indiscret (en termes de monde) avec des
gens comme ces Sombreval, il s'avançait
effrontément jusqu'à la grille de la cour, ne
fût-ce que pour apercevoir encore, derrière la
fenêtre où se tenait cette forme blanche qui
s'était comme évanouie dans les rayons ver-
millonnés du soir, cette prodigieuse de pâleur,
sous sa bandelette écarlate. Mais les rideaux
strictement baissés à toutes les fenêtres de ce
château silencieux, symbole en pierre de l'isolement de ceux qui l'habitaient, ne laissaient
jamais passer même une main, — une de ces
deux mains dont l'image, depuis qu'il les avait
senties sur son front, voltigeait incessamment
devant ses yeux.

En tournant et vaguant autour du Quesnay,
Néel trouvait parfois Jacques Herpin ou ses
fils sur sa route. Il leur parlait de leurs nouveaux maîtres, — et il aimait tant Calixte

déjà, qu'il souffrait du ton qu'ils avaient,
quand les Herpin en parlaient durement devant
lui. Pour eux, en effet, elle avait le tort d'être
l'enfant de Sombreval, et ils la confondaient
avec son père dans la même imprécation.

Du reste, ils n'avaient aucun détail à donner
sur cette inconnue, ensevelie dans ce château
plus fermé alors qu'il ne l'avait été quand on
ne l'habitait pas. Personne n'y pénétrait de la
ferme. Les ouvriers de la ville voisine qui
étaient venus ouvrir les caisses dont les formes
avaient frappé ces imaginations primitives et
tendre les appartements, étaient repartis le soir
même du jour où ils avaient fini leur besogne ;
et, comme s'il avait voulu couper court à tout
commérage entre eux et les fermiers, Sombreval les avait payés et avait barré, de ses propres
mains, la grille de la cour derrière eux.

Les hommes ont tant besoin de se savoir les
uns les autres, que la curiosité trompée des
Herpin les aliénait peut-être plus de Sombreval
que sa funeste renommée. « V'là la huitième
année de notre bail qui commence, — disaient-
ils, — mais il est bien à croire que nous ne le
renouvellerons pas... » En parlant ainsi, les
Herpin tâtaient, tout en subissant l'influence
de Sombreval, l'opinion d'une contrée qui se
contractait et se retirait d'autour des Sombreval,
ainsi que maître Tizonnet l'avait pressenti au

commencement de cette histoire, et comme il était si facile à tout le monde de le prévoir.

Sombreval l'avait prévu lui-même, car ce grand esprit se jugeait. Il se rendait compte de l'effet de son infamie, comme un grand médecin malade d'une maladie hideuse se rend compte froidement du dégoût que son état inspire et de la manière dont il va falloir vivre et souffrir jusqu'à la fin... Broussais, — dit-on, — eut ce sang-froid cruel contre lui-même, cette vue d'observateur que rien n'aveugle et ne fait trembler.

Sombreval, qui venait habiter le Quesnay pour une raison plus forte que lui et que nul ne savait, excepté cette femme accablée de veillesse (pensait-il), qui serait roulée un de ces matins dans son cercueil, — la Malgaigne — Sombreval avait deviné qu'il ne trouverait pas une âme qui voulût le servir, et que même les Herpin retenus momentanément par leur bail, pourraient bien abandonner une terre épuisée qui avait été pour eux, pendant tant d'années, une vache à lait têtée jusqu'au sang par leur avidité de couleuvres.

Dans cette prévision, il avait amené de Paris deux domestiques, dont il ferait probablement des fermiers plus tard. C'étaient des gens à lui, — le mari et la femme, nègres tous deux, consacrant à son service cette masse de

force organique, de dévouement et d'obéissance
sans bornes qui distinguent les êtres vaillants
de cette race.

Pour eux, il n'était pas un homme, il était
un dieu! Il avait sauvé le mari d'une maladie
épouvantable, inconnue en Europe, sans re-
lation avec les plus effroyables maladies endé-
miques, telles que le sibbens, la pellagre, le
yaw, le pian, ces choses monstrueuses sous des
noms aussi monstrueux qu'elles, et l'ayant
traitée avec l'audace d'un homme de génie ex-
périmentant sur un esclave, il l'avait radicale-
ment guérie, à l'aide de poisons savamment et
témérairement combinés.

Ces noirs, qui n'étaient pas, sur cette côte
de marins et de pêcheurs, une espèce inconnue,
et qu'on n'aurait pas remarqués, s'ils avaient
appartenu à d'autres maîtres, redoublaient l'aspect sinistre du Quesnay. — « Dieu et le
diable seuls savent ce qui se passe dans le
château depuis qu'ils y sont, monsieur Néel! »
— continuait le fils Herpin, tout en fouettant
les quatre bœufs de sa charrette, roulant péni-
blement dans ces ornières où la roue enfonce
jusqu'au moyeu : — « les *faces de crêpe* (il
appelait ainsi les deux noirs) ne parlent pas
plus que des souches et ne viennent jamais, au
grand jamais, flâner chez nous. V'là pourtant
un bon mois et le pouce qu'ils sont arrivés au

Quesnay, et ils ne bougent! Ils ne remuent pas plus que les taupes poursuivies, quand elles se sont coulées sous les herbailles de l'étang. La fille n'a pas mis tant seulement une fois le pied dehors, depuis qu'elle vous a bassiné la tête, monsieur Néel, avec cette layette d'enfant Jésus, qui sert de mouchoir à cette... vous savez bien qui je veux dire, pas vrai, monsieur Néel?... Il n'y a que le vieux Sombreval qui sorte et rôde par-ci par-là, car il marche la terre *à sens* et *à dessens*, le vieux *Rapiamus !* comme un nouveau marié choie sa femme. Vous ne l'avez pas vu, monsieur Néel? Non? Eh bien, tant mieux! c'est p't-être un bonheur que vous ne l'ayez pas rencontré entre les deux haies du chemin creux des Long-champs où le beau Du Parc a si bien régalé de son bâton gaufré le dos du vieux usurier Desfontaines, car vous êtes un jeune taureau, monsieur Néel, à qui il ne faut pas faire du vent trop près des narines, et qui sait? vous lui auriez p't-être fait payer un brin trop cher les intérêts de cette claque qu'il a abattue si mauvaisement sur la croupe de votre pouliche, l'autre jour! »

Les yeux noircissaient bien un peu à Néel et la *veine de la colère* se gonflait comme une petite vague bleue, sur son front de marbre blanc, en entendant ces paroles où tout le paysan normand se distillait; mais il ne pouvait

pas exiger plus de respect du fils Herpin, en
parlant du prêtre marié et de sa progéniture.

Quand ce finaud de paysan lui rappela cette
action de Sombreval qu'il aurait châtiée sans
l'intervention de Calixte, il sentit nettement
la position fausse vis-à-vis de lui-même que
son sentiment devait lui créer, et il commençait d'avoir honte de l'état de son cœur. Hélas !
toute passion rompt par la moitié l'âme d'un
homme et fait de son être deux tronçons qui
ne se rejoignent pas pour se guérir, mais pour
se blesser !

Néel de Néhou, le fils du vicomte Éphrem,
le descendant de Néel de Saint-Sauveur, le
grand vicomte de Cotentin, et par sa mère, de
vingt générations de Palatins et de Castellans
amoureux de la fille à Jean Gourgue, dit *Sombreval*, le renégat et le sacrilége, était une de
ces monstruosités morales et sociales dont
l'existence lui aurait paru, avant ce moment,
impossible !

Livré depuis un mois à des rêveries et à des
curiosités brûlantes, dans cette campagne où il
errait comme une âme en peine ; oisif et solitaire, il n'avait pas eu d'autre idée et d'autre
espérance que celle-ci : « Je veux et je vais la
revoir ! » Et voilà que les paroles du fils Herpin dont il avait partagé, il y avait si peu de
temps encore, les manières de sentir sur les

Sombreval, l'offensaient comme si, dans son âme, il les avait épousés, elle et son père, et qu'il fût solidaire du mépris qu'on versait sur eux.

Quel éclair projeté tout à coup dans cette âme qui s'était précipitée vers Calixte avec l'aveuglement et la rapidité d'un tourbillon ! Le fermier, occupé à fouetter ses bœufs, ne s'apercevait pas que Néel baissait une tête humiliée sous sa pensée, comme eux sous leur joug ; Néel, le jeune taureau, comme il venait de l'appeler ! Lorsque l'imagination est vierge et qu'elle est attirée par un être incomparable à tout ce qu'on rencontra jamais, les troubles se joignent à l'ignorance pour vous abuser, et l'on aime sans savoir comme on aime.

Jusque-là, Néel avait senti son amour pour Calixte sans le voir. Maintenant il le voyait. Il le discernait clairement dans son âme et ses rêves, — comme on voit les formes précises d'une peau de tigre dormant dans les jungles. Découverte terrible ! menace inquiétante pour l'avenir, que cet amour qui ne pouvait être qu'une source infinie de malheurs... Mais comprenez bien ce caractère ! La crânerie de cœur de Néel de Néhou équivalait à la crânerie de sa tête. En audace, il était complet. C'était une de ces natures qui oublient les lois du monde, même ses lois physiques, dans le vertige de leur désir et de leur volonté, et pour lesquelles rien n'est impossible. Si la fantaisie l'en avait pris, il aurait marché à cheval sur la mer... Vous souriez ? Il y avait marché !!!

Oui, il y avait marché ! Laissez-moi vous donner la clef du caractère de ce jeune homme en vous racontant ce fait insensé, ce détail unique dont tout le pays avait parlé, et qui avait laissé à Néel un fond de tristesse auquel un moraliste attribuerait peut-être son amour subit pour Calixte, car le chagrin, en attendrissant les âmes fortes, les prédispose mieux à l'amour.

VII

’ÉTAIT il y avait un an à peu près :
Néel s’en allait à Bayeux avec un
de ses amis, Gustave d’Orglande,
jeune noble, son voisin de terre et
qui, comme Néel, était obligé,
par préjugé d’honneur et de parti, de garder
dans ses veines le trop-plein du sang qui fait
les héros.

Ils allaient à Bayeux pour danser à une fête
que l’on y donnait tous les ans, — un bal de
la Toussaint, — et ils voyageaient à cheval, à
la manière des ancêtres, qui laissaient aux
femmes les molles délices de la voiture, et ne
s’estimaient que sur ce trône vivant du dos
d’un cheval où l’homme est vraiment lui-même,
d’où il peut combattre et commander.

Du point qu'habitaient ces jeunes gens, à
Bayeux, il y a environ vingt-deux lieues, et
ces vingt-deux lieues étaient interrompues,
entre Isigny et Saint-Lô, par un bras de mer,
large et profond, qu'on appelle le Vey, et sur
lequel on n'avait point bâti encore le pont
actuel qui a coûté tant de peine, et qu'un jour
la mer détruira.

A cette époque ce bras de mer se passait en
bac, et c'était un dangereux passage! La mer,
resserrée dans cet endroit (un goulet pour elle!)
devenait, à certaines marées, d'une méchanceté
furieuse et folle, et tellement folle que les bacs
n'osaient plus se hasarder à la passée, si in-
trépides que les Normands soient à la mer!

Or, c'était par une de ces marées que Néel
de Néhou et Gustave d'Orglande arrivèrent à
la Maison-Blanche, l'auberge du Vey, où ils
déjeunèrent et envoyèrent querir le pilote du
bac et ses fils, lesquels attendaient que la mer
fût basse et retirée pour remettre le bac à flot.

Pressés d'être le soir même à Bayeux, à
l'heure de la fête, les deux jeunes gens voulaient passer à quelque prix que ce fût. Mais
ni pour or, ni pour argent, ni par prières, ni
par menaces, ils ne purent décider les gens du
bac à se risquer sur cette mer enragée qui
faisait trembler la population de ses bords.

Néel et Gustave la regardaient, mêlés aux

gens du rivage, et le spectacle effrayant qu'elle offrait ne désarmait pas Néel de la volonté qu'il avait exprimée. L'obstacle soulevait son caractère comme la tempête soulevait le flot. Il était pâle et son beau visage avait cette expression de volonté surhumaine qui est un défi porté aux choses elles-mêmes. « Gustave ! dit-il, nos chevaux valent bien les planches d'un bac. Si nous passions ! »

Et il aimantait de ses yeux les yeux de son ami, qui lui répondit un mot aussi simple et aussi sublime que le *J'y pensais* du sire de Joinville à la reine de France : « Va devant, Néel, et je te suis ! » On parle encore à la Maison-Blanche de cette incroyable folie à laquelle on voulut en vain s'opposer !

Les chevaux, dont l'instinct était plus sage que leurs maîtres, se cabraient devant les vagues qui semblaient rouler la mort dans leur écume, et ils les flairaient, hérissés, comme ils auraient flairé des obus fumants. Mais la volonté de leurs cavaliers finit par entrer dans leur ventre, sous les coups redoublés des éperons et ils se précipitèrent. Néel faisait ce que Gustave avait dit. Il allait devant, — sans se retourner, — sûr de son Gustave, fouettant les houles de sa cravache, comme Xercès dut fouetter la mer. Ce fut long, disputé, terrible ! Ils coupaient le flot. Le flot les coupait. Du rivage, on les voyait paraître et disparaître. On les croyait perdus.

Au bout d'une heure d'efforts inouïs contre les courants, Néel toucha l'autre bord. Il était passé ! On l'aperçut, ruisselant, sortir de l'abîme et retourner son cheval vers la mer, cherchant des yeux où était Gustave, dont la voix depuis longtemps s'était perdue dans le bruit de la tempête. Tout à coup, comme un peuplier qui tremble, il se dressa debout et tout droit sur ses étriers pour voir de plus loin sur l'étendue agitée : mais il ne vit rien ! ô angoisse ! et le noble enfant qui appelait Gustave rentra vaillamment dans la mer pour aller au devant de cet ami qu'il ne voyait plus ! Ce fut inutile. Gustave et son cheval avaient sombré.

Néel resta haletant, cherchant, sondant le gouffre, fou de douleur, aveugle de larmes. Il eut l'idée de se tuer ; mais il pensa à son père, qui n'avait que lui et qui l'attendait au coin de la cheminée de Néhou. « Me tuer ? non ! dit-il, mais rester là tant que mon cheval aura un souffle ! » Et il resta cherchant toujours. Hélas ! il vit bientôt passer le cadavre de son ami, désarçonné, que le flot portait à la côte. Il le suivit, et quand il l'atteignit sur la rive, son cheval épuisé tomba mort.

Voilà tout Néel ! Ce trait vous le peint mieux que toutes les analyses. Comme vous

le voyez, il avait ses raisons pour aimer
Charles XII. C'était un Charles XII sans
royaume, sans armée, sans batailles ; un
Charles XII plus grand que le cadre dans
lequel Dieu l'avait placé.

Devant l'amour qu'il se surprenait dans le
cœur, il était comme devant ce bras de mer
du Vey où il avait laissé un ami. Que laisse-
rait-il dans ce nouvel abîme ? Instruit par une
première catastrophe qui pesait sur sa vie, il
n'avait plus cette confiance qui, déflorée, ne re-
fleurit plus sur nos âmes, et qui fleurissait sur
la sienne, quand il entra, ne doutant de rien,
dans cette mer funeste : mais il ne reculait et
ne s'arrêtait pas plus devant son amour que
devant le gouffre. Le désir de cet être passionné, tout en élan comme le peuple auquel
appartenait sa mère, et qui formait autrefois
l'avant-garde de l'Europe contre l'Asie, ne
pouvait être abattu par le premier malheur,
par la première leçon de la destinée. De plus
si le cruel chagrin qu'il avait ressenti de la
mort de Gustave d'Orglande avait, ainsi qu'on
peut l'admettre, rendu son âme plus apte à
l'amour, l'espèce de remords gardé de cette
mort dont il avait été la cause était une raison pour se jeter à corps perdu dans cet
amour. En s'y jetant, il se séparait de lui-
même. Il rompait par une préoccupation nou-

velle avec une idée qui le torturait. Il se re-
trempait dans une eau vive... Il remplaçait un
sentiment par un autre. Dieu, qui lui avait
pris une amitié, lui rendait un autre sentiment.
Et si cet amour, assez fort déjà pour qu'il le
crût invincible, devait lui coûter quelques
souffrances : « Eh bien, se disait-il, pour la
mort de Gustave, n'ai-je donc pas mérité de
souffrir ? » Motif admirable d'une âme généreuse
mais ignorante, car, si coupables que nous
puissions être, nous n'avons jamais mérité ce
qu'une passion vraie nous cause de douleurs !

Quand les paroles du fils Herpin apprirent à
Néel la profondeur de son sentiment pour Calixte, c'était un samedi, et le dimanche qui
tombait le lendemain était une grande fête.
L'obstiné rôdeur des environs du Quesnay fut
obligé de conduire son père à la grand'messe
de la paroisse. Élevé chrétiennement, Néel ne
manquait jamais à remplir ses devoirs extérieurs de chrétien : mais le bonhomme Éphrem,
goutteux et couvert de blessures, ne venait à
l'église de Néhou qu'aux grands jours... Il y
venait alors appuyé sur le bras de son fils,
beau comme le jour, le portrait vivant de sa
mère et qu'il aimait d'un amour paternel, orgueilleux et immense. Il avait pour Néel ce
sentiment qu'ont tous les hommes pour leurs
enfants ; mais, de plus, il avait l'amour qu'a-

vaient les Nobles autrefois pour leur descen-
dance.

La Féodalité, qui fit les hommes plus grands
que nature, avait trouvé moyen d'ajouter au
plus beau sentiment qui soit parmi eux — l'a-
mour des enfants. Le dimanche dont il est
question, le vicomte Éphrem, venu en char-à-
bancs du manoir de Néhou à l'église, parut de
bonne heure à la messe dans son banc seigneu-
rial que la Révolution avait fermé, mais que
certaines paroisses où tout respect pour les anciennes coutumes n'était pas aboli, avaient
rouvert à leurs seigneurs. Innocent privilége
qui consolait ces grands cœurs de la perte de
tous les autres.

D'ailleurs, qui aurait osé, à Néhou, interdire
au vicomte, à celui qui portait le nom de la
paroisse, l'entrée de son banc séculaire, ces
quatre planches de chêne où, de génération en
génération, les Néhou venaient, sur le corps
de plusieurs de leur ancêtres, enterrés là, s'agenouiller humblement devant Dieu ?

Le banc des Néhou, comme presque tous
les bancs seigneuriaux, du reste, était placé
dans le chœur de l'église, — du côté droit, et
posé de manière ~~avec~~ qu'on vît également sans
se retourner et le prêtre qui officiait à l'autel
et les fidèles priant dans la nef.

Le vicomte Éphrem, qui s'y trouvait alors

était un noble vieillard, aux traits pleins de
majesté, haut comme un homme de guerre,
mais qui commençait à se voûter un peu. Il
avait été plus grand et plus fort que son fils
Néel, et quand il s'appuyait sur son bras, il
paraissait maintenant moins grand que le jeune
homme. Il était vêtu d'un simple habit de ca-
melot gris, coupé à l'antique, sur lequel était
attaché ce ruban de croix de Saint-Louis que
l'Empereur, qui se connaissait en héroïsme et
qui savait parfois fermer avec génie ses yeux
d'aigle, n'empêchait pas de porter, quoiqu'elle
eût été gagnée au service de la maison de
Bourbon.

Le vicomte Éphrem gardait la coiffure de sa
jeunesse. Il avait de la poudre et cette queue
allemande qu'il avait portée en émigration, et
qui allait si bien aux mâles tournures et aux
larges épaules de ces lions de guerre, qui se
tressaient ainsi leur crinière pour le combat !

Son fils, debout auprès de lui, dans son habit
de chasse vert, à boutons d'argent et à tête de
loup en relief, apparaissait comme la branche
verdoyante, l'orgueil et l'espérance du vieux
tronc. Recueillis et dans des attitudes pieuses,
ils écoutaient l'office qui s'ouvrait, quand un
mouvement singulier qui se produisit dans les
profondeurs de la nef attira leur attention...
Ils regardèrent.

Néel sentit passer une palpitation dans son cœur, et presque aussitôt il aperçut Sombreval, dominant la foule de la coupole de son front bronzé et s'avançant résolûment dans la nef, fusillé par mille regards de mépris courroucé et de haine, mais n'y prenant seulement pas garde, car il suivait et surveillait sa Calixte, qui s'avançait aussi cherchant un banc, une chaise, une place, et n'en trouvant pas.

C'était la première fois, depuis qu'ils étaient au Quesnay, que les Sombreval osaient paraître au grand jour, et quoique partout leur vue eût causé un scandale, à l'église où ce prêtre défroqué et marié venait se montrer impudemment avec sa fille, le fruit de son crime, le scandale était encore plus grand... Lorsqu'on les avait aperçus franchissant le portail, l'indignation avait parcouru l'église, frémissante et près d'éclater.

Calixte avait alors senti un peu mieux, sous la bandelette rouge de son front, s'enfoncer son invisible couronne d'épines, mais ses yeux se portèrent sur Celui à qui le bois d'une croix enfonçait la sienne, et elle s'était avancée courageusement, à travers cette foule hostile qui s'écartait d'elle et de son père, les isolant, à force d'horreur. Elle était arrivée ainsi jusqu'à l'entrée du chœur où elle s'arrêta de respect.

L'église de Néhou, comme toutes les églises

de village, n'avait que des bancs et quelques
chaises, mais en petit nombre. Chacun, en
voyant Sombreval et sa fille, avait mis la main
sur sa chaise et s'était un peu retiré, comme
s'il eût craint le contact de ces pestiférés de
l'infamie... Néel, qui avait le regard perçant de
la jeunesse et de l'amour, avait vu tout cela. Il
fouillait de l'œil le chœur et les chapelles, mais
il n'apercevait pas ce qu'il cherchait...

Arrêtés à l'entrée du chœur, Sombreval avait
dit tout bas un mot à sa fille, et il l'avait quit-
tée, la laissant seule, sous le crucifix. Puis il
était revenu bientôt, tenant deux chaises à
bras tendu passant par-dessus la tête de tous.
Il les avait arrachées à un de cès paysans mal-
veillants, lequel avait fait mine de les défendre
et les avait abandonnées en sentant les muscles
de cet homme qui, comme le maréchal de Saxe,
aurait rompu un fer à cheval dans sa main. Il
les planta devant sa fille en jetant à la foule
un regard qui, de même qu'un coup de pompe
fait monter l'eau , fit monter le sang aux yeux
de Néel.

L'amoureux de Calixte admirait le père de
celle qu'il aimait ! Avec sa poitrine soulevée,
sa colère gouvernée, son mépris jeté, dans un
seul regard, à cette foule, Néel trouvait Sombreval presque beau. Mais sa fille ? Que deve-
nait-il en regardant sa fille ? Calixte s'était

agenouillée et mise en prière. Vapeur de l'encensoir qui se détachait de la terre et montait vers Dieu !

Il la revoyait pour la seconde fois, et il la trouvait encore plus belle que quand il l'avait entr'aperçue à la grille du Quesnay, — divine de pitié et si pâle dans les rayons pourprés du soir ! Elle était en blanc, comme ce jour-là, et son voile relevé et retombant derrière ses épaules permettait d'apercevoir son visage, toujours de la même pâleur, et ses grands yeux de Sainte Thérèse sous leur bandeau de velours ponceau, qui n'était pas le placide bandeau de lin de la Carmélite, et qu'il s'étonna de retrouver à ce front qu'il eût voulu voir. Elle, Calixte, perdue en son Dieu, s'absorba dans la contemplation de l'autel.

Néel et son père, la foule, l'église, tout avait disparu pour cette fille angélique, qui priait avec l'inspiration des cœurs choisis. Elle resta, tout le temps que dura la messe, agenouillée. Sombreval était auprès d'elle, la couvrant de ses fiers regards, tendres et jaloux.

Attiré lui-même par cette beauté adorablement recueillie, le vicomte Éphrem dit à son fils un de ces mots légers qui poignardent, et dont il ne vit pas l'effet dans le tressaillement du pauvre Néel : « Ce sont les acquéreurs du Quesnay, lui fit-il tout bas ; c'est ce prêtre...

qui a bien l'air de ce qu'il est, par parenthèse,
mais la fille est intéressante ; elle a vraiment
de la tenue pour la fille d'un gueux ! »

Lorsque la messe fut finie, Néel reconduisit
son père à l'échalier du cimetière où son char-
à-bancs l'attendait. Il passa tout près de Calixte encore agenouillée, et, malgré lui, il chercha des yeux la jeune fille, qui avait les siens
baissés sur son livre et qui ne les releva pas.

Ses beaux cils, brillants et doux comme des
pinceaux trempés dans de l'or liquide, estom-
paient d'une ombre où perlait vaguement la
lumière les joues d'opale de ce visage où sous
les ferveurs de la prière semblait trembler la
lueur mystérieuse qui scintille au front des
Anges adorateurs, dans une étoile ou dans
une flamme, symbole de l'Amour éternel.

Tout en reconduisant le vicomte, il pensait
revenir assez tôt pour retrouver à la même
place cette jeune fille, ardemment contemplée
et dont il ne pouvait rassasier ses regards, enivrés et altérés dans leurs ivresse. Mais quand
il revint, elle sortait de l'église, son livre blanc
comme elle, à la main, ainsi que Marguerite,
la première fois qu'elle rencontra Faust. Elle
s'en venait, son bras nu et d'une chair de fleur,
coulé sous le bras de son père.

Il y avait pour un poétique jeune homme,
épris comme l'était Néel, des harmonies char-

mantes et qui chantaient, entre cet être ravissant, si souffrant et si jeune, et ce cimetière de
campagne, ceint d'aubépines en fleurs, semé
de pâquerettes, où les pigeons du cimetière,
familiers et farouches, s'envolaient, comme des
âmes, de l'herbe des tombes.

Tout d'elle aux choses et des choses à elle
était paix, pureté, mélodie, sainte tristesse des
élus qui sourient à la terre avec leur bonté
céleste ; tout devait faire oublier qui elle était,
cette fille d'un homme déshonoré, cette fille de
prêtre !...

Mais les paysans de ce pays, qui n'étaient
pas amoureux comme Néel, ne l'oubliaient
pas. A leurs yeux, le prêtre jetait l'ombre de
son péché sur cette créature de lumière. Impla-
cables pour lui, ils étaient durs pour elle qu'ils
ne connaissaient pas et qu'ils jugeaient à travers son père. Groupés dans le cimetière de
Néhou, ils se trouvaient plus libres de mani-
fester leurs sentiments que quand Sombreval
et Calixte avaient paru dans l'église. Aussi les
murmures, lorsqu'ils en sortirent, firent-ils explosion.

Le peuple est naturellement exécuteur des
hautes-œuvres d'une justice dont il a l'instinct
et à laquelle, sans ses tribuns, je me fierais.
Ici, il n'avait que sa huée pour tout supplice,
et ce supplice, il voulait l'appliquer à un grand

coupable impuni qu'une législation athée pro-
tégeait. Il avait raison.

Dans un coin de terre chrétienne encore,
cette poignée de paysans allait châtier, du
seul châtiment que la loi n'eût pas enlevé
aux mœurs, un homme... déicide autant qu'un
homme peut l'être. Ces paysans avaient raison
contre Sombreval! Et quoique sa fille fût une
créature à les faire tous tomber à genoux, s'ils
l'avaient connue, et à qui ils auraient baisé les
pieds sans bassesse, ils avaient raison contre
Calixte elle-même, et elle le reconnaissait
bien, elle, tant l'esprit de cette enfant avait
de clarté et de profondeur!

L'élève de l'abbé Hugon était trop chrétienne
pour admettre l'irresponsabilité des enfants
dans le crime ou la faute des pères, ce premier coup de hache, donné par une philoso-
phie antisociale, dans la plus vivante des arti-
culations de la famille, le lien inextricable qui
unit le père aux enfants.

A l'église, elle avait déjà souffert de l'effet
produit par la présence de son père, mais elle
n'avait pas murmuré. Lorsqu'elle en sortit et
qu'elle aperçut l'air de ces groupes, animés et
menaçants, qui semblaient épier son passage,
elle appuya doucement la main sur le bras de
son père, dont elle avait senti les redoutables
muscles se roidir!

— Père ! dit-elle avec cette voix dont elle connaissait la puissance, — rappelez-vous ce que vous m'avez promis !

— Oui, ma fille, — répondit Sombreval, je serai calme, puisque tu l'exiges. Je n'entendrai rien que ta voix.

Il avait entendu autre chose : une injure avait cinglé son oreille comme une balle et y avait appelé la flamme. Cette injure trouvait mille échos ; des mots cruels, des mots vengeurs se détachaient sur le murmure grossissant des groupes. Indécis d'abord, puis redoublé, ce murmure prit enfin les proportions d'une huée, d'un tonnerre.

Si Sombreval avait été seul, il y avait en lui assez de Cromwell pour braver cette clameur et rester impassible. Mais il avait à côté de lui, à son bras, sa vie, son âme, sa passion, tout ce qu'il valait encore, cet homme tombé, car il ne valait que par elle ! L'injure qui passait par cette fille adorée et qui la déchirait, lui atteignait le cœur !... Fort comme il était, il pensait qu'en s'avançant sur ces groupes et en saisissant le plus robuste de ces hommes grossiers pour s'en faire une massue vivante et frapper les autres, il allait dissiper ces insolents ou les dompter par cette foudre humaine, — la force, — que les hommes adorent ; et la tentation l'envahissait : mais il n'y succombait

pas. Il avait donné sa parole à sa fille, qui
avait tout prévu, le matin même.

— Il faut que ce calice soit bu, mon père ! —
lui avait-elle dit avec la tristesse presque fatale
de l'Ange des Oliviers ; — et dominé par cette
enfant chrétienne, Sombreval avait courbé la
tête. Le démon s'était résigné comme le Dieu.

— D'ailleurs, nous serons deux pour le boire !
— ajouta-t-elle avec tendresse. Jésus-Christ but
le sien tout seul.

Sombreval avait donc promis. — Seulement,
parle-moi, — disait-il pour apaiser le courroux
qui lui remuait le cœur, — parle-moi ! que
j'entende ta voix et que je n'entende plus ces
rustres. Saül a besoin de la musique de son
David.

Et disant ceci, il pressait le pas pour sortir
de l'enclos et regagner au plus vite le chemin
du Quesnay. Mais la huée continuait, opi-
niâtre. La colère léchait de sa langue de tigre,
qui veut du sang, l'intérieur de la poitrine de
Sombreval, de cette poitrine qui avait l'énergie ardente et le développement d'un poitrail.

Croyez qu'il souffrait ! et qu'il s'élevait dans
l'âme de cet homme, lié par sa parole et si
puissamment organisé, quelque chose de semblable à l'effort terrible de Damiens, quand il
ramenait et faisait tomber sur leur croupe les
quatre chevaux qui le tiraient et qui, sans le

rasoir du bourreau, n'auraient pas pu l'écarteler !

C'est à ce moment que Néel de Néhou était rentré au cimetière. Ce qui avait eu lieu dans l'église l'avait-il averti ?... Vous vous le rappelez, la veille, les paroles du fils Herpin lui avaient appris qu'entre lui et ces Sombreval abhorrés la solidarité du plus étrange sentiment était établie.

Eh bien ! cette messe, pendant laquelle il n'avait cessé de contempler l'innocente et virginale Calixte dans le martyre de son isolement, avait mis par la pitié une dernière main à cette solidarité, nouée dans son âme par l'amour. Aussi, quand il rencontra Sombreval et sa fille traversant le cimetière, fut-il frappé d'un éblouissement qui ne venait pas seulement de la beauté nitescente de Calixte, marchant dans l'éclat solaire d'un jour d'été. Il avait vu un grand danger. Il connaissait le peuple de ces campagnes.

Il avait espéré que Sombreval et sa fille ne seraient pas sortis de l'église avant que la foule des paysans se fût écoulée par les routes, et il les trouvait, tous les deux, s'avançant à travers cette foule dont les cris avaient une expression sur laquelle on ne pouvait se méprendre.

Il y avait plus. Cette foule commençait de s'entasser contre la barrrière de l'enclos, et elle

allait s'opposer peut-être au passage des Sombreval, afin de prolonger leur supplice. Cette
idée, qui fut une intuition, éleva en lui comme
le cri de l'amour frappé, qui l'appelait, qui lui
sonnait la fanfare suprême du cor de Roland à
Roncevaux! Chevaleresque et généreux comme
il était, dans tous les cas, la pitié l'eût rangé
du côté d'une femme insultée, mais il s'agissait
de Calixte! Il n'hésita pas. Il alla droit à Sombreval, dont les yeux disaient suffisamment la
colère intérieure et l'angoisse, et, découvrant
respectueusement sa tête blonde :

— Monsieur, dit-il, je les connais. Ils ne
sont pas dix contre un; ils sont deux cents,
cinq cents, mille peut-être. Tout courageux
que vous êtes, vous n'y pourriez rien, et il faut
éviter à une femme des spectacles qui seraient
indignes d'elle. Que mademoiselle votre fille
quitte votre bras et prenne le mien, et je réponds qu'ils se tairont et nous livreront le passage. — Voulez-vous, ajouta-t-il en se tournant
un peu vers Calixte, et la voix plus émue, me
faire l'honneur d'accepter mon bras, mademoiselle ?

— Le voici, monsieur ! — dit Sombreval, qui
passa lui-même le bras de Calixte sur le bras
de Néel, et qui fut touché de l'accent et de
l'air du jeune homme. Vous venez d'effacer la
trace de votre injure de l'autre jour.

Le cœur bondissait à Néel de Néhou de
sentir le bras de Calixte sur son bras. Il avait
bien deviné ce qui devait suivre. Néel était
aimé de ces paysans parmi lesquels il avait
vécu dès l'enfance. Quand ils l'aperçurent parler, tête nue, aux Sombreval, l'étonnement, —
un étonnement sans bornes, — leur coupa la
parole ; ils se turent. Ils ne comprenaient pas
que *leur monsieur Néel* pût *frayer* avec des
Sombreval !!!

Un autre que Néel aurait perdu sa popula-
rité, ce jour-là. Mais il avait les dons irrésistibles qui plaisent à l'imagination des foules.
Il avait la jeunesse. Il avait la beauté fière,
dégagée, ouverte et souriante. Il marcha, avec
l'aisance et l'assurance qui enlèvent tout, sur
ces paysans étonnés qui obstruaient la porte
du cimetière.

Ils s'étaient tus, ils s'écartèrent, ôtant leurs
chapeaux devant Néel et devant cette fille
qu'ils venaient d'insulter ; — n'en croyant pas
leurs yeux — stupéfaits, confondus !

Néel n'avait pas même eu besoin de leur
parler. Sombreval marchait derrière les jeunes
gens comme un énorme molosse ; et tous les
trois, après avoir franchi la porte de l'enclos
sans encombre, ils se perdirent sous les chemins couverts qui conduisaient de ce côté-là
au Quesnay.

VIII

EPENDANT, en remontant avec Calixte les routes par lesquelles, depuis qu'il l'aimait, il avait tant de fois passé seul, Néel se taisait, délicieusement opprimé par ce bras nu qui lui appuyait sur tout son être un bonheur difficile à porter. Sombreval et Calixte pouvaient croire que le silence de ce jeune homme si résolu, il n'y avait qu'un moment, cachait une délicatesse, et qu'il avait l'embarras généreux de la scène à laquelle il avait mis fin. Pour lui encore plus que pour eux, ils évitaient donc toute allusion à cette scène douloureuse.

Mais qu'est-il besoin de paroles quand le cœur est plein ? La reconnaissance infusait son accent profond dans tous les mots prononcés

par le père et la fille, en causant des choses
les plus indifférentes — de la splendeur du
jour ou de la beauté du payssge — avec ce
jeune homme inconnu encore, leur ennemi na-
guère, comme cette foule à laquelle il venait
de si noblement s'imposer.

Mais cette reconnaissance devait être inutile... du moins pour le bonheur de ce jour-là.
La passion de Calixte n'était pas finie. Avant
de rentrer au Quesnay, elle devait, sur cette
voie où elle marchait délivrée, entre son jeune
sauveur et son père, essuyer encore une injure
— plus sanglante que les autres — un de
ces outrages aussi impossibles à punir qu'à
éviter !

Il était à peu près midi, lorsque Néel, Calixte et Sombreval débouchèrent, par une montée douce, du chemin couvert, sur une espèce
de butte qu'on appelle le mont Saint-Jean dans
le pays, et d'où l'on embrassait, un peu plus
bas dans la vallée, le Quesnay, avec ses bois
et son étang conique qui, de loin, sous sa
mousse et son fucus verdâtre, ressemblait plus
à une pièce de gazon qu'à une pièce d'eau.
Moi qui vous raconte cette histoire, que de
fois j'ai passé par là, mais j'y ai cherché en
vain le Quesnay, au toit d'ardoise, et ses bois
tombés ! Tout cela n'existe plus ! Il n'y reste
que le long étang qui n'a plus figure d'eau ni

de gazon, mais de marécage — immonde lagune
où veillent les crapauds !

Quand les Sombreval atteignirent cette butte
aride et poussiéreuse, il faisait redoutablement
chaud sur son sommet, calciné par le soleil
depuis le matin. La chaleur était lourde. Le
soleil, au plus haut point de sa course, dardait
d'aplomb sur cette butte chauve, toute semblable à l'écaille rugueuse d'une vieille tortue.
L'air embrasé paraissait blanc. La terre bouillait. Le silence du dimanche planait sur ces
campagnes accablées ; et dans cette somnolence
du midi, où les bœufs dorment dans l'ombre
raccourcie des haies, on n'entendait que le
bourdonnement aigu de la *vêpe* (comme ils
nomment la guêpe en Normandie), ou le cri
strident de la cigale, dans le sillon.

— Il faut se hâter de descendre cette butte
— dit Sombreval, qui venait d'étendre une
ombrelle sur la tête de sa fille et qui lui épar-
gnait ainsi la peine de la porter — nous re-
trouverons de l'ombre en bas. Hâtons-nous,
mon enfant. Ce soleil à rendre fou pourrait te
faire mal.

Néel pressa le pas, mais Sombreval n'avait
pas achevé de parler qu'un spectacle, qui devait remuer toutes les pitiés du cœur de Calixte, les arrêta courts tous les trois, malgré la
chaleur.

Au point le plus élevé et le plus pelé du mont Saint-Jean, tombée plutôt qu'assise sur une pierre, comme si le soleil lui avait donné ce coup terrible dont parlait Sombreval, et qui peut produire la folie ou l'apoplexie foudroyante, une femme, une mendiante, une masse humaine gisait terrassée, n'ayant, sans doute, pas eu la force de faire dix pas de plus pour gagner le chemin couvert. Cette mendiante, d'une vieillesse qu'il n'était plus possible d'apprécier (Jeanne Roussel disait, elle : « Je l'ai vue toujours vieille, et je ne suis pas d'hier non plus ! ») était une des pauvresses du bourg de S... lesquelles allaient *tracher*[1] *leur vie* (comme elles parlaient) dans les campagnes voisines du bourg. Elle s'appelait Julie la Gamase.

La fatigue, la chaleur, la poussière, l'accablement, surajoutés à sa décrépitude et à sa misère, la rendaient affreuse et lamentable. La sueur trempait, comme si on l'eût retiré du puits, son pauvre bonnet en lambeaux, plaqué de travers sur sa tête branlante. Assise, ou plutôt couchée, le dos appuyé à son bissac, assez plein ce jour-là pour la soutenir contre un repli de terrain, elle figurait, dans ses haillons enflés par sa chute autour d'elle, un mon-

---

1. *Tracher*, chercher (normand).

I   17

ceau de guenilles, que le premier vent, qui se
mettrait à souffler, emporterait. Quand elle
était debout, sa taille était courbée comme une
faucille, et le temps, qui bouffonne avec ses
ravages et nos infirmités, avait pris plaisir à la
tordre en un Z bizarre. Elle était si déjetée
que, sans sa béquille, elle aurait pu choir en
avant et se serait brisé le visage.

Caché d'ordinaire par l'inclinaison de son
corps, redressé et tiré en arrière par la pesan-
teur du bissac, ce visage devenu hideux se
voyait en plein, dévoré par ce soleil féroce qui
le mordait, comme un chien enragé, qui passe,
mord dans un tas d'os, au bord d'un chemin !
Ruisselante, gonflée, luisante, prête à se fen-
dre sous l'action de l'horrible infiltration san-
guine qui y ramenait pour un instant les forces
de la vie exaspérée, on n'aurait guère reconnu
dans cette face, tuméfiée et violâtre, la pelote
de rides et les chairs terreuses qui avaient
d'habitude la couleur grise et les plis d'une
pomme de reinette, oubliée pendant des années snr la planche pourrie d'un fruitier. Cette
femme, ou plutôt ce reste de femme, allait-il
mourir sur cette butte ? Elle soufflait comme
une cornemuse. Était-ce le râle de l'agonie ?
Ses yeux, injectés et déjà blancs, avaient la
stupidité d'un être désorganisé, près de se dissoudre.

— O mon Dieu ! elle va expirer, la pauvre femme ! — s'écria Calixte en s'approchant d'elle. Et, comme, après Dieu, elle croyait à la puissance de son père : — Mon père, dit-elle, empêchez-la donc de mourir !

Rapide comme l'éclair, Sombreval donna l'ombrelle à Néel, qui la tint sur la tête bien-aimée ; puis, de ses deux larges mains, il haussa et affermit la mendiante sur sa sacoche. Il prit dans un étui de chagrin qu'il portait toujours un petit flacon rempli de cette essence qu'il avait composée. Il en frotta les tempes de la vieille et il attendit deux secondes, mais elle ne remua pas !

— Je pourrais la saigner, fit-il, en consultant les artères, mais elle est ruinée de vieillesse. Et, d'ailleurs, qui sait ? les mendiants de ce pays ne meurent pas de faim ! qui sait ce qu'elle a bu et mangé ce matin dans les fermes ? L'estomac est tendu, ajouta-t-il en passant la main sous les haillons de cette créature, rongée peut-être par la vermine... Mais le savant en lui avait tué le dégoût. Il s'était colleté depuis longtemps avec toutes les substances et il ramenait tout à quelques gaz !

— C'est Julie la Gamase du bourg de S... dit Néel, je la reconnais. Vous ne risqueriez pas grand'chose de la saigner, monsieur Sombreval. C'est une mendiante sobre.

— Possible! répondit-il : mais je ne suis pas
un vieux chimiste pour rien, jeune homme, et
je crois plus à l'efficacité de mes essences qu'à
la vertu du baume d'acier.

Et desserrant la bouche contractée de la
vieille, il insinua plusieurs gouttes de son
élixir dans cette bouche livide, qui semblait
un trou dans du limon.

Palpitante d'émotion et d'anxiété, Calixte
avait pris l'ombrelle à Néel et l'étendait sur la
vieille femme.

— Ma divine enfant — dit Sombreval en
relevant la tête, et ses deux yeux noirs s'hu-
mectèrent — si je tremble pour toi, je ne verrai plus rien à ce que je ferai.

— Eh bien! mon père, je garde l'ombrelle.
N'aie pas peur! — fit-elle avec une expression
d'enfant surpris, naïve et charmante.

— Tenez! dit cet homme qui pensait à
tout, en poussant ces deux beaux jeunes gens
l'un à côté de l'autre, — mettez-vous tous deux
là. Votre ombre tombera sur la vieille, et ta
tête chère, à toi, sera à l'abri de cet épouvantable soleil.

Il recommença l'expérience de son élixir,
mais pour cette fois elle fut heureuse. La
vieille pauvresse fit un mouvement. Ses yeux
perdirent leur expression spasmodique. Ils roulèrent sous la paupière redevenue mobile, et

deux prunelles rousses, encore hébétées, mais
où la vie revenait, apparurent.

— Elle est sauvée, dit Sombreval, mais il
était temps ! Deux minutes plus tard, la con-
gestion était complète.

Le visage violacé avait perdu sa couleur
âpre. Il était devenu plus pâle et le sang ac-
cumulé reprenait cours. Les yeux de la vieille
étaient fixes, mais l'hébétement qu'ils expri-
maient s'effaçait peu à peu et ils s'emplissaient
d'intelligence. Ils regardaient les choses, et ils
s'y réaccoutumaient.

— Eh bien ! la mère, comment vous trouvez-
vous ? fit Sombreval.

Elle ne lui répondit pas. On voyait qu'elle
cherchait ses idées et ses souvenirs, troublés
par son évanouissement et sa chute. Ses lèvres
remuaient et prononçaient à mi-voix des paroles inintelligibles d'abord et qui devinrent
bientôt moins confuses.

— *Aga* [1] *!* disait-elle, v'là le grand jour !
quelle heure est-il donc ? Faut que j'aie trop
dormi. Hier j'étais si lasse ! C'est lundi c'matin, et j'arriverai trop tard ès Hauts-Vents,
pour le sûr. C'est à si bonne heure qu'ils font
leur charité chez les Golleville ! Dès dix heu-

1. Exclamation normande.

res, la porte est fermée, et les traînards s'appellent Goûte-de-Rien.

Mais quand son regard se fut un peu raffermi : — Que j'sis bête ! reprit-elle. J'me craiyais sur ma paillasse, et me v'là par terre... Où que j'sis donc ? Mais c'est le mont Saint-Jean. V'là le chemin de l'église ! C'est cet butte maudite que j'ai grimpée à force d'ahans et qui m'a tuée de lassitude... Eh ! mais, j'étais donc *évanie ?*

— Oui, vous étiez évanouie, bonne femme, répondit Sombreval. Le soleil vous avait frappé sur la tête. Ce ne sera rien ; reprenez courage. Vous pourrez marcher tout à l'heure et vous en venir au Quesnay, qui n'est pas bien loin, avec nous.

— Au Quesnay ! qu'est ce qui a parlé du Quesnay ? s'écria-t-elle en faisant un effort vain pour se redresser. Il n'y a plus de Quesnay pour les pauvres du bon Dieu maintenant. C'est une maison morte. J'passons tous à la grille sans p'us y regarder que si le château s'était effondré dans l'étang. Ne disent-ils pas que c'est Jean Gourgue Sombreval qui l'a acheté et qui y demeure avec une fille à li — une jeunesse !

— Oui, c'est Sombreval, la vieille, dit-il à son tour, mais avec une rondeur presque cordiale, — c'est Sombreval qui peut vous venir

en aide et vous donner, quand vous y vien-
drez, un bon morceau de pain.

— Je ne veux point de son pain! répliqua-
t-elle d'une voix plus élevée, — et la haine,
qui commençait à se remuer à travers tous ces
souvenirs dégourdis, redonna toute leur lucidité aux prunelles fauves de ses yeux roux. —
Du pain de Jean Sombreval! les chiens eux-
mêmes n'en voudraient pas. C'est bon pour
des porcs et pas pour des chrétiennes! J'aimerais mieux crever de faim devant sa porte que
d'en ramasser une seule miette. Il a trahi
Dieu. C'est un Judas! La chaudière de l'enfer
bout pour lui. C'est un ancien prêtre. *Il y a
pus* de vingt ans que je l'ai vu donner la communion dans l'église de Taillepied... Dans ce
temps-là, il passait pour un saint et mangeait
des boisseaux d'hosties, mais il est tombé
comme Lucifer et il s'est joint à une *fumelle* 1.
Il s'est *aretiré* 2 au château des du Quesnay, —
car nous sommes dans un triste temps où les
domestiques ont chassé de chez eux les maîtres, — et j'ai ouï dire qu'il y vivait avec sa
génisse, — cette honte vivante, sortie de son
flanc... — Et tout à coup, comme elle le fixait
en parlant, quelque éclair de cette mémoire en-

1. Femelle.
2. Retiré.

dormie qui, chez les vieillards, sait se réveiller
à ses heures, passa sans doute sur l'homme
qu'elle avait devant elle et l'illumina :

— Mais, — dit-elle en se fronçant et se
hérissant, comme si elle eût vu un reptile,
— *c'est-y* pas vous qui seriez *l'abbé* Sombreval ?

Lui, qui retrouvait dans cette créature sur
le bord de sa tombe et qu'il venait d'arracher
à une mort certaine, l'indignation universelle,
sous sa forme la plus repoussante, la plus
cruelle et la plus aveugle, avait croisé ses
deux bras, et il regardait la vieille femme,
avec le sourcil impartial et profond de l'observateur. Il était le seul qui fût froid en entendant Julie la Gamase. Quant à Néel, il avait
senti le long de ses nerfs le frissonnement de
Calixte — de Calixte qui ne pouvait pas être
plus pâle, mais sur les pommettes de laquelle
la Honte appuyait la tache rouge de ses doigts
ardents.

— Oh ! dit-elle d'une voix qui aurait attendri les pierres de cette butte, si elles l'avaient
entendue, — priez pour le père et la fille,
pauvre femme, au lieu de les maudire !

Et faisant le bien pour le mal, selon le précepte du divin Maître, elle jeta sa bourse dans
le tablier de la vieille, en se détournant pour
cacher les pleurs qu'elle avait dans les yeux.

Mais cette aumône pour un outrage fut la goutte d'huile sur le feu du brasier.

— Ah! c'est donc toi qui es *la fille au prêtre!* — fit la Gamase au dernier degré de la furie. Mais t'ai-je demandé quelque chose? t'ai-je tendu la main? Tiens, vois-tu? je crache sur ton aumône; j'aimerais mieux me couper la main ou la voir tomber à mes pieds desséchée, que de la tendre à une fille de l'enfer comme toi!

Et la malheureuse ajouta le geste aux paroles; elle cracha sur cette bourse que lui avait jetée une charité suprême, et elle la lança à Calixte, heureusement d'une main faible, car elle aurait pu la blesser, si elle l'avait atteinte.

— Calixte, dit tristement le père, tu m'as fait sauver la couleuvre, et elle s'est remise à siffler! C'était juste. Mais ne restons pas; viens, ma fille!

Et il l'entraîna.

Néel allait les suivre... il revint et fit deux pas vers la mendiante:

— Julie la Gamase, lui dit-il, vous-êtes une méchante et une ingrate qui mériteriez...

Il avait fait un geste, — puis sa colère s'éteignit en voyant cette misère, cette décrépitude, ce cloporte humain, roulé à ses pieds, qu'il pouvait, sans honneur, écraser.

— Dites donc ce que je mérite, monsieur

Néel! — fit-elle impénitente et implacable,
avec une ironie qui le défiait. — Je m'en vais
au château de Néhou. Faudra-t-il que je dise
à monsieur votre père avec *qui que* je vous ai
rencontré ?

Le nom de son père atteignit Néel à l'endroit sensible, mais il ne répondit pas. Il emporta le coup et rejoignit les Sombreval.

— Cette femme est à moitié folle, dit-il. Et,
en effet, la rage de Julie la Gamase s'était
exaltée jusqu'à la folie. En descendant la butte,
ils l'entendirent encore qui parlait seule et leur
jetait, d'une voix enrouée, des imprécations.

— Non, elle n'est pas folle, — répondit Sombreval, qui semblait l'absoudre, tant cet homme,
devenu tout intelligence, admettait tranquillement qu'on le détestât ! Néel, qui comprenait
moins que jamais pourquoi Sombreval, indé-
pendant par la fortune, était venu volontaire-
ment acheter l'outrage en achetant le Quesnay,
crut qu'il allait dire son secret, et il était
curieux de l'entendre ; mais l'ancien prêtre se
tut. Les âmes fortes dédaignent de parler.
Calixte aussi était silencieuse. Néel partageait
les tristesses de son silence. Et c'est ainsi que,
livrés aux émotions de cette première journée
d'une vie à trois, qui commençait sous de se
tristes augures, ils arrivèrent bientôt à la grille
fermée du château.

Ce jour-là donc, Néel entra au Quesnay. Il
pénétra dans cette maison fermée qu'il avait
contemplée si longtemps de tous les points de
ces campagnes, sans savoir comment il y péné-
trerait jamais. Ce qu'il y vit, ce qu'il y
recueillit d'impressions nouvelles et profondes
dut augmenter les proportions de son amour,
comme le bois sec jeté sur le feu augmente
l'étendue de la flamme. L'amour naît d'une
seule chose, mais il se compose de toutes. Il
ressemble à ces cheveux si fins qui, lorsqu'on
les prend un à un, sont impalpables et inco-
lores, et, lorsqu'on les réunit, font une chevelure brillante, compacte et si solide, que c'était
par là qu'autrefois on liait les captives au char
des vainqueurs...

Tout sublime et véhément que l'amour peut
être, il n'est indifférent à aucun détail de la
vie, dont il porte la couleur, ce singulier camé-
léon ! Le luxe et le goût dont Néel avait l'instinct et n'avait pas l'idée, et qu'il trouva sous
les rideaux baissés du Quesnay, saisirent pour
la première fois l'imagination de ce jeune
homme qui avait quelque chose d'oriental par
sa mère, et firent, dans sa pensée, comme un
fond d'or à la tête bizantine de Calixte — un
de ces fonds sur lesquels il allait désormais la
voir toujours. Néel n'avait point quitté la
tourelle, privée de ses trois sœurs abattues,

qui se dressait comme un jonc brisé, perchoir de héron ou de cigogne, à l'orée des tristes marais de Néhou.

Toute son enfance s'était écoulée entre des murailles qui n'avaient plus même les boiseries de chêne dont elles avaient été revêtues et qu'on en avait arrachées pour en briser les armoiries. Rien n'était plus fièrement pauvre que cette grelottante tourelle de Néhou, au bord de sa rivière limoneuse ; et les autres châteaux des environs, à cette époque, n'étaient guère plus riches. Élevé dans un milieu de ruines, ouvrage de la Révolution, Néel ne se doutait pas des ressources infinies qu'un art qu'il ignorait pouvait tirer de la richesse. Quand il eut monté le vieux perron raffermi, il ne reconnut plus le Quesnay. Il y avait joué au volant avec les *demoiselles* (comme on disait des filles de l'ancien seigneur), dans un grand salon dont il se rappelait l'immense tapisserie, représentant les femmes de Darius aux pieds d'Éphestion, qu'elles prennent pour Alexandre.

Il n'avait jamais oublié comment le vent d'ouest agitait cette solennelle tapisserie, lorsque ce vent mélancolique se levait, le soir, sur la longueur assombrie de l'étang. Cette tapisserie avait été remplacée par une tenture de soie des Indes, d'un ton vert-d'eau, inappréciablement doux. D'énormes camées, du plus grand

prix, montés en patères, relevaient des rideaux
de la même étoffe, qui tombaient, à torrents
de plis, le long des hautes fenêtres cintrées.
Cette couleur transparente du vert-d'eau, qui
s'harmonise si bien avec les reflets cristallins
des glaces, semblait avoir été calculée par le
génie même de la coquetterie pour la pâleur
blanche et la couleur d'or fin des cheveux de
cette blonde idéale, qui n'y pensait pas ! La
coquetterie, c'était le père ! c'était Sombreval.

— Toute autre femme que toi serait laide
ici, avait-il dit à Calixte avec l'instinct du
peintre, éveillé par l'amour.

Tout d'abord Néel s'étonna de voir dans cet
ancien *salon de compagnie* des du Quesnay un
grand lit doré sans rideaux, à la Louis XIV,
recouvert de sa couverture d'honneur : mais
il comprit plus tard... et il fut attendri de cette
idée, quand il trouva ce lit répété dans tous les
appartements du château. Il comprit que cette
fille, qu'on disait si étrangement malade, qui
vivait perpétuellement entre deux évanouissements, et qu'une crise, d'un instant à l'autre
terrassait comme la foudre, devait avoir partout où tomber. Sombreval avait fait dresser
des lits très bas jusque dans les vestibules.
« Comme personne (croyait cet abonné et
ce méprisé du monde) ne doit mettre les pieds
dans notre *salon de compagnie*, à nous, » il

l'avait arrangé uniquement en vue de celle qui
devait y rester solitaire. Il en avait ouaté les
murs ; orné d'une mosaïque d'or, d'agate et de
porphyre, le plafond creusé en voûte, comme le
couvercle de l'écrin de soie au centre duquel
reposait et brillait mystérieusement sa perle
malade, ainsi qu'il appelait son enfant, avec la
poésie de la science, car la beauté de la perle
vient, dit-on, d'une maladie, et la beauté de
Calixte se redoublait de tout ce qui la faisait
souffrir.

Mais la perle n'est pas plus insensible à son
écrin que Calixte aux recherches du luxe dont
il l'avait entourée. Comme tous ceux qui
aiment avec idolâtrie, Sombreval avait voulu
réaliser autour de sa fille un conte des Mille
et une Nuits ; donner pour cloche à sa rose
pâle une merveilleuse bulle de savon, étincelante, aérienne et solide, soufflée artistement
du fuseau des fées par l'Amour.

Il avait doublé de nacre, d'opale et d'outre-
mer, les volutes moelleuses de la coquille où
ce chef-d'œuvre de son cœur devait reposer, et
pour cela, il avait rusé et menti, cet homme
élevé entre une huche de pain noir et un lit de
serge, ce paysan dégrossi qui avait quitté le
manche de la charrue pour être prêtre et pour
son calice de bois de la pauvre église de Taillepied ! Il s'était mis à jouer une comédie sans

dénoûment en affichant un goût passionné pour
ces choses de la vie qu'il avait toujours dédai-
gnées, les tentures, les meubles, les objets d'art,
les bijoux et les fleurs ; et de cette manière il
atteignait et enveloppait Calixte de ce luxe,
étalé à dessein autour de lui, non pour lui,
mais pour elle et sans qu'elle pût s'y opposer.

S'il lui avait dit que ce luxe était uniquement pour elle, et qu'il s'en souciait, lui, avec
sa nature de paysan, de moine et de savant,
moins que d'une pincée de la cendre de son
fourneau, elle en eût repoussé la splendeur et
elle aurait pris cette voix douce et grave à laquelle ce père, si tendrement esclave, ne pouvait jamais résister. Il savait la raison qui dominait l'admirable enfant, transparente, malgré
son silence, comme une eau de source dont on
verrait la profondeur. Sagace d'ailleurs autant
qu'elle était transparente, il n'avait pas beaucoup de peine à s'expliquer pourquoi elle refu-
sait obstinément tout ce qui eût comblé de joie
les filles de son âge.

Calixte n'avait jamais voulu qu'on changeât
rien à sa chambrette dont elle avait fait, après
sa première communion, une vraie cellule de
religieuse, dans sa virginale austérité. Seulement, s'il avait respecté cette douloureuse et
généreuse fantaisie dont le sens vrai était perdu
pour son grand esprit fourvoyé, il s'était pro-

mis que du moins il rachèterait une sévérité,
inutile et cruelle, en forçant sa bien-aimée à
vivre malgré elle dans un milieu plus doux,
plus commode et plus beau.

Ce milieu serait celui de son père, devenu
tout à coup un Tartuffe de magnificence dans
le Quesnay restauré. Il y déploya donc ce qu'il
appelait la dernière passion de sa vieillesse, —
cette rage d'un luxe extérieur qu'il aimait, disait-il, — ce n'était pas sa faute ! — comme un
parvenu !

Néel fut dupe de cette parole. Il prit au pied
de la lettre ce mot de parvenu que s'appliquait
Sombreval. Observateur de dix-huit ans, neuf
à juger les hommes, il mit sur le compte d'une
bonhomie originale ce qui n'était qu'une feinte
de la plus inquiète des tendresses. Dès les premiers moments de leur rencontre, cet amour
de père qui débordait dans chaque mot, chaque
regard et chaque geste de Sombreval, l'a-
vait réconcilié avec la physionomie morale
de cet homme, mais il ne pouvait découvrir
alors ce que cet amour renfermait de trésors
cachés.

Les heures qu'il passa au Quesnay ne firent
que lui répéter, dans le menu des détails d'une
journée tranquille, ce qu'il savait de l'affection
de Sombreval pour Calixte. Cette journée, du
reste, ressembla à toutes celles que nous avons

passées dans une famille à la campagne, quand
nous y venons pour la première fois. « Pour
que le lien de l'hospitalité soit formé, — avait
dit le nouveau chatelain du Quesnay, — il faut
partager le pain et le sel. Restez à dîner avec
nous, monsieur de Néhou ! »

Et Néel, tout en pensant aux dernières paroles de Julie la Gamase, était resté.

A cette époque et dans ce pays, on dînait à
midi. Néel savait qu'on ne l'attendait pas chez
son père, et nonobstant il tressaillit aux sons
de la cloche de Néhou, qui frappait le *coup de
midi,* et qu'on entendait très bien par la fenêtre
ouverte. C'est que pour lui, c'était vraiment un
moment solennel. Il se mettait à table chez les
Sombreval ! Il allait manger avec eux ! Il s'assit entre le père et la fille, se trouvant à chaque
minute plus près de ces deux êtres, dont tout
aurait dû le séparer.

Il se demandait en se voyant là s'il n'était
pas la proie d'un songe, mais les songes n'ont
pas des contours si nets et des sensations si
précises... Il ne dormait pas. C'était bien Calixte et Sombreval ! Ah ! Calixte ! il la buvait...
plus que ce qu'il avait dans son verre ! Il ne
perdait ni un de ses gestes ni une de ses paroles .Il les ramassait et les entassait dans son
cœur comme un avare ramasse les pièces de
son trésor. Il la contemplait où les femmes sont

le plus touchantes, — dans les négligences de
l'intimité.

En rentrant au Quesnay, elle avait ôté le
long châle blanc dont elle enveloppait sa gracieuse et pudique langueur, et l'amoureux Néel
put étreindre du regard cette taille longue et
brisée de jeune fille malade, qui mêle aux désirs tous les frissons de la terreur.

Calixte, mieux que l'Édith d'Harold, pouvait
s'appeler *au col de cygne ;* mais son col de cygne,
à elle, avait la beauté fatale et mortelle de celui d'Anne de Boleyn, qui semblait avoir été
formé pour tomber aisément sous la hache sans
force d'un bourreau navré de pitié.

Comme Anne de Boleyn, Calixte pouvait
faire de sa main un collier fermé à ce cou mince
et flexible que Pauline Borghèse (l'idéal vivant
de Canova) montre aussi dans les portraits que
nous avons d'elle. La course finie, Calixte re-
posée avait repris toute sa pâleur. Sa robe, ses
bras, son cou, son visage, étaient du même
blanc, profond et diaphane, et cette pâleur al-
bâtréenne jetait dans l'amour de Néel l'inquiétude et la mélancolie.

Calixte était souffrante ; il le savait bien. Il
avait ouï parler dans le pays d'une maladie
nerveuse, — d'un mal inconnu, extraordinaire,
un châtiment de Dieu qui accablait la pauvre
fille, et quoiqu'il fût porté maintenant à croire

qu'il y avait de l'exagération dans ces bruits, cependant elle était malade ; cela était évident.

Il l'avait entendu dire aussi à Sombreval, qui avait pour elle ces précautions suprêmes, plus expressives que les paroles, et cette idée qu'elle souffrait, — que Dieu peut-être l'avait condamnée à mourir, pour punir le crime de son père, — entrait comme une lame dans le cœur de Néel. Il n'avait pas (on le comprend) hasardé une question sur le mal secret de Calixte : mais c'était sans doute (pensait-il) à cause de ce mal qu'elle portait au front ce bandeau qui lui cachait presque les sourcils.

Plus poétique que savant, il s'imaginait que ce cercle de pourpre empêchait ce front délicat d'éclater sous quelque douleur. Il y attachait mille curiosités et mille rêves. Après le dîner où Sombreval montra une cordialité, à pleine main, avec son convive, ils allèrent se promener au jardin, et ils vinrent bientôt au bord de l'étang sur lequel flottait, oubliée, la vieille barque des du Quesnay.

Néel demanda à Calixte si elle voulait se promener sur l'étang. Habile à manœuvrer les barques, comme tous les riverains des marais, il démarra facilement la vieille chaloupe de son ancrage ; et, après y avoir fait entrer le père et la fille, il la poussa vigoureusement, à travers les joncs, en pleine eau.

Ce fut une longue et douce promenade. La
relevée était aussi belle que l'avait été le matin. Le soleil, blanc d'éclat, se teignait de l'or
rêveur des après-midi. Nulle vapeur ne s'élevait entre les saules ; nul souffle, dans le calme
muet des airs, ne faisait frémir leurs feuilles
pâles. La barque verdie s'avançait mollement
sur l'eau verte et y traçait un sillon que les
fucus et les mousses séculaires, en se rejoignant
derrière elle, avaient bientôt effacé.

Calixte, assise à son extrémité, semblait l'on-
dine de ces eaux engourdies, qui lui commu-
niquaient leur placidité et leur somnolence. Les
oiseaux, accablés par la chaleur de la saison et
de l'heure, dormaient retirés dans les oseraies
des rives. On n'entendait rien sous le ciel vide,
pas même l'aviron de Néel, qui coupait silencieusement ces eaux pesantes, couvertes de vé-
gétations.

Ils allèrent loin du côté opposé à la route et
ils ne s'arrêtèrent qu'à cet endroit du cône où
se trouvait un *élavare*[1] d'où les eaux se préci-
pitaient en nappe sur une pente lisse comme
une ardoise, pour de nouveau reprendre, au pied
de la pente, leur cours sommeillant et leur
longue perspective. Arrivé à cette pente qu'une
barque ne pouvait descendre sans danger, Néel

---

1. Petite digue qui *élève* le niveau de l'eau

retourna la sienne du côté du Quesnay et revint.

Sombreval qui, pendant le lent parcours, avait dit peu de chose, — comme si la rêverie qui avait envahi Calixte et qui s'élève toujours plus ou moins pour tous les esprits, d'une promenade sur une eau tranquille, entre deux rives solitaires, s'était aussi emparée de sa tête active, — Sombreval avait ramassé un débris de rame au fond de la barque et s'était mis à aider Néel de son bras nerveux.

Le croiriez-vous ? Avec sa force d'intelligence et de caractère, il venait d'obéir à une pensée... qui le fit sourire avec amertume, — de ce sourire qu'on a, quand on se juge soi-même et qu'on se fait un peu pitié... Calixte, qui connaissait les moindres mouvements de la physionomie de son père, oublia que l'étranger Néel était là :

— A quoi pensez-vous donc, mon père ? lui dit-elle ; vous venez de sourire de votre sourire que je n'aime pas.

Il en eut un autre pour lui répondre :

— Tu me regardais donc, ma douce fillette ! Tu n'oublies donc jamais ton père ! Oui, c'est vrai... j'ai eu une pensée absurde qui m'a poussé à prendre cette rame, et j'ai souri à cette pensée, en voyant qu'elle m'avait dominé une minute, — qu'elle avait été plus forte que moi.

— Quelle pensée, père ? fit Calixte.

— Oh ! répondit-il, une pensée ridicule, une impression de jeunesse, — une sottise indigne de loger dans un cerveau, passablement cons- truit. Je puis bien te la dire, à toi qui es la raison même et... la religion aussi, — ajouta-t-il d'une voix moins assurée. Une sainte comme toi, ma chère amour d'enfant, n'est pas supers- titieuse. Je n'ai pas peur de t'inquiéter par ce qui troublerait peut-être un cœur moins ferme et moins pur que le tien. Ma Calixte n'est pas une fille comme toutes les autres, monsieur Néel. C'est ma nonpareille, à moi, comme ils disent, aux Florides, du plus charmant de leurs oiseaux !

— Ah ! père, — dit-elle modestement, — et votre pensée ?...

— La voici, fit-il, puisque tu la veux. C'était il y a bien longtemps, avant ta naissance, au moment où je commençais d'étudier et de sen- tir cet amour de la science qui a fait de moi... ce que je suis devenu et ce qu'il fallait bien que je devinsse, car, moi, je ne crois qu'aux instincts ! Ils expliquent tout dans la vie. Eh bien ! à cette heure-là, une femme qui avait pris soin de mon enfance et qui passait dans ce pays, ignorant et crédule, pour savoir les choses de l'avenir, me prédit que l'eau, un jour, me serait funeste, et cette rêverie de tête fêlée

m'est revenue tout à coup en me voyant ici,
sur cet étang, anprès de toi. J'avais oublié
cette misérable circonstance. Jamais cette
vision d'une femme enthousiaste et un peu
folle ne s'était abattue, comme un hibou, sur
ma pensée, quand nous traversions tous les
deux les lacs de la Suisse, sur lesquels une ou
deux fois, tu t'en souviens, nous avons essuyé
presque des tempêtes, tandis que, sur cette eau
morte, à ce qu'il semble, tant elle est tranquille, par ce temps d'une douceur de miel et
avec un aussi bon pilote que monsieur de Néhou — fit-il en riant — l'idée de cette femme
m'est tombée je ne sais d'où, et j'ai eu peur !
Oui, peur pour toi qui es plus que moi pour
moi, ma chère vie, et je me suis jeté sur ce
tronçon de rame, comme si tu courais un danger, comme s'il s'agissait de lutter contre l'eau,
contre le vent, contre quelque chose, quand il
n'y a autour de nous rien qui te menace, ma
fille bien-aimée ! Voilà pourquoi tu m'as vu
sourire. Je me moquais intérieurement de ma
faiblesse.

— Cher père, dit Calixte touchée, ne vous
moquez jamais de vos faiblesses. Elles viennent
toutes de la force de votre cœur.

Néel ramait, — et tout en ramant, il écoutait ce duo paternel et filial où tremblaient,
sous les mots, des sentiments sublimes qui

charmaient et pénétraient d'un attendrissement
ineffable l'âme de ce généreux enfant. « Ils
sont tout l'un pour l'autre, se disait-il, voilà
pourquoi ils s'aiment. » Et, tenté par cette
belle coupe d'affection, à laquelle ils se désal-
téraient, il se retenait pour ne pas leur dire :
« J'en suis. Partageons même les pierres que
vous jette le monde. Partageons. » Pauvre
Néel ! il buvait l'amour à une source bien dangereuse ! Il pensait que l'impie Sombreval
venait d'appeler Calixte *une sainte*, et il se
persuadait que cette sainte qu'il avait vue prier
à l'église le matin même et pardonner à Julie
la Gamase pourrait racheter le crime de son
père et le ramener au repentir. Son esprit
ardent acceptait cette idée.

Quoiqu'il fût depuis bien peu de temps dans
la vie de ces deux êtres si longtemps maudits,
il commençait d'entrevoir la mission de vertu
expiatrice que Calixte s'était donnée, et l'enthousiasme pour cette divine créature s'ajoutait à son amour pour elle et allait en faire un
de ces sentiments adorables et terribles —
inconnus maintenant dans les cœurs.

IX

OMBREVAL ne s'était pas trompé. L'histoire qu'il venait de raconter si brièvement n'avait pas troublé, à ce qu'il semblait, l'âme de Calixte. Il est vrai qu'il n'avait pas tout dit. Il n'avait pas parlé des *deux autres choses* que lui avait prédites l'obscure prophétesse du mont de Taillepied, et qui étaient arrivées l'une après l'autre avec la précision d'une horloge qui sonne à son heure.

Tout confiant qu'il était dans la piété de Calixte et les lumières de son esprit et de son cœur, il n'aurait pas voulu exposer cette imagination de jeune fille, malade par les nerfs, à l'histoire entière de la Malgaigne, telle qu'il la portait depuis si longtemps sur sa pensée... Il avait trop l'expérience de l'esprit humain

pour ne pas savoir qu'il y a des faits inexpli-
cables à la raison, et qui courbent tout dans
les âmes, quand ce seraient des âmes d'Atlas,
capables de porter le ciel.

Il savait cela par l'observation... et par lui-
même... Sous le calme des paroles sensées qu'il
venait de prononcer, un œil pénétrant aurait
pu discerner que la préoccupation dont son
esprit riait était plus forte que le rire, et qu'en
vain il voulait, esprit fort et cœur fort, établir
contre elles une réaction impossible.

A la manière presque violente dont il aidait
Néel, on aurait cru qu'il était impatient de
sortir de cette eau, qui ressemblait à une glu
et sur laquelle la barque se mouvait lentement
comme celle-là qui est chargée d'âmes, dans le
poème du Dante.

Grâce au coup de main de Sombreval, ils
mirent moins de temps à remonter cette eau
paresseuse et profonde qu'ils n'en avaient mis
à la descendre, quand Néel de Néhou ramait
seul. Ils revinrent à la place d'où ils étaient
partis et où Néel avait détaché la barque de
l'anneau rongé par la rouille, qui la retenait
dans le pied tors d'un vieux saule creux. Il
demanda à Calixte si elle voulait rentrer au
Quesnay ; mais la jeune fille exprima le désir
d'aller à l'extrémité de l'étang qui, vous vous
le rappelez, s'en venait mourir sur une large

base à la route, et ils remontèrent jusque-là.

Il faisait toujours le même calme sur ces eaux torpides, et, dans les fourrés chevelus de leurs deux bords, il régnait toujours le même silence. Seulement, depuis que nos promeneurs s'étaient rapprochés du château, ce silence sans fond du paysage était parfois interrompu par le cri aigu des pivis familiers[1] des jardins du Quesnay, qui vibrait par-dessus les murs ; mais, hors ce cri de deux notes qui leur a fait donner leur nom, on n'entendait rien du côté du château, muet sous ses girouettes immo· biles, ni du côté de la route, blanche de sécheresse, qui passait comme un ruban tendu, au bas de l'étang.

Le long de la semaine, c'était une route fréquentée, mais le dimanche, elle était déserte. On n'y voyait ni colporteur, sa mallette au dos, son aune à la main, ni charbonnier sur son petit bidet à sonnettes, ni charretier, ni personne : car on observait le repos du dimanche

---

1. Le pi-vi, nommé ainsi, du cri qu'il pousse, par les paysans de Normandie, et qui est le *Pivert* pour tout le monde, est un charmant oiseau vert-bouteille, fin comme une perdrix, et qu'on lâche l'aile coupée dans les jardins du Cotentin, où il vit très bien et dont il est l'ornement. Gracieux prisonnier, aussi doux à voir, trottant d'un pied vif dans l'allée d'un parterre, entre les buis, de deux platesbandes, que les cygnes languissant dans l'orbe azuré des bassins.

dans ce temps-là, et ce loisir, la *trêve de Dieu*
du travail, donnait même ultérieurement aux
campagnes une physionomie qu'elles n'ont
plus.

— Ce n'est pas un jour pour passer sur la
route, — dit Sombreval, qui connaissait profondément les habitudes de ces contrées, — et
cependant on nous observe de là-bas, — ajouta-t-il en fronçant les sourcils. Il avait probablement le ressentiment et l'impatience des
deux scènes de la journée, et il craignait qu'une
troisième survenant encore ce jour-là ne fît
déborder ses passions, malgré ses promesses à
sa fille.

Néel regarda dans la direction du doigt de
Sombreval.

— C'est une femme, dit-il...

— Encore quelque *tourniresse* du diable !
interrompit Sombreval, qui se servit pour désigner la femme en question du patois normand
qu'il avait tant parlé autrefois.

— Non, celle-ci n'est pas une mendiante,
monsieur Sombreval, — répondit Néel, les yeux
fixés, tout en ramant, sur la personne que de
loin il reconnaissait. — De celle-ci nous n'avons
rien à craindre, — fit-il en jetant le plus tendre de ses regards à Calixte. — Une fumée
rose passa sur son front blanc et sur ses joues.
Il rougissait. Il avait dit : *Nous !*

C'était notre ancienne connaissance, — cette Malgaigne, — que nous n'avons pas vue, car il faisait nuit, mais que nous avons entendue, et que Sombreval avait rencontrée le soir même de sa première arrivée au Quesnay... C'était la Malgaigne, dont il venait de parler indirectement il n'y avait que quelques instants, et dont l'étang du Quesnay lui avait rappelé — il savait bien pourquoi — les prophéties passées.

Elle était debout sur la route au bord de l'étang ; les deux mains appuyées à ce long bâton d'épine sèche que les paysans passent à la vapeur d'un four pour lui donner un brillant solide et tacheté. En revenant de l'église de Néhou, où elle avait entendu les vêpres et d'où elle était sortie à complies, selon l'usage des gens qui demeurent loin du clocher, elle avait aperçu sur l'étang, ordinairement si désert et si morne, la barque oubliée des du Quesnay, qui prouvait ce jour-là que la vie était revenue à ce château-cadavre, vide de maîtres pendant si longtemps.

Presque involontairement, elle s'était arrêtée à regarder cette barque qui s'en venait doucement vers elle. Bien des sentiments confus l'agitaient. Elle n'avait pas revu Sombreval depuis le soir où elle l'avait attendu à la *Croix des trois Chemins*, et où elle lui avait adressé ces paroles suprêmes qu'il avait mépri-

sées. Ayant appris de toutes les bouches qu'il
était établi au Quesnay, — qu'il y était avec
sa fille :

« C'est lui qui se promène là-bas avec son
enfant, pensa-t-elle ; » et une curiosité que
toutes les femmes comprendront, la curiosité
de voir cette enfant qui était le crime de son
père, la fit rester les mains croisées sur son
bâton d'épine, le menton posé sur ses mains.

Dans le fond de son cœur, Sombreval était
toujours le *Jeannotin* à qui elle avait tenu lieu
de mère. Le temps n'avait point déraciné de
son âme cette affection rude qu'elle portait à
cette espèce de fils que l'orgueil, l'ambition et
les sciences menteuses avaient entraîné si loin
d'elle.

Pendant des années, cette affection s'était
passée de témoignages : mais chez les âmes
très fortes, on croit les sentiments oblitérés parce
qu'ils vivent sans parler, sans remuer, cachés
et profonds... C'était une femme d'un caractère plus exalté que les autres femmes de ces
contrées : mais cette exaltation, qui l'avait
d'abord *portée au mal* — comme elle disait —
avait été contenue et disciplinée par la religion
à laquelle elle était retournée sous l'impression
du coup de tonnerre de Taillepied.

Objet momentané des haineuses suspicions
de ces populations superstitieuses, elle avait,

par les dehors irréprochables de sa vie, forcé
l'estime et la confiance à lui revenir, un peu
en tremblant, il est vrai, car elle imposait toujours au vulgaire. Il y avait, en effet, dans
cette Malgaigne, l'étoffe d'un grand caractère :
mais la Destinée, qui ne taille pas toujours les
circonstances à la mesure des âmes, n'y avait
pas mis ses ciseaux !

Du reste, ce n'était pas seulement son caractère, ses manières et la fermeté de son bon sens
dans toutes les choses pratiques de la vie, qui
la faisaient respecter des gens du pays : c'était
quelque chose de plus encore que ces qualités
supérieures, et qui tenait, sans aucun doute, à
ces superstitions éternelles qui ne s'en vont
de l'homme que quand l'homme n'est plus !

Je vous l'ai dit : dans sa jeunesse la Malgaigne avait passé pour une sorcière, et cette
opinion, elle l'avait détruite à la sueur de son
front et de ses vertus. Mais, si elle avait renoncé à un genre de vie et de renommée qui
la précipitait d'un côté pernicieux et funeste,
elle n'avait pu abolir en elle ce genre d'imagination qui la poussait invinciblement vers le
merveilleux. C'était plus fort qu'elle et ses
efforts, cela ! C'était le fond et la moelle d'une
organisation pleine de poésie qui avait cru et
s'était développée librement dans la solitude...

Généralement on la disait *hantée*... C'est

ainsi que l'on exprimait ses rapports avec le
monde surnaturel, ce monde qui pèse tant sur
l'autre, que nous étouffons sous son poids! Elle
était religieuse et même régulière dans ses dé-
votions... Mais naturellement, et sans qu'elle
fît pour cela rien de répréhensible, elle vivait
habituellement sur les limites des deux mondes
et quoiqu'elle eût un coup d'œil qui entrait
profondément dans la réalité, elle soutenait
que le monde invisible était celui des deux
encore dans lequel elle voyait le plus.

Les philosophes, comme le matérialiste Sombreval, qui venait, sans la nommer, de l'appeler *tête fêlée*, l'auraient traitée de visionnaire :
mais les gens simples au milieu desquels elle
avait vécu sa longue vie tranquille et qui
avaient — certains d'entre eux — reçu d'elle
beaucoup de bons conseils, la croyaient, sans
discussion, quand elle racontait ses appari-
tions, ses fantômes, ses relations avec les Esprits, devenues, depuis quelques années, à peu
près perpétuelles.

Elle ne les racontait pas d'ailleurs pour s'en
vanter et produire un effet quelconque. Au
contraire, elle ne parlait de ces choses étranges
que parce qu'elles étaient devenues d'une telle
fréquence dans sa vie, qu'elles avaient à ses
yeux la simplicité des événements les plus
communs et qu'il n'y avait plus à s'en étonner!

Voilà quelle était cette Malgaigne que l'on appelait la GRANDE MALGAIGNE, car elle était plus grande de taille que les autres femmes du pays, qui sont pourtant grandes et puissantes ; et elle se tenait droite comme un mai, malgré l'âge, contre lequel elle semblait se redresser avec énergie. « Je suis de celles-là, — disait-elle souvent, — qui ne s'en vont pas pierre à pierre, comme nos masures, mais qui doivent s'écrouler, d'un coup, comme une tour. »

Elle appartenait à la plus basse classe de ces campagnes, mais on trouvait cependant en elle ce qu'on rencontre parfois encore dans les fondrières du Cotentin, — une dernière goutte, égarée et perdue, du sang des premières races normandes, de ces fiers Iarls scandinaves qui ont tenu et retourné l'antique Neustrie, sous leurs forts becs de cormoran.

Vieux cigne des fiords lointains, avec ses cheveux blancs comme la neige, elle avait, sous ses traits plutôt durcis que flétris par les ans, les restes glacés de cette beauté flave des filles de Norvège qui versaient la cervoise écumante dans ces belles coupes d'ivoire humain, creusées dans le crâne des ennemis. Ses grands traits, vierges des passions qui calcinent le visage des hommes, avaient une placidité toute-puissante.

Mais ses yeux, d'un bleu d'outre mer autre-

1. 21

fois, et « devenus gris, disait-elle encore, à force
de regarder si longtemps les choses de la vie, »
avaient l'égarement et le voile de ces yeux où
la préoccupation domine.

Par exception, en ce moment où elle regardait l'étang et la barque, ils venaient de rompre la taie mystérieuse de leur distraction éternelle et ils avaient repris la netteté de leur
rayon visuel. Ce jour-là — comme toujours,
du reste — le costume de la Malgaigne était
des plus simples ; mais elle le relevait par la
manière presque majestueuse dont elle savait
le porter.

C'était le costume habituel de toutes les femmes âgées en Normandie : la coiffe plate, le
juste, le tablier et la bavette, le jupon gaufré,
et par-dessus le mantelet de droguet séculaire.
Le sien n'était ni blanc ni noir (ces couleurs
préférées pour leurs mantelets par les Normandes), mais d'un rouge de brique, moins
éclatant que fauve, — la pourpre de la pauvreté.

La Malgaigne était pauvre, — mais, comme
Néel l'avait dit, elle n'était pas une mendiante.
Elle avait toujours vécu du travail de ses mains,
et, pleine de cœur, quoiqu'elle fût sur le bord
de sa fosse, elle travaillait encore. On la citait
comme la meilleure fileuse au rouet de tout le
pays.

— Oui, dit Sombreval, c'est la Malgaigne du mont de Taillepied. Vous avez raison, monsieur de Néhou, nous n'avons rien à craindre d'une pareille femme. Je la connais aussi, et probablement plus que vous... C'était, bien avant votre naissance, la voisine de notre clos de Sombreval. Je puis dire que dans mon enfance elle m'a soigné comme une mère et comme une nourrice, lorsque mon père était aux champs. C'est celle-là dont je t'ai déjà parlé, Calixte.

Et c'était vrai ! Il en avait parlé à sa fille, et par ce qu'il lui en avait dit, il lui avait donné le désir d'aller voir cette femme dans sa chaumière et de lui faire du bien sur ses vieux jours. Seulement Calixte, plus souffrante à son arrivée au Quesnay, n'avait pas quitté le château, et ce dimanche-là sa première sortie, sa première visite avait été pour le Seigneur.

Ils arrivaient en parlant ainsi tout près de la route. La Malgaigne de son côté, malgré l'affaiblissement de ses yeux, put reconnaître Sombreval : mais elle ne donnait aucun signe qu'elle le reconnût. Elle était toujours immobile et silencieuse comme une statue dont le socle aurait été le bord de cette route qui surplombait l'étang, à peu près d'un pied.

— Tu ne reconnais donc pas ton *Jeannotin*, ma vieille Malgaigne ? — dit Sombreval avec la

brusquerie cordiale qui passait quelquefois sur
les lèvres sévères de cet homme aux pensées
farouches, et qui ressemblait à ce rayon de
miel sauvage que les abeilles déposèrent dans
la gueule du lion de Samson.

— En effet, il est grandement changé! fit-
elle tristement ; — mais comme si elle eût répondu à sa propre pensée bien plus qu'à celui
qui venait de parler, car ses yeux ne se détour-
nèrent pas de la direction qu'ils avaient prise
dès qu'elle les avait aperçus. Elle les avait fixés
et concentrés sur Calixte, posée à l'extrémité
de la barque comme une figure aérienne. Jus-
tement le soleil venait de tomber derrière un
massif d'osiers et de saules.

Balayé de sa poussière d'or, l'étang avait repris ses tons glauques. Son reflet, mêlé à celui
des arbres des rives, ombrait la pâleur de Calixte de teintes mollement vertes, et lui donnait quelque chose de surnaturel qui aurait agi
sur un esprit moins exalté que la Malgaigne.

— C'est donc elle! fit-elle absorbée. La
voilà! Elle est aussi pâle que les millelorraines
du doui[1] des Folles-Eaux. Elle est pâle du
crime de son père... Et pourquoi pas, puisqu'elle en doit mourir ?

Mais en disant ces paroles la voix avait tel-

1. Courant d'eau, lavoir.

lement baissé à la Malgaigne, que personne de ceux qui étaient dans la barque ne l'entendit les prononcer.

— Eh bien! la Malgaigne? — cria Sombreval d'une voix qui courut comme l'écho d'une détonation sur l'étang.

— Vère! c'est la Malgaigne! — répondit-elle, comme si l'accent de cette voix impatientée l'eût arrachée à ses rêveries. Que me voulez-vous, *monsieur Sombreval?*

— Et toi, vieille folle, que veux-tu dire avec ton *monsieur Sombreval?* reprit-il vivement. Pour qui donc prends-tu le fils à Jean Gourgue, qui a été ton *fisset*, à toi aussi, pendant tant d'années, et qui a grandi en tenant le coin de ton tablier?

— Mais, — dit-elle, — pour le maître du Quesnay, un nouveau seigneur dans la contrée...

— Tu ne penses pas ce que tu dis! interrompit Sombreval. Tu sais bien que Jean Gourgue-Sombreval ne sera jamais que Jean pour toi, ma vieille mère. Parle-moi donc comme autrefois... Monsieur Néel de Néhou que voilà n'ignore pas que je suis un paysan d'origine, et ma fille que tu vois, et dont tu seras la grandine[1], ne croit pas descendre,

1. *Grandine,* expression des enfants en Normandie pour

comme on dit, de la côte de Jessé. Tu peux lui
demander, à cette enfant-là, si je t'ai oubliée ;
si je ne lui ai pas, à bien des reprises, parlé
de toi... Depuis que nous sommes au Quesnay, je suis allé maintes fois frapper à la porte
de ta bijude, mais tu étais toujours sortie.
Étais-tu aux champs ou en journée ? Tu n'as
ni voisins ni voisines à qui je pusse dire que
j'étais venu voir la Malgaigne. Aujourd'hui le
hasard nous met sur ta route, car tu passais
sans entrer au Quesnay, — mais tu vas y venir avec nous ; tu vas t'y reposer avant de retourner à ce mont de Taillepied qui est encore
loin et où tu demeures... Monsieur de Néhou,
ajouta-t-il, approchons la barque de la route,
et toi, mère, donne-moi ta main, et de l'autre
appuie-toi sur ton bâton, pour y descendre.

— Non, Jean, dit-elle, — puisque tu veux
que je t'appelle Jean devant tout le monde,
car ton orgueil n'est pas celui des autres, — tu
n'as jamais été que toi, Sombreval ! — Eh
bien ! non, Jean, ma place n'est pas au Quesnay, et plût à Dieu que ce n'eût jamais été la
tienne ! Mais, hélas ! rien n'a pu t'empêcher
de faire ce que le Mauvais Esprit avait bien
prédit que tu ferais.

désigner leur grand'mère, qu'ils appellent aussi leur
grande.

Et elle resta droite et toujours appuyée sur son bâton, dans une immobilité rigoureuse.

Sombreval fronça ses sourcils touffus, avec l'humeur d'un homme qui a rencontré vingt fois la même résistance.

— Allons! vas-tu recommencer? dit-il, — et il leva les épaules, moitié de courroux et moitié de pitié.

— Les années sont venues, — reprit-elle avec un ton aussi tranquille que l'était sa placide et sculpturale physionomie, — ta jeunesse est partie ; mais ta violence n'a pas vieilli, Sombreval ! Elle est toujours en toi, comme au temps où je démêlais tes cheveux noirs. Si, jeune, tu ne m'as pas écoutée, est-ce quand me voilà vieille comme les ponts croulés de Colomby que tu m'écouteras? Seulement, si c'est plus fort que toi de faire ce que tu fais, c'est plus fort que moi aussi de te répéter la même chose, de t'avertir comme je n'ai jamais manqué de t'avertir, quoique je sache que c'est en vain. Nous avons chacun notre destinée. Tu peux t'agiter dans la tienne, mais moi, je suis semblable à la borne du bord de la route, qui dit le chemin, même aux insensés qui ne le suivent pas !

A ces paroles prononcées sans emphase, Calixte se douta bien qu'elle avait devant elle la femme qui avait fait à son père cette prophétie dont le souvenir venait de le troubler.

Ne sachant de quel nom se servir avec cette octogénaire imposante, elle ne lui parlait pas ; mais, de la barque, elle la regardait avec curiosité, timide d'abord, puis sympathique, car cette vieille femme avait une majesté sereine et douce, dont elle, Calixte, était tout intérieurement pénétrée.

Sombreval, qui devinait sa fille, répondit à sa pensée : — Il est inutile d'insister. Si elle a mis dans sa tête blanchie dè ne pas entrer au Quesnay, nulle force humaine ne l'en fera passer la grille. — Mais comme dans son cœur, à lui, le dernier argument, le plus fort, ce que le canon est pour les rois, était sa fille, il ajouta :

— C'est ta petite-fille, la Malgaigne ; c'est Calixte Sombreval qui te demande de venir *chez elle.*

Et Calixte fit un geste d'adhésion à ce que disait son père avec un sourire plus éloquent que les paroles qu'il prononçait.

Celle qu'on appelait la *grande Malgaigne* demeura un instant silencieuse.

— Non, Jean, dit-elle en hochant la tête ; puis, tournant ses yeux pâles vers Calixte, elle ajouta : — Et vous, merci, merci, ma fille ! Je ne vous verrai pas sous le toit qui, malgré moi, couvre maintenant la tête de votre père, mais il est dit que la vieille Malgaigne doit vous revoir ailleurs. Je le sais...

Et elle fit un pas en arrière, mais elle revint, et d'un geste, montrant à Sombreval la route :

— Écoute un dernier mot, Sombreval ! — dit-elle avec mystère.

Et il obéit à son geste, en sautant sur le bord, d'où elle l'entraîna quelques pas.

— Jean — lui dit-elle d'un air étrange — prends garde à toi ! prends garde ! Tu joues avec ta perte. Va-t'en de cet étang et n'y rentre plus... La mort y couve pour toi...

Et comme Sombreval se prit à sourire.

— Tu ris ! — lui dit-elle avec une ironie plus méprisante que la sienne. Par la splendeur du jour qui nous éclaire ! lorsque je parlais tout à l'heure à ta fille, j'ai vu comme je te vois, là... — et de son long bâton elle indiqua la place, — ton cadavre à toi, Sombreval qui *mitonnait* sous les eaux croupies... et, jour' de Dieu ! je l'y vois encore ! — fit-elle avec le regard de l'horreur, mais de l'horreur sans épouvante.

Sombreval, malgré lui, regarda l'étang et ne vit que sa surface limoneuse, muette et sombre, que rien ne plissait.

— Bah ! — fit-il, ému pourtant ; mais, plus fort que cette émotion involontaire, il tourna les talons et redescendit dans la barque, comme s'il lui eût plu de fouler cette eau, qui *roulait sa mort* sous ses pieds.

— Elle devient de plus en plus visionnaire, — dit-il à sa fille et à Néel ; et il se mit à ramer pour retourner à l'anse d'où ils étaient partis, lorsque tout à coup ils virent revenir jusqu'au bord qu'elle avait quitté la grande Malgaigne. Elle n'était plus calme, mais elle était toujours majestueuse. Elle avait la main étendue vers Calixte qui s'éloignait.

— Calixte Sombreval ! — cria-t-elle, — si vous aimez votre père, empêchez-le de remettre jamais les pieds sur l'étang qui vous porte, car, je le jure sur mon âme éternelle, il ne les y remettra que pour y périr !

Malgré la raison de Calixte dont avait parlé Sombreval, une transe horrible passa dans ses yeux et en fit battre les paupières. Plus pâle, la pauvre enfant ne pouvait pas le devenir... « Oh ! revenons vite ! » — dit-elle avec un frisson... et ils revinrent. Sans doute, quand Néel fut parti, cette fille à laquelle il ne pouvait rien refuser obtint de son père la promesse qu'il n'eût pas faite à la Malgaigne, car, à partir de ce jour-là, on ne le revit, ni elle, ni lui, ni personne, sur l'étang verdâtre du Quesnay ; et la barque qui les y avait portés, pourrissant tristement à son éternel ancrage, fut bientôt rongée par les eaux.

X

ÉEL de Néhou ne resta pas longtemps au Quesnay, une fois qu'il
y fut rentré avec Calixte et Sombreval. Il n'était pas tard, mais il
avait, comme on dit, *un bon pas à
faire* pour retourner à Néhou et y arriver avant
le souper du vicomte Ephrem, qui se couchait de
fort bonne heure. Il salua donc le père et la fille,
et il s'en alla avec plus d'empressement qu'on
ne l'aurait cru, puisqu'il s'éloignait de Calixte.
Mais c'était pour Calixte qu'il s'éloignait... et
encore s'éloignait-il d'elle, puisqu'il l'emportait
dans son cœur ?...

Il voulait rejoindre la Malgaigne. Quoiqu'elle eût de l'avance sur lui, elle ne marche-

rait pas assez vite pour qu'il ne pût la rattraper, lui, avec ses jambes de dix-huit ans. Il n'était pas intervenu dans la scène du bord de l'étang; il avait, comme Calixte, gardé le silence pendant cette singulière entrevue de la grande Malgaigne et de Sombreval, mais des trois il n'avait pas, certes, été le moins frappé et de la femme et de ses paroles.

Jusque-là, en effet, il pouvait penser qu'il ne connaissait pas la Malgaigne. Il lui avait parlé quelquefois pour lui dire bonjour ou bonsoir, quand il la rencontrait le long des routes revenant de journée ou y allant, — car il était affable avec les pauvres gens, disaient-ils, et il avait toujours remarqué la grande mine et le grand air de cet antique fileuse sous son accoutrement de paysanne : mais d'elle à lui et de lui à elle, ç'avait été tout.

Dans son élan de jeunesse, Néel ne songeait guère à se rendre compte de ce qu'il y avait de vrai ou de faux dans les contradictions qui couraient sur cette femme étrange à qui les *libres penseurs* des cabarets du bourg de B... et du bourg de S... n'accordaient pas un esprit bien sain, mais que les campagnards d'entre ces deux bourgades respectaient comme un oracle, et qui venait de lui apparaître sous un aspect inattendu et presque grandiose.

Il se rappelait le mot de Sombreval, parlant

d'elle encore en remontant le perron du Quesnay et en échenillant, d'une main distraite, les boules rouges des géraniums qui, dans leurs grands vases de granit, en garnissaient les rampes : « Les Turcs aussi respectent les fous, » et il se demandait alors pourquoi cet observateur positif, ce savant qui n'admettait que la science, portait-il sur son ample front, volontaire et lumineux, les nuées qu'un souffle de cette *folle* venait tout à coup d'y amasser ?...

De toutes ces choses naissait pour lui un vif désir de revoir la Malgaigne, de lui parler sans témoins, de l'interroger sur cette mort fatale qui menaçait Sombreval et l'avenir de Calixte, — de Calixte dont les peines désormais devaient être les siennes, — de Calixte dont il ne s'isolait plus !

Aussi, quand il eut refermé la grille de la cour, au lieu de reprendre le chemin du mont Saint-Jean et de Néhou, se précipita-t-il du côté de la route qu'avait dû suivre la Malgaigne. Cette route, qui semblait filer comme une flèche aux pieds de l'étang, devenait, à quelques pas de là, une montée tortueuse. Néel pensa que l'octogénaire ne la gravirait que lentement... Il n'y avait pas assurément plus d'une demi-heure que la scène de l'étang venait d'avoir lieu.

Cependant le soleil, comme une bonne mé-

nagère qui a dévidé tout son peloton de soie
éclatante, ramassait autour de son disque ses
rayons épars dans l'étendue, et son dernier fil
d'or, qui allait aussi disparaître, ne tremblait
plus nulle part que sur le toit bleu du Quesnay et les grêles profils de ses girouettes. C'est
alors que Néel aperçut le dos tourné de la
vieille femme. Elle marchait comme elle marchait toujours, d'un pas lent, mais ferme, et elle
allait quitter la route pour entrer à gauche dans
un petit landage qu'on appelait la lande du
Hecquet.

Le jeune homme, qui voulait la surprendre,
la dépassa, — puis se retourna brusquement,
quand il l'eut dépassée : mais rien dans l'impassible physionomie de la vieille Errante ne
lui fit croire qu'elle l'avait entendu venir ou
qu'elle l'apercevait près d'elle... Etait-elle retirée dans quelque vision intérieure ? Elle avait
les yeux baissés comme ceux qui regardent en
eux-mêmes ou dans le passé, — ces deux gouf-
fres noirs sur lesquels nous nous penchons vai-
nement pour ressaisir les rêves de la vie.

Le soleil, de niveau avec le sol, lui envoyait
de l'autre bout de cette lande indigente ses
derniers feux en plein visage, et l'empêchait
peut-être ainsi de relever ses yeux fermés par
le poids de sa propre pensée encore plus que
par les rayons de l'astre mourant. Un étranger

qui l'aurait rencontrée l'eût prise pour une
aveugle, familière au chemin qu'elle menait
d'un bâton plein de clairvoyance... En avait-
elle la finesse d'ouïe ? Toujours est-il que, les
yeux baissés, elle dit à Néel, sans le regarder.

— Enfin, vous voilà donc, monsieur Néel,
je vous attendais !

— Vous m'attendiez ?... Pourquoi m'atten-
diez-vous ? fit Néel de Néhou, surpris tout à
la fois et des paroles de la Malgaigne et de sa
physionomie absorbée.

Elle continua de marcher sans relever les
cils blancs de ses yeux.

— Parce que le monde est renversé ! dit-elle
avec une exaltation contenue, mais croissante,
parce que les Sombreval sont au Quesnay, et
vous avec eux, monsieur Néel, vous le cousin
des anciens seigneurs ruinés de qui ç'a été si
longtemps la place ! parce que le fils de votre
père s'est affolé de la fille d'un prêtre marié,
de Jean Sombreval...

Néel devint pâle, et la veine de son front se
gonfla, mais pour se dégonfler et disparaître,
car il n'avait pas de colère à avoir, l'impétueux
jeune homme ! Il sentait trop qu'elle disait
vrai.

— Parce que vous aussi, — continua-t-elle,
— vous êtes sur le bord du gouffre près duquel
marchent, sans le savoir, Sombreval et sa fille,

et que vous, plus curieux que lui, mais non
plus sage, vous avez eu la fantaisie ce soir d'en
mesurer la profondeur !

— Eh bien ! dit-il avec explosion, comme
forcé dans ses gardes par la pénétration de
cette vieille tranquille, aux yeux baissés, —
c'est vrai, la Malgaigne, je veux savoir... ce
que vous savez !

— Le roi disait « nous voulons, » quand il
y avait un roi, monsieur Néel, — dit-elle noblement ; — mais ce que je sais, ajouta-t-elle
avec une espèce de tristesse résignée, — c'est
votre perte, à tous les trois, aussi certaine que
si la barque dans laquelle vous étiez *tassés*, il
y a une heure, se fût entr'ouverte et que les
vases de l'étang vous eussent engloutis !

— Vous êtes sinistre, la mère ! — dit Néel
assombri.

— Ce n'est pas moi qui le suis, mais la destinée.

— Peut-on l'éviter ?

— NON ! répliqua-t-elle. Et le jeune homme
baissa la tête, mais il respira. Il était soulagé
et presque heureux de penser que, du moins,
il n'avait pas son amour à combattre et qu'il
pouvait s'y abandonner tout entier, au prix de
périr !

Cependant il ne se rendit pas ainsi au premier mot de la Malgaigne et à son ascendant

mystérieux. A proprement parler, cette tête de
Méléagre antique qui faisait ressembler Néel
de Néhou au plus ravissant des camées qu'eût
portés sa mère n'était pas ce qu'on peut appeler une tête philosophique, et le moment où
cette tête rayonnait alors de jeunesse était
l'époque de l'action plus que de la pensée, un
temps où la moyenne des esprits se préoccu-
pait assez peu des mystères de la vie et de ces
problèmes que notre temps, à nous, a recom-
mencé d'agiter : mais, tout disposé qu'il pouvait être, par sa nature poétique et les sentiments qui le dominaient, quand il s'agissait de
Sombreval, à se laisser imposer par la grande
Malgaigne que, de ce jour-là seulement, il
apprenait à connaître, Néel se roidissait contre
le sens des paroles fatales de la vieille et il
lui prit l'idée de les discuter. Il avait un esprit
qui ne manquait pas plus de fermeté que son
caractère.

Élevé par le vicomte Éphrem, indifférent en
matière de religion, comme toute la noblesse
du dix-huitième siècle, moins pieusement qu'il
ne l'eût été par sa mère, si elle avait vécu, il
l'avait été, catholiquement néanmoins, sous la
gouverne d'un certain abbé de Saffrey, plus
maquignon que prêtre, il est vrai, qui lui avait
appris, encore mieux que le catéchisme de
Coutances, l'*adhérence parfaite* sur sa selle *à*

piquet, et comme on *bouchonnait* un cheval en
sueur avec une poignée d'*étrain* frais[1], mais,
après tout, il savait assez de christianime pour
comprendre ce qu'avaient de mal sonnant au
tympan des oreilles religieuses les dernières
paroles de la Malgaigne.

— On n'évite pas sa destinée, fit-il : c'est
vous qui dites cela, la Malgaigne ! Pour une
chrétienne, vous n'avez donc pas peur de parler ainsi ? J'ai ouï dire que vous étiez redevenue religieuse depuis bien des années, et que
vous approchiez même des sacrements ; et cependant vous parlez aujourd'hui comme une
païenne ou une faiseuse de maléfices...

A ce mot de maléfice, elle releva ses grands
yeux d'un bleu pâle, comme l'aile d'un vieux
geai, et regarda Néel, mais sans colère.

— Et vous aussi, dit-elle, malgré votre jeunesse, vous savez ce que j'ai été, monsieur
Néel. Ils vous l'ont donc appris ! Hélas ! le mal
s'apprend et se retient mieux que le bien...
Oui, c'est la vérité que, dans le temps, j'ai été
une faiseuse de maléfices ; c'est la vérité que
j'ai écouté les pensées du démon et me suis
adonnée aux œuvres perverses.

Oui, je m'y suis bien obstinée, ajouta-t-elle

---

1. Paille fraîche.

profondément, — bien ensangmêlée[1]. Mais le Sauveur des hommes a enfin arraché sa servante à ce tas de curiosités criminelles et de sacrilèges ambitions qu'un mauvais esprit soufflait en elle. J'ai tout laissé de mes anciens et honteux sacrilèges, mais parce que je suis revenue au Créateur, je n'ai pas pour cela aboli en moi la mémoire de ce que j'ai vu, — de ce que Dieu permet au démon de montrer aux hommes, quand ils ont l'audace coupable de l'invoquer !

— Ce que vous vîtes fut donc bien formidable? reprit Néel, qui voulait la faire parler et qui redoutait quelque lubie de silence, comme en ont souvent les cerveaux exaltés des vieillards.

— Mère ! fit-elle, et d'autant plus formidable que tout est arrivé comme nous l'avions vu, *lui* et moi, — que tout est échu à son temps et à son heure, excepté la fin de la fin, la consommation qui viendra aussi, qui viendra bientôt, — aussi sûr que le soleil qui se couche en ce moment au bout de la lande va tomber dans la mer là-bas, tout là-bas, derrière Jersey ! Vous êtes un enfant au cœur droit, monsieur Néel, et vous pouvez traiter ce que je vous

1. Ensangmêler, se mettre en colère contre une résistance, se mêler le sang. — Patois.

dis de *lossez* [1] de vieille femme affaiblie ; Jean
Gourgue-Sombreval ne le peut pas, lui ! Il lui
est défendu de mépriser mes paroles. Mais il est
plus orgueilleux que le roi dont parle l'Ecri-
ture, qui vit la main sans bras écrire sa ruine
sur le mur, car il *s'épanta* à cette vue, et Sombreval, dans l'ivresse de sa science, l'aurait
regardée comme un phénomène de nature qu'il
se serait mis à étudier.

— Oui, c'est un savant... murmura Néel,
que cette femme rendait de plus en plus rêveur,
et chez laquelle il trouvait un accent de bonne
foi qui le confondait encore plus que l'élévation soutenue de son langage.

— Et toute sa science ne le sauvera pas, fit-
elle, ni lui ni sa fille, qui meurt par lui... qui
est condamnée... Vère ! oh ! comme vous voilà
tout *effabi* [1], monsieur Néel ! Elle meurt de
son père comme on meurt d'un cancer au sein,
cette fillette ; elle en meurt comme vous mourrez par elle aussi, vous ! agrafé par un fol
amour à cette enfant qui vous entraînera dans
sa perte ! Vous êtes comme la chaîne de mai-
sons que le même feu va dévorer. Il faut bien
que les bons, les innocents et les justes, payent
pour les pêcheurs dans cette vie : car, s'ils ne

1. Bavardage.
2. Pâle et défaillant à faire croire qu'on va s'évanouir.

payaient pas, qui donc, le jour des comptes, acquitterait la rançon des coupables devant le Seigneur ?...

Cette parole profonde, tombée de ces lèvres que le monde eût regardées comme insensées, sillonna l'âme de Néel d'un éclair qui devait y rester.

— Et comment mourrons-nous ? dit-il vaincu, subjugué, mais ne tremblant pas, puisque son sort était lié — comme un anneau pris dans un autre anneau — au sort de cette jeune fille pour laquelle il avait des folies d'amour dans la tête et des abîmes de tendresse et de pitié dans le cœur.

— Je l'ignore, fit-elle simplement. Pour le savoir, il faudrait faire ce que je ne fais plus, redevenir ce que j'ai cessé d'être, agacer la bête muette, risquer mon âme encore une fois à ces tentations du démon. Quand je n'avais pas peur de prendre l'avenir dans ces mains d'argile, vous n'étiez pas nés, vous et Calixte : il n'y avait encore sur la terre que Jean Sombreval. Je ne vis que son sort, à lui qui devait étouffer Dieu dans son âme, tuer sa femme, tuer sa fille, tuer l'homme assez *enfantômé*[1] pour aimer cette morte vivante : tuer jusqu'à ce château convoité et acheté par l'orgueil, et

1. Ensorcelé, qui voit des fantômes.

qui en tuerait jusqu'aux pierres, si des pierres, cela pouvait mourir ! Voyez ! ajouta-t-elle en se retournant du haut du *planître*[1] où ils étaient et en indiquant du doigt le Quesnay, aux murs blancs, posé au fond de la vallée comme la corbeille de linge qu'une lavandière eût oubliée au bord de l'eau.

Le château avait perdu les derniers rais de lumière qui avaient joué longtemps sur les aiguilles de ses girouettes. Les ombres du soir s'allongeaient. L'ardoise du toit n'étincelait plus.

— Avant dix ans, avant cinq ans peut-être — dit-elle avec mélancolie — il n'y aura plus un seul arbre debout de ces hautes futaies ! une seule pierre sur pierre de ce château qui avait été bâti à chaux et à sable par les aïeux de ces du Quesnay dispersés ! Rien ne sera plus dans ce coin de pays, comme nous le voyons ce soir ; rien, si ce n'est l'étang, trop profond pour qu'on le dessèche, où le mendiant qui passe viendra laver longtemps encore le bout de son bâton fangeux !

La campagne était si verdoyante, les bois si touffus et si hauts, les blocs unis qui formaient ces murs blancs, si bien liés et si solides, qu'un flot de jeunesse et d'espérance revint au cœur

1. Esplanade, — place où l'on se réunit. — Patois.

de Néel et fit briller ses yeux d'incrédulité.

— Je savais bien que vous ne me croiriez pas longtemps, dit en reprenant sa route cette nouvelle et rustique Cassandre, à qui devait toujours manquer un Homère. Mais qu'importe ! La vieille corneille qui pronostique la mort sur les clochers des cimetières se soucie peu de n'être pas écoutée des hommes et de croasser pour le vent !

Elle continuait de marcher, mais, tout en marchant, elle baissa la voix et ses paroles cessèrent d'être intelligibles. Autour d'eux, tout commençait à brunir... Les nuages enflammés du couchant s'étaient éteints peu à peu, et il n'y avait plus de rouge sous le ciel que la terre d'ocre de la lande où ils passaient et où l'herbe était aussi rare que les cheveux sur la tête d'un enfant teigneux de ces parages. Le brouillard commençait de monter du fond de la vallée avec la chanson triste et monotone des raines de l'étang.

Tout à coup une petite élévation, une espèce de renflement dans le sol arrêta les pas de la Malgaigne, qui le toucha de son long bâton :

— *Celui* qui est là — dit-elle — était comme vous, monsieur Néel, et comme Sombreval. Lui aussi hochait la tête avec arrogance et *ne voulait pas croire ;* mais, quand la chose *avint,* la foi lui poussa plus vite que les ongles ne lui avaient jamais poussé, mais ce fut trop tard.

— De qui donc parlez-vous, la mère ? interrompit Néel.

— Je parle de *celui* dont les os sont là-dessous, répondit-elle. Est-ce que nous ne sommes pas à l'endroit de la lande qu'on appelle la
place au Rompu ?...

Néel avait souvent entendu parler de cette
place dans la petite lande du Hecquet. Mais,
quoiqu'il n'eût jamais quitté le pays, ce qu'il
en savait était vague. Rien d'étonnant. Le fait
qui avait marqué de cette appellation obscure
et lugubre dans la mémoire des gens d'alentour l'endroit que lui désignait la Malgaigne
remontait plus haut que la Révolution, cette
large ornière de sang qui a coupé en deux
l'histoire de France, et dont les bords s'écar-
tent chaque jour de plus en plus.

Néel, dès son enfance, avait entendu dire au
tiers et au quart qu'un horrible crime avait été
commis à cette place et que l'homme qui l'avait
commis, après avoir été rompu, selon la loi du
temps, avait été exposé à l'endroit même de
son meurtre, comme un enseignement terrible
pour ceux qui prendraient par ce chemin.

La pitié de chaque passant ou son épouvante
avait jeté, en détournant les yeux, sa poignée
de terre sur ce cadavre fracassé et sans sépul-
ture et y avait formé, à la longue, comme le

chevet d'une tombe. Le corps du condamné semblait avoir moulé cet amas de poussière qui, dans la nuit, faisait trébucher le passant. Les chevaux y bronchaient ou s'y abattaient.

Quand le soleil s'était noyé sous Jersey — comme disait la Malgaigne — c'est-à-dire quand le jour était couché, très peu de gens se souciaient de traverser cette place, dont le nom devait subsister encore, lorsque le souvenir du crime et du supplice ne serait plus.

Néel, le rôdeur, qui connaissait tous les coins et recoins du pays, connaissait la *place au Rompu*. Il n'en savait pas davantage. Il n'y avait jamais *butté*, mais, comme les autres, il n'aimait pas ce lieu de funèbre et sanglante mémoire, et toujours il donnait de l'éperon à son cheval pour passer plus vite, quand il y passait.

— Oui — fit-il — c'est la *place au Rompu*. Mais seriez-vous d'âge, la Malgaigne, à avoir connu le malheureux qui repose là, à ce qu'ils disent, depuis si longtemps ?

— Ou qui n'y repose pas, — interrompit-elle avec son expression tout à la fois positive et mystérieuse. Vère! monsieur Néel, je suis bien chenue. Je suis une ancienne du pays. J'ai connu le père de votre père, le grand vicomte Jacques de Néhou, qui avait épousé la dernière des Saint-Scudemor, en première no-

ces, et en secondes la comtesse de Turbemer.
C'est là des années ! Il faut vraiment que la
mort m'ait oubliée pour qu'à cette heure je
puisse marcher, comme je le fais, la terre du
Seigneur.

Du bourg de S... et de ses dépendances, je
suis à présent peut-être la seule, avec Julie la
Gamase, qui est du bourg, à me souvenir de
celui qui a pourri ici, comme un chien, sur la
croix de Saint-André dont vous voyez le bout
encore, — fit-elle en frappant de son bâton sur
un bois grossier qui sortait du sol et qu'on eût
pris aisément pour une racine d'arbre arrachée.

— J'ai entendu parler du crime, un crime
pour de l'argent, à ce qu'il paraît : mais, puisque vous avez connu l'assassin, mère Malgai-
gue, quel homme était-ce ? — demanda Néel,
qui, dans sa préoccupation actuelle, n'aurait eu
aucune envie de cette vieille histoire, si la
Malgaigne n'avait comparé l'incrédulité du criminel à celle de Sombreval et à la sienne ; —
je croyais que ce n'était pas un homme du
pays.

— Il n'en était pas non plus, — répondit-
elle, et même on n'a jamais su ce qu'il était et
d'où il était, car il est mort sans avoir jamais
voulu dire son lieu de naissance ni son nom.
La justice le sut peut-être, mais il mit cet
honneur dans son infamie qu'il ne voulut la

faire rejaillir sur personne et qu'il la garda
pour lui seul. Ce qui est certain, c'est qu'il
était de loin et qu'il était venu par la mer.
C'était un soldat, — beau et jeune comme vous,
monsieur Néel. Il passa deux fois seulement
dans ces parages, — une première fois pour
rejoindre son régiment en Bretagne, à ce qu'on
dit, et une seconde pour *faire son coup* et pour
y mourir... A la première fois étant *adlaisi*[1],
il s'arrêta au bourg de S.., pour s'y rafraîchir
à la *Branche de houx*, chez Travers. Il y avait
là une troupe de *niolles*[2] qui se mirent à virer
et à bourdonner auteur de ce bel habit blanc,
comme un essaim d'*avettes*[3] autour d'un ceri-
sier en fleurs. J'étais *en journée* chez Travers,
filant dans l'en-bas de l'auberge, déjà plus
sérieuse que toutes ces jeunesses, quoique je
fusse bien jeune alors, mais je commençais à
m'assotir[4] aux sorcelleries et aux curiosités im-
pies. « Tu devrais bien lui dire son sort, » me
fit la fille à Travers, la boiteuse. On aurait dit
que c'était le sien qu'elle me demandait.

Je ne voulais pas, mais elle me tourmenta
comme une vêpe. Lui s'était assis à moitié sur le

1. De loisir, inoccupé, *at leisure.*
2. D'innocentes, — qui ne sont jamais sorties de leur
nid.
3. Abeilles.
4. Se duper.

bord de la table à tout le monde. « Allons, la grande fille, — fit-il nonchalamment, — dis-moi ce que tu vois dans les lignes de cette main. » Et il me la tendit, moitié risée, moitié bravade, comme s'il m'avait mise à pis faire[1] de l'épouvanter.

C'était une grande et forte main, mais bien moulée, que je sens encore dans la mienne, quand j'y pense, et qui ressemblait à celle-là qu'on avait trouvée un matin toute fraîche-ment coupée dans les carrières de Carpiquet... Ce qui avait fait bien du train et du boulvari[2] dans le pays, mais un train inutile... on n'a jamais su à qui cette main appartenait.

Je la pris. Mes cheveux se grigèrent[3] à mes tempes. Le démon m'injecta sa clarté. « J'y vois du sang ! — fis-je, poussée à dire. — C'est bien ! répliqua-t-il, fier comme un Arta-ban. Du sang ! c'est ce qui gante le mieux la main d'un soldat. — Mais du sang mal versé, repris-je. J'y vois de l'eau aussi, de l'eau qui coule dessus, s'y mêle et ne peut l'effacer. — Sont-ce les larmes de ma maîtresse ? fit-il alors d'un ton d'*avantageux* plein d'arrogance. — Les larmes des femmes ne tuent pas les hommes,

1. Au défi.
2. Bouleversement.
3. Hérissèrent.

repris-je, et c'est cette eau qui vous tuera. — Grande sotte, répondit-il, je suis un marin de terre ferme. Fais-moi donc un peu mieux mourir ! » — Et par manière de *josterie* il me cingla le bas de mes jupes d'un coup de baguette de coudrier qn'il avait coupée dans les haies. Mais je n'eus brin de colère. J'étais dominée ! Les derniers mots partirent. « Ce n'est pas de l'eau de mer non plus, fis-je : c'est de l'eau douce, douce mais cruelle. Il n'en faudra pas bien des gouttes pour vous tuer, monsieur le soldat ! »

Oh ! si vous aviez vu, monsieur Néel, le regard qu'il jeta sur l'envergure de sa poitrine, car il était comme vous fin de taille, mais large d'épaules. Tout à coup il *s'éclaffa* de rire, lampa le verre d'eau-de-vie qu'il avait devant lui et le replaça si dru sur la table qu'il le cassa et en *évalingua*[1] les têts aux poutres. Mais nul autre que lui ne songeait à rire. La Travers était pâle comme sa coiffe. Deux heures après il avait payé son écot, rebouclé son sac et s'en était allé, — sifflant.

Néel oubliait que son père l'attendait à Néhou.

— Deux ans en suivant, — continua la Malgaigne, — deux ans, jour pour jour, trois habits blancs s'enfonçaient dans la lande du Hecquet, au

1. Lança.

coucher du soleil. Ils n'étaient pas seuls... Ils
avaient avec eux un autre voyageur qu'ils
avaient rejoint tout contre l'étang du Quesnay.
C'était un porte-balle de Périers, nommé Séraphin Le Foinillard[1], qui avait vendu toute sa
marchandise aux foires d'alentour et venait de
se débarrasser de son dernier cent d'aiguilles
anglaises à la ferme du Quesnay, chez le père
aux Herpin d'à présent. Les Herpin ont dit
qu'il était à peu près l'heure où nous sommes
lorsque les habits blancs, qui se voyaient de
loin, entrèrent dans la lande avec leur nouveau
compagnon. Mais ce qui s'y passa, nul ne le
vit que Celui qui voit tout, mais qui ne parlera
qu'au dernier jour.

Au matin seulement du lendemain, les filles
qui allaient traire trouvèrent ici, à cette même
place, le corps du porte-balle meurtri et *ma-
trassé*[2], la tête ouverte sur la peau de vache
de sa balle vide et les poches de son habit
retournées. Or, dans ce temps là, c'était le
règne du grand bailli Ango, dont la main de
justice atteignait partout. Il eut bientôt ordon-
né une battue dans la contrée pour rattraper
les habits blancs, car, en relevant le cadavre
de l'assassiné, on avait retiré de sa main cris-

1. Le Rôdeur.
2. Assommé.

pée le bouton d'un habit de soldat, arraché
sans doute dans la lutte et que Dieu mettait là
comme une preuve ; mais on ne les rejoignit
que passé B..., dans une maison borgne où
l'on donnait à boire et où ils ripaillaient depuis une couple d'heures environ.

Quand ils entendirent le pas des chevaux de
la maréchaussée qui s'arrêtaient à la porte, il
y en eut deux qui sautèrent par une fenêtre
de derrière et s'ensauvèrent, mais le troisième
fut pris, dormant la tête sur le pot de cidre
qu'il avait vidé. Le brigadier, qui lui mit la
main à l'épaule et qui l'éveilla, lui dit : « L'ami,
nous venons vous rapporter le bouton que vous
avez perdu *hier* soir dans la lande du Hecquet. »
Et de fait, le bouton retrouvé s'ajustait droit à
la place où il en manquait un sur la poitrine
du soldat. Ainsi découvert, il se laissa prendre.
Comme il lui mettait les *courts-bras* : « Hé !
camarade, nous sommes de connaissance. Vous
avez déjà passé au bourg de S..., » fit le brigadier : c'était le vieux Horsain, un gaillard
qui avait l'œil bon. Il venait de reconnaître le
jeune soldat qui avait bu et mangé à la *Branche de houx*, chez Travers.

C'est au bourg de S... qu'on le jugea, — continua la Malgaigne : — il fut condamné à être
rompu vif pour son crime, et ce fut même la
dernière fois que l'on rompit dans le pays. Pen-

sez s'il y avait du monde à voir cette *affreuseté !*
On s'y écrasait et l'on y vint de toutes les
paroisses environnantes. Au matin de ce jour,
la Travers, qui était comme folle depuis le
commencement du procès, me dit : « La Malgaigne, veux-tu *y* venir ?... » — et nous y
allâmes comme les autres.

C'était sur la place du Marché, qui n'est pas
bien grande, comme vous le savez, monsieur
Néel : mais, ce jour-là, on y aurait jeté une
épingle par les fenêtres qu'elle ne serait pas
tombée à terre. Moi, qui suis haute, je voyais
par-dessus les autres, mais cette pauvre boiteuse de Travers, qui était *petiote*, n'eût rien
vu, elle, sans Houivet, le sergent, qui la mit
sur la croupe de son cheval, plus morte que
vive, mais obstinée à voir, fascinée !

Au coup de midi, le condamné sortit de pri-
son, accompagné de son confesseur, l'abbé de
Neufmesnil, l'aumônier de l'hôpital de S... Ils
l'avaient dépouillé de son habit blanc, et il
marchait, en chemise, avec ses grandes guêtres
noires par-dessus le genou — je le vois encore
— un peu pâle et pas si *braque* que quand il
était accoudé sur la table à Travers, mais *cœuru*
pourtant. Il me fit grand'pitié.

Il était silencieux comme on disait qu'il
l'avait été pendant toute la durée de son juge-
ment, qu'il avait fallu lui arracher les paroles

du corps avec un vilebrequin. Il s'étendit lui-
même sur la croix de Saint-André, et le bourreau, qui était le bourreau de Caen, prit sa
barre et le rompit en cinq fois. A chaque fois
que la barre tombait sur ses os, il faisait un
han ! qui nous retentissait jusque dans le ventre,
à nous, la foule.

Au cinquième coup qu'il reçut sur le creux
de l'estomac, l'abbé de Neufmesnil demanda
un verre d'eau pour le patient, qui avait soif,
et tout de suite on vit arriver, par les airs, ce
verre d'eau qu'on avait pris à la fontaine de
Saint-Gonod, qui est au fond de la place, et
qui passa de main en main jusqu'à l'échafaud,
sans qu'il en *versât* une seule larme, quoiqu'il
fût tout plein, ras les bords.

En voyant ce verre d'eau qui reluisait au
soleil et que l'abbé de Neufmesnil n'avait demandé que pour abréger le supplice du condamné — car on assure que les rompus, dès
qu'ils boivent une goutte d'eau, expirent — sans
doute que la Travers eut la même idée qui me
prit au chignon, car, toute hagarde sur la
croupe de son cheval et collée au sergent, elle
me montra cette eau qui brillait : « Tu le *lui*
avais bien dit ! » fit-elle.

Néel, tout brave qu'il était, eut un léger frisson aux derniers mots de la Malgaigne. Elle
avait fini son histoire et avait repris sa marche

à travers la lande, moins claire de minute en minute, et dans laquelle elle venait d'évoquer un pareil souvenir. Amoureux comme il était, Néel de Néhou ne put s'empêcher d'avoir une curiosité d'amoureux.

— Et la fille à Travers ? dit-il à la Malgaigne.

— Ah ! vous pensez qu'elle l'aimait ! répondit la vieille femme. Eh bien, monsieur Néel, j'ai eu comme vous toujours cette doutance. Elle était *banquée* [1] avec Colin Harivel, et elle l'épousa peu après pour mourir à son premier enfant : car c'est des reins qu'elle boitait et non pas des pieds, et le médecin qui l'accoucha dit qu'elle devait mourir à ses premières couches, puisqu'on avait eu l'imprudence de la marier, la pauvre estropiée.

Mais banquée, et quoique Colin Harivel fût le mieux découplé et le plus faraud des garçons de Benneville, j'ai toujours cru que l'habit blanc, cet oiseau de passage, lui avait passé bien rez du cœur ! Le soir qu'ils l'apportèrent ici pour qu'il y demeurât en exemple, exposé aux émouchets et aux corneilles, elle se jeta encore à moi comme le jour du supplice, et me pria et supplia, les mains jointes, d'aller *quant*

---

1. Quand on a publié les bans d'une fille en Normandie, les paysans la disent *banquée*.

et elle, de nuit, dans la lande, le couvrir de terre par pitié.

Elle était religieuse, moi, je ne l'étais pas alors ; j'étais une mauvaise, mais j'y fus tout de même, à la nuit tombée, avec elle, les capes de nos mantelets bien rabattues pour qu'on ne nous reconnût pas... Nous le trouvâmes là ou vous avez vu tout à l'heure ce bout de croix qui sort de terre.

Il n'y avait pas moyen de distinguer corps ou visage, tant il faisait noir, mais du fond des ténèbres nous avisâmes une espèce de blancheur immobile : c'était *lui !* et comme nous avions emporté et caché un *truble*[1] sous nos mantelets, moi qui avais les bras forts, plus forts que cette malheureuse *brésillée*[2] dont le cœur était peut-être encore plus malade que le corps, je creusai un trou dans la lande et j'en rejetai la terre sur ce *quèque chose* de blanc qu'on voyait dans les ombres, et ne m'arrêtai que quand elle et moi nous ne vîmes plus rien. Pendant que je fouissais[3] en me dépêchant, car nous avions peur d'être surprises, elle s'était agenouillée, et je l'entendais qui priait.

— C'est fait ! lui dis-je. On ne le voit plus...

1. Bêche.
2. Assommée.
3. Creusais.

Sauvons-nous maintenant, Désirée! — Oh!
attends encore, répondit-elle ; j'ai apporté le
bénitier du pied de mon lit où il y a un reste
d'eau bénite : laisse-moi l'en arroser, puisqu'il
n'y a pas pour lui de terre sainte ; — et elle le
fit comme elle le disait. Mais hélas! l'eau bénite, tombée du goupillon du prêtre ou du bénitier d'une pauvre fille enamourée, ne fait pas
leur lit de terre plus tranquille à ceux qui ont
si grandement offensé Dieu !

— Il ne s'est donc pas assez repenti ? — dit
alors Néel touché, et comme imbibé d'attendrissement par l'épilogue de cette histoire. Vous
disiez, mère Malgaigne, que les bons payaient
pour les méchants. Est-ce que les larmes et les
prières de cette fille infortunée ne seront pas
comptées devant Dieu ?

— Je ne sais pas s'il s'est repenti, reprit la
Malgaigne, l'abbé de Neufmesnil n'a jamais
ouvert la bouche ni en bien ni en mal sur le
pécheur qu'il avait assisté ; et quant à la Travers, si elle l'a aimé, elle n'était plus innocente,
— ajouta-t-elle d'une voix austère.

Néel, qui rêvait l'amour de Calixte et qui le
voulait comme on veut une conquête, resta
plongé dans le silence, impatient de l'avenir,
le dévorant et dévoré par sa pensée.

— S'il était pardonné, s'il avait trouvé grâce
devant son juge, — continua la Malgaigne, —

pourquoi donc reviendrait-il dans cette lande comme il y revient?

Néel avait entendu parler des visions de la Malgaigne, que les paysans disaient *goubelinée*[1] depuis bien du temps. Il ne s'étonna donc pas du tour que prenait alors son esprit.

— Vous l'avez donc vu? lui dit-il.

— Régulièrement tous les samedis, quand je passe par ici — fit-elle comme si elle eût parlé du fait le plus naturel — et même quelquefois sur semaine. C'est un samedi que le porte-balle de Périers fut assassiné, et c'est un samedi que son assassin périt sur sa roue.

Toutes les nuits dn samedi au dimanche, il rôde par ici, quelque temps qu'il fasse, qu'il soit humide ou sec, qu'il fasse nuit noire ou clair de lune, que le vent soit d'amont ou d'aval! Je le rencontre souvent assis sur la barre de l'échalier qui ferme ce côté de la lande par où nous allons sortir, ou marchant sur le bord de l'étang du Quesnay, coulant plutôt que marchant sur ses jambes brisées et ramollies par les coups de barre du bourreau et qui semblent flotter comme des *bragues*[2] vides!

Il est silencieux comme il fut dans les derniers temps de sa vie, n'ayant pas l'air de plus

1. Qui voit des gobelins, des fantômes, la nuit.
2. Culottes.

entendre qu'un *mouron*[1] les ébraits[2] des mille-loraines des élavares et les risées des huarts moqueurs[3]. Plusieurs fois j'ai marché sur lui et lui ai adressé la parole, l'adjurant de me répondre au nom du Dieu vivant et miséricordieux : mais il s'est toujours éloigné lentement, d'un air sombre, mort comme un esprit condamné dont le sort ne peut être changé ni par aumônes, ni par larmes, ni par prières, ni par aucune intervention humaine de ce côté-ci ni de l'autre de l'éternité.

Et marchant plus vite, et frappant de son bâton la terre comme si elle était obsédée de la pensée fixe qu'elle voulait secouer :

— Toi aussi, tu rôderas comme lui, Sombreval ! s'écria-t-elle. Toi aussi tu viendras poser pour la rafraîchir ta tête lasse de l'enfer et brûlante sur la pierre des *douis* et dans la rosée des marais ! N'es-tu pas comme lui un meurtrier ? Qu'importe avec quoi on tue, si l'on tue ! Quelques gouttes de sang sur une veste blanche, Dieu les apercevrait donc mieux que toute la *marée* de celui de ton père, de ta femme, de ta fille et jusque de ton Seigneur Jésus-Christ,

1. Salamandre qui doit son nom à sa couleur.
2. Cris.
3. Farfadets que l'on croit occupés à *huer* les hommes et à se moquer d'eux.

que tu as sur les mains, l'abbé Sombreval !
Oh ! que non. Il y a une justice. Le sommeil
tranquille des cimetières n'est pas fait pour toi
non plus ! C'est moi qui le dis. Tu es voué à
l'errance éternelle. Tu reviendras mort où tu
as voulu à toute force revenir vivant. Mais en
vain voudras-tu plonger dans ton étang du
Quesnay pour éteindre cette soutane de feu
que le démon aura collée à tes épaules et que
tu ne pourras plus déchirer de tes mains plus
coupables que celles de Caïphe, ni rejeter de
ton dos comme l'autre apostat ! Les eaux de
l'étang deviendront de l'huile bouillante sous
les plis de ta robe en flammes ! La vieille
Malgaigne ne le verra pas. A cette époque-là
elle sera aussi allée rendre ses comptes ; elle
sera jugée, mais je le sais, et c'est trop encore...
car je t'ai aimé comme mon enfant...

La voix de cette femme, qui semblait de
taille biblique au jeune Néel, baissa et s'éteignit comme dans des larmes, — car on n'y
voyait plus, et il ne sut pas si elle pleurait.
Certes, qu'elle fût folle ou qu'elle fût inspirée,
il y avait en elle un charme. Néel, qui cherchait le secret de ce charme à travers les émotions pénétrantes dont elle piquait son âme,
comme de dards, n'entendit plus que les sons
confus d'un monologue qu'elle se tenait à elle-
même et dans lequel il distinguait seulement

l'idée du fantôme du soldat assassin et de l'abbé Sombreval.

Ils touchèrent enfin à l'échalier dont elle avait parlé et qui fermait la lande à l'est.

— Il faut que je vous quitte ici, la Malgaigne, dit Néel. Je m'en vais à Néhou. Vous allez à Taillepied. Nous devons nous tourner le dos, mais vous n'avez pas besoin de compagnon de route...

— Non, monsieur Néel, répondit-elle. Les chemins me connaissent. Je suis une voyageuse de nuit autant que de jour. Il y a longtemps que j'ai amitié avec les ténèbres. Et d'ailleurs, à la grâce de Dieu ! Qui donc voudrait faire de la peine à une pauvre vieille femme comme moi ? Les plumes de la chouette abattue ne vaudraient pas les quatre sous de poudre qu'on aurait brûlés pour la tuer.

— A la grâce de Dieu donc ! dit Néel, et qu'il vous protége, la Malgaigne !

— Et vous aussi, monsieur Néel ! fit-elle. Vous en avez plus besoin que moi.

Et elle enfourcha l'échalier avec la célérité de l'habitude, et elle s'éloigna, continuant de se parler à elle-même, comme font des gens préoccupés ou les gens hors de leur bon sens — ce qui est souvent la même chose.

Néel demeura plusieurs secondes à l'écouter qui s'éloignait et à rouler en lui-même le der-

nier mot qu'elle avait dit. Était-ce une menace
l'annonce de quelque danger prochain, — ou
simplement la suite des pensées de cet être
qui ne ressemblait pas aux autres et qu'il
aurait été difficile à un moraliste de classer?

« Oui, à la grâce de Dieu! comme elle l'a
dit, » répéta-t-il.

Il traversa la petite lande du Hecquet dans
le sens inverse à celui qu'il avait suivi avec la
Malgaigne. C'était dimanche, aussi ne rencon-
tra-t-il âme vivante ou damnée.

Seulement, quand il fut arrivé au point de
la lande où il s'était retourné pour voir le
Quesnay, dans le clair-obscur orangé du soir,
sous l'index de l'octogénaire, il chercha, ô
enfance du cœur! à discerner le toit qui
recouvrait sa bien-aimée, son rêve caressé, sa
chimère, mais la nuit était si épaisse qu'il semblait qu'on eût pu couper l'ombre avec un couteau. Dans l'abîme noir de la vallée, on ne
voyait rien que l'orbe d'une lucarne en feu,
aussi ardente que la gueule d'un four allumé.

— Le feu serait-il au Quesnay? — Et il
descendit en courant la montée, longea l'étang
et vint à la grille. Tout était calme dans les
cours. Les chiens dormaient. Mais la lucarne
du toit brillait toujours de cette clarté rouge et
profonde dont un soufflet de forge faisait de
temps en temps frissonner et blanchir la lueur.

C'est alors qu'il se ressouvint que Sombreval
était un chimiste et que le feu, dans les
combles, c'était probablement ses fourneaux.

— Il travaille pour elle pendant qu'elle dort,
— pensa-t-il. Il cherche pour elle de la vie, —
et rassuré, mais le cœur débordant de la plénitude de sa journée, il regagna la tourelle solitaire du pauvre manoir de Néhou.

XI

E fut à partir de ce jour qui mar-
qua si profondément dans sa vie
et dont tout son avenir allait
dépendre que Néel de Néhou
devint le plus assidu des visiteurs
du château de Sombreval. Et quand je dis le
plus assidu, je me trompe ! c'est le seul qu'il
faut dire, personne, de près ou de loin, ne
pensant à mettre le pied chez l'ancien prêtre,
à qui on eût refusé le pain et le sel, s'il n'avait
pu les payer, et souvent très cher. « Bien lui
chaut d'avoir des écus, le brigand ! — disait-on
sur les marchés des bourgs de B... et de S...,
— car, s'il n'en avait pas à *émier* [1] autour de

1. Émietter.

lui, en *un rien de temps* nous en aurions *balié* [1]
le pays. » Il ne se vendit pas, en effet, un
surmulet sur cette côte, une rouelle de saumon
ou une couple de perdrix rouges, qu'on n'en
fît payer sans scrupule deux fois la valeur à
Sombreval.

« Il ne liarde jamais ! » était un genre d'éloge,
mêlé d'envie, qui ne désarmait pas leur haine et
qui excitait leur cupidité. Les vertus de Calixte
qui allaient parfumer la contrée, ne ramenèrent
tout d'abord l'opinion qu'à elle, et, d'ailleurs,
vous le verrez d'une manière terrible, ne la
ramenèrent pas pour longtemps. On la plaignait d'être la fille de son père, mais, tout en
la plaignant, on continua de se tenir éloigné
du château si fréquenté autrefois, et qui était
scandaleusement devenu, par la force de l'argent comptant, « le repaire de ce vieux monstre
de Sombreval. » Dans une antipathie si générale et si tenace, Néel se trouvait donc la
seule personne de tout le pays qui poussât de
temps en temps la grille du Quesnay sur ses
gonds.

Au sein de cette verte solitude, étoffée de
ses bois moirés, le Quesnay, le château des
Quesnes, avec sa blancheur et sa carrure de
sépulcre, semblait se dresser de loin, sur le

1. Balayé, — contractions normandes.

chemin, comme une blafarde épouvante. Ainsi
que l'avait dit Julie la Gamase, les pauvres
n'y entraient plus, et la charité de Calixte fut
obligée d'aller les chercher jusque dans leur
bouge pour faire la violence du bienfait à leur
méprisante misère.

Un tel isolement couvrait merveilleusement,
du reste, les visites de Néel, ignorées de tout
le monde, excepté des Herpin. Ceux-ci, can-
tonnés dans leur ferme, n'en croyaient pas
leurs yeux quand ils le voyaient venir trois et
quatre fois par semaine — tantôt plus, tantôt
moins — et passer dans le château des heures
entières.

Dieu savait alors ce qui trottait dans la cervelle de ces paysans soupçonneux ! « Si la *fille
au prêtre* était une jolie garcette, avec de belles
couleurs et de la santé comme vous étiez, Blandine, il y a trente ans, — disait le bonhomme
Herpin à sa bonne femme, — Monsieur Néel
est un jeune gars qui n'a point froid aux yeux,
et il pourrait bien y avoir là-dessous quelque
amourette du côté gauche, car, pour le bon
motif, serviteur ! Une fille de prêtre n'est bonne
qu'à faire une *gorre* [1], mais elle est si chétive,
cette *effant,* qu'on dirait quasi une *étrase* [2].

1. Isabeau de Bavière s'appelait la *Grand'Gorre.*
2. Chose chétive, — ombre.

La beauté pâle, transparente, émaciée de
Calixte, n'existait pas pour ces paysans grossiers, amoureux des chairs détrempées dans le
vermillon de la vie, et pour qui, comme pour
les Russes, le mot *rouge* efface et remplace le
mot *beau*. Des hantises qui les étonnaient, les
Herpin se turent assez longtemps, d'abord par
peur de Sombreval qui avait sur eux barre de
maître à fermier, ensuite par une espèce d'affection respectueuse pour Néel.

Mais un jour, la bonde enfoncée par la prudence par-dessus tous leurs étonnements partit
avec celle d'un tonneau mis en perce dans un
des cabarets du bourg de B..., et le mot qui
fut dit alors et qui devait tinter un jour aux
oreilles du vicomte Ephrem et réveiller, —
disait Herpin, — le vieux chat qui dormait
bien tranquillement derrière sa chattière de
Néhou, commença de faire, à la manière de
l'eau dans les sables, ses premiers *tortillons*
dans le pays.

Ces premiers propos sur une chose jusque-
là cachée, — car Julie la Gamase, sans doute
par peur de perdre le morceau de pain qu'elle
y trouvait chaque semaine, n'avait point parlé
à Néhou de la rencontre qu'elle avait faite sur
la butte du Mont-Saint-Jean un certain dimanche, et la grande Malgaigne avait l'âme
trop haute pour se mêler aux commérages des

autres fileuses du pays, — ces premiers propos devaient revenir à Néel avant d'atteindre
les Sombreval.

Eux, par leur position si cruellement excep-
tionnelle, étaient trop loin de tout pour pouvoir être blessés de rien. Leur vie retirée les
mettait personnellement hors de la portée des
médisances ou des calomnies. Le temps n'ap-
portait aucun démenti à l'austérité de leur
solitude. Sombreval, qui avait d'abord, ainsi
que l'avait dit Jacques Herpin, marché la terre
à *sens* et à *dessens,* tout à coup rompit avec
cette vie en plein air qui avait été la sienne
quelques jours.

L'ivresse de la possession de cette terre, à
lui enfin, était probablement évaporée ! il passa
bientôt tout son temps dans les combles du
château (où il avait établi son laboratoire) à
poursuivre la composition de ses philtres qui,
dans ses idées et dans ses espérances, devaient
rétablir la santé de sa fille, si profondément
vulnérée.

Attelé à cette besogne dans laquelle ce grand
travailleur devait consumer autant d'âme que
de génie, il ne sortait de ses fourneaux que
pour descendre, noir et farouche comme un
Cyclope, dans le salon où se tenait sa fille, et
se reposer de ses travaux, au fond desquels
elle était encore.

Près de Calixte, le médecin et le père se confondaient en Sombreval. Les observations de l'un finissaient par se perdre dans les contemplations de l'autre, — ces longues contemplations que les plus actifs ont comme les plus rêveurs, lorsqu'ils aiment ! Quant à Calixte, l'emploi de ses journées était aussi simple que l'emploi de celle de son père.

Elle allait de sa chambre au salon et passait les jours à l'embrasure de la fenêtre, d'où elle pouvait voir l'étang monotone et la barre lointaine des Elavares, blanchissant d'écume. C'était éternellement à cette place que Néel la trouvait, lisant dans quelque livre de piété ou travaillant de son aiguille quand les nerfs le lui permettaient, — Marthe et Marie tout ensemble, dans sa passive activité.

Aux premières visites qu'il avait faites, elle avait sonné et dit à Pépé, le Noir, « d'avertir son père que M. de Néhou était arrivé, » et le père n'avait jamais manqué à descendre. Mais plus tard, la confiance ou la familiarité s'établissant, elle était souvent restée seule avec Néel dans la sécurité de la plus divine innocence et du plus religieux des respects.

Néel, tout passionné qu'il fût naturellement et chaque jour moins maître d'un sentiment qui s'accroissait de cete intimité mystérieuse, Néel n'avait pas à côté de Calixte une mauvaise pensée. Seul avec cette jeune fille adorée, dans ce salon plus caché à tous les yeux et plus solitaire que le repaire des bêtes les plus fauves (car les bêtes fauves ont les chasseurs), ce jeune homme, dont le sein brûlait, était là comme si au lieu du portrait de la mère de Calixte, appendu dans un panneau d'ébène, c'eût été cette mère toute vivante qui aurait été entre eux deux.

Dans ces tête-à-tête prolongés, il apprenait à la connaître, et cette connaissance exaspérait son amour qui avait commencé, comme ils commencent tous dans nos âmes, par les fleurs enivrantes de l'illusion. Il avait cru pouvoir se faire aimer d'elle. Il en doutait. Il ne le croyait plus. Il ne voyait dans l'âme de Calixte que la désolante pureté des êtres parfaits, le calme implacable des anges.

La seule chose qui le rassurât et qui lui permît encore l'espérance, c'était l'idée qu'elle souffrait du crime de son père. Puisqu'elle en souffrait, elle était donc sensible à la manière des créatures humaines! et la femme, comme la fleur délicate du cactus qui brise l'enveloppe épineuse de son feuillage, faussait de son doux sein fragile, apte à la blessure, la cuirasse impénétrable du séraphin.

Or, il y avait deux mois à peu près que Néel de Néhou venait ainsi librement au Quesnay,

et l'on commençait d'entrer en automne, quand
un jour les Herpin, qui versaient en tas leurs
bannerées de pommes mûres sur des nappes
blanches posées à terre, à la porte de leur
pressoir, aperçurent Néel monter avec plus de
hâte que jamais le perron du château, et sans
sonner, selon son usage, ouvrir la . grande
porte vitrée, — puis s'enfoncer dans le vesti-
bule que cette porte-fenêtre éclairait.

— Jour de Dieu ! dit le vieux père Herpin,
c'est-y-pas encore monsieur Néel qui monte
quatre à quatre le perron ? Il vient donc tous
les jours maintenant ? car il était là hier encore
et il n'est parti qu'à la tombée.

Le vieux fûté d'Herpin n'avait pas la berlue :
c'était bien Néel. D'ordinaire, pourtant, il ne
venait point au château deux jours de suite, et
Calixte, qui l'avait vu la veille, ne l'attendait
pas.

Croyant passer seule la journée, elle s'était
assise dans le salon à la place qu'elle avait
adoptée ; mais ce jour-là elle était oisive. Elle
avait beaucoup souffert dans la nuit et dans la
matinée. Elle avait eu une de ces crises dont
elle ne parlait pas toujours à Sombreval, de
peur de l'inquiéter d'abord, — ensuite de peur
d'être soulagée, car cette Souffre-douleur chrétienne adhérait à son martyre et ne désirait pas
l'abréger.

La pensée qu'en souffrant pour lui elle ramènerait peut-être à Dieu l'âme de son père, et qu'elle faisait, s'il échappait à l'enfer, une partie de son purgatoire, lui fermait la bouche à toute plainte et y étendait l'héroïque sourire d'une résignation presque joyeuse.

Sa tête, qui était le siége de son mal, elle l'avait appuyée contre le bois de la fenêtre, que le vent du nord-est qui soufflait de l'étang faisait doucement et tristement bruire, et elle avait longtemps, à travers l'espèce de voile que la somnolence des douleurs névralgiques finit par étendre sur les yeux à la fin des crises, regardé cet étang immobile où tombaient des feuilles jaunes et parfois aussi quelque oiseau d'automne, quelque grèbe qui tirait vers Néhou et ses marais, et s'abattait, une pause, dans cet étang qui ressemblait à un marécage.

Fatiguée même de cette manière de regarder, elle avait fini par fermer les yeux à l'étang, au ciel gris, aux écumes fumeuses de l'Élavare, et si elle ne dormait pas, elle paraissait endormie.

Néel, qui, pour entrer, n'avait eu qu'à écarter la portière, crut que l'assoupissement l'avait prise ; mais dans le silence profond du salon, — du château tout entier, — et de la pièce d'eau qui stagnait par ce côté-là sous les fenêtres, ce qui faisait autour d'eux comme

l'enveloppement d'un triple silence, elle entendit le froissement de la portière de soie :

— C'est vous, père? fit-elle sans bouger et
sans remuer les paupières.

Dans son attitude, elle était charmante. La
tête, rejetée en arrière pour l'appuyer mieux
contre le bois de la fenêtre, déployait toutes
les grâces de son cou de cygne. Son menton
relevé ne l'était pas assez pour cacher sa
bouche à moitié entr'ouverte et les plans
fuyants de son front et de ses joues pâles.

Un statuaire qui aurait voulu sculpter la
Douleur aveugle aurait choisi cette tête renversée, aux yeux clos, au bandeau sur le front,
et, pour en faire le plus attendrissant des
chefs-d'œuvre, n'aurait pas eu besoin de l'idéa-
liser !

Néel n'avait pas répondu. Il s'était doucement avancé, en marchant sur ces tapis comme
on marche sur le bord d'un gouffre, pour voir
tout à son aise, ne fût-ce qu'une seconde, cette
tête dont il était fou, et qu'il n'osait pas regarder quand elle avait les yeux ouverts, car elle
l'avait rendu timide.

— Oh! je vous entends bien, père, — fit-
elle en souriant de dessous ses paupières toujours fermées, — et par un mouvement d'enfant
naïf elle tendit la main en avant, tout en laissant sa tempe à la même place, — comme si

elle eût voulu toucher cette poitrine qui ne répondait pas.

— Mais c'est moi, — dit Néel à son tour.

— Vous! dit-elle, les yeux déjà grands ouverts et la tête droite. Dans leur familiarité de deux mois, elle ne lui disait plus guère *Monsieur,* et elle ne l'appelait pas *Néel* encore. Pour elle, il était à cette heure de nuance adorablement indistincte dans les sentiments de notre âme, où l'être qu'on va peut-être aimer s'appelle *vous.*

Mais elle avait vu du premier coup d'œil que le Néel qui était là n'était pas le Néel de la veille. Il avait sur le front un orage et dans les yeux quelque chose de sombre qui n'était pas le doux rayon bleu qui faisait un ciel de ce regard!

— Oh! mon Dieu! dit-elle avec l'instinct sagace de la femme, y a-t-il un malheur à Néhou?

— Oui, — dit impétueusement Néel à son tour, — il y a un malheur, car le fils y désobéit à son père, et le père n'y écoute plus la voix de son fils. — Et comme effrayé de ce qu'il avait à dire, il s'arrêta.

Elle avait compris.

— Votre père, — fit-elle, d'une voix un peu altérée et en baissant les yeux avec un embarras qui la rendait plus touchante, — votre père ne veut plus que vous reveniez au Quesnay!

Il était debout devant elle ; il fit un geste
d'assentiment à ce qu'elle disait, rapide et
presque menaçant.

— Oui, n'est-ce pas ? C'est cela. J'ai deviné,
reprit-elle. Ce n'était pas bien difficile de
deviner ! Votre père doit avoir pour nous la
haine et le mépris qu'a toute la contrée. Si,
dans le fond de mon âme, je me suis parfois
étonnée d'une chose, c'est qu'il vous ait si
longtemps laissé venir chez nous !

— Il ignorait que j'y vinsse, répondit Néel,
— mais ne dites pas *nous,* mademoiselle. Il
vous à vue à l'église, et il sait par monsieur
le curé de Néhou que vous êtes un ange de
bonté et de vertu, peut-être l'ange rédempteur
de votre père : mais votre père... c'est *lui...*

Il hésitait, de délicatesse.

— Oui, — dit-elle, — *lui !* voilà l'obstacle.
Le vicomte Ephrem ne veut pas que son fils
voie mon père... un...! — Elle s'arrêta comme
Néel s'était arrêté, et ses yeux, pleins d'une
intraduisible pensée, s'élevèrent sur le portrait
de sa mère dans son panneau noir. — Ce n'est
pas à moi, reprit-elle, à juger s'il a tort ou raison,
monsieur votre père, mais vous, Néel, vous devez
obéir. — Dans un autre moment, une telle appellation aurait enivré l'amoureux jeune homme,
mais, dans un autre moment, Calixte l'aurait-elle
osée ?... Malgré la puissance de cette appellation

familière qui lui venait aux lèvres parce qu'il souffrait, — qui lui venait de pitié et, qui sait? peut-être d'une confuse tendresse, il la regarda d'un air de reproche. Il était pâle presque autant qu'elle, et ses yeux brillaient d'un bleu si foncé qu'il touchait au noir.

— C'est donc vous qui dites cela ! s'écria-t-il d'une voix tremblante, — c'est vous qui me dites de ne plus venir au Quesnay ! — Et il pesa de tout le poids de son âme sur ce mot *vous.*

— Oh ! Néel, ne soyez pas injuste, — reprit la jeune fille, — vous savez bien que je ne vous dirai jamais... ce que vous venez de prononcer. Mais ne faut-il pas obéir à son père, même quand il aurait tort, — mon ami ?

— Et pourtant je n'obéirai pas ! dit Néel avec l'obstination qui n'entend plus que soi, et qui est sourde à tout le reste, même à la voix qui lui donnait des noms si doux.

Elle ne l'avait jamais vu ainsi. Elle le savait violent et quelquefois, dans leurs promenades autour du château, elle avait été témoin des élans de ce caractère dont les emportements attestaient l'ardeur, mais toujours elle l'avait ramené, gouverné avec un mot, une inflexion de voix, un sourire.

Comme la Catherine de Pierre le Grand, elle n'avait pas besoin de poser sa magnétique main sur les cheveux de cette tête à moitié slave, où soufflait toujours un peu le vent des Ourals ou des plateaux de la Moscovie. Pour faire tomber toutes les tempêtes, il lui suffisait d'un regard.

— J'ai toujours été respectueux pour mon père, reprit Néel après un silence, mais ma mère, que j'ai perdue si tôt, ma mère, que vous appeliez l'autre jour un poème de tendresse inédit que j'ai dans le cœur, tant je sens que je l'aurais aimée! ma mère serait vivante et me défendrait de venir au Quesnay, comme j'y viens, que je me trouverais la force de lui désobéir!

C'étaient là des paroles si nouvelles dans la bouche de Néel de Néhou, que la jeune fille resta silencieuse. Comprenait-elle le sentiment qui se débattait et commençait de se montrer dans la révolte de ce langage? La pudeur alarmée de la femme l'avertissait-elle que Néel allait enfin, dire tout haut, le mot de l'amour, si longtemps retenu sur ses lèvres, et en tremblait-elle, cette sensitive?

Toujours est-il qu'un faible rose traversait ses joues pâles et qu'elle avait abaissé la frange d'or de ses paupières sous les regards du jeune homme, qu'elle n'avait jamais vus si expressifs. Elle était restée assise comme lui était resté debout, les bras sur sa poitrine, jusque-là fer-

mée, étouffante, — et qui ne demandait plus
qu'à s'ouvrir !

— Oui, reprit-il, toujours s'animant davantage, — s'enivrant avec sa propre voix
comme avec ses pensées, comme avec ce visage souffrant et rougissant qu'il avait devant
lui et qui lui réverbérait sa pudeur, — oui,
je résisterais même à ma mère ! même à la
vôtre !

Et il indiqua des prunelles le portrait de
cette mère dont il savait l'histoire, — car dans
leurs causeries, ces enfants, ces amis de dix-huit
ans, loin du monde, s'étaient tout appris de
leur passé. Néel savait l'enfance de Calixte, et
sa naissance, et la mort cruelle de sa mère, et
pourquoi Calixte portait toujours cet étroit
bandeau qui cachait la croix vengeresse aux
yéux troublés de Sombreval.

. . . . . Un jour même, en revenant de
chez la Malgaigne, où ils étaient allés tous
deux, sous la garde de leurs purs dix-huit ans
et de la confiance du vieux Sombreval, elle
avait, à la prière du jeune homme, détaché ce
bandeau jaloux qui si souvent avait impatienté
le regard de Néel, et elle lui avait montré, —
au grand jour, dans toute sa gracieuse et demi-
sphérique plénitude, — ce front... qui était un
calvaire et dont la croix, — s'élevant d'entre les
sourcils pâles, — augmentait la tristesse native

par la tristesse du phénomène, et d'un phénomène qui était une croix !

Inexprimable fut ce qu'avait éprouvé Néel
de Néhou en face de ce front, délié, pour la
première fois, de sa bandelette de victime. Les
entrailles du chrétien furent tout à coup
remuées en lui avec tant de force, que l'émotion
qu'il avait toujours auprès d'elle lui fit l'effet
de disparaître dans une émotion inconnue.

Ils étaient assis sur le bord d'une auge de
granit fendu, reste d'une vieille fontaine en
ruine où venaient boire, en vagabondant tristement hors de leur enclos, les génisses des
*pastous*¹ voisins. L'émotion colorait toujours
d'un ton plus vermeil la croix du front de
Calixte, comme on raconte qu'elle colorait aussi
d'un ton de sang plus âpre cet autre signe de
naissance, cette épée que Wallenstein portait à
la joue. La pauvre enfant était tout émue de
dévoiler le signe étrange qui la marquait entre
les autres créatures, et lui, Néel, il était presque épouvanté de le voir ! Il la contempla
longtemps, elle et son front nu, en silence,
avec une religieuse pitié. Chose singulière ! il
se trouvait plus religieux qu'amant devant
cette croix qui semblait se dresser, sur la
limite de ce front, entre l'âme et le corps de

1. Endroit où l'on mène les bestiaux *à paître*.

cette jeune fille adorée! Étonné de ce qu'il ressentait, il eut peur un instant pour son cher amour, qui allait peut-être sombrer dans un sentiment plus austère !... Aussi renoua-t-il vite le bandeau sur le front crucifié qui venait de lui apparaître, et jamais depuis ce moment, qui compta dans sa vie, il ne parla plus de l'en détacher !...

. . . — Si la Malgaigne dit vrai, ajouta Néel en reculant encore de respect devant le mot qui lui brûlait les lèvres, — je suis entré dans votre destinée pour n'en plus sortir, pour en partager tout... tout ! fit-il, n'osant dire ce qu'il avait de *malheur à partager* avec elle, quoiqu'elle le sût comme lui, quoiqu'elle ajoutât foi comme lui aux prédictions de la Malgaigne, lesquelles trouvaient dans leurs âmes, à tous les deux, l'écho de leurs pressentiments.

— Oui, répondit-elle... mais la destinée n'est pas la vie. La destinée, c'est Dieu, sous ses voiles, gardant le secret imposant de sa providence, tandis que la vie, Néel, c'est nos volontés qu'il faut sacrifier et soumettre : et à qui les sacrifierions-nous, si ce n'était pas à nos pères ?

— Ah! vous ne m'aimez pas ! s'écria enfin l'ardent jeune homme, à qui la réponse de cet ange trop pur pour nos amours de poussière donna le courage d'éclater et de lancer le mot terrible qu'il n'avait jamais osé dire...

— Oh! si! comme un frère! — répondit-elle
avec la ferveur d'un cœur jeune et sincère, et
sans baisser ses yeux, profonds et vrais.

— Mais moi, dit Néel, ce n'est plus, depuis
bien longtemps, seulement comme un frère que
je vous aime!...

Et, ce cri poussé, il s'arrêta... comme l'homme
qui frappe s'arrête au premier sang qu'il a fait
jaillir! Il avait fait jaillir celui de la pudeur
jusque dans ces joues pâles et changeantes,
jusque sous ce bandeau écarlate, moins rouge
que ce qu'on voyait de ce front! Au dernier mot
de Néel, Calixte, — soudainement et sans tran-
sition, — s'était comme illuminée de rougeur!

Du pied de ses cheveux blonds relevés jusqu'aux attaches de son cou, ce n'était partout
qu'une nuance céleste; — elle était devenue
aurore! Et ce fut si beau et si rapide, cette
incandescence d'un sang vierge, que Néel se
crut aimé, comme il voulait l'être, à l'éclat
sublime de ce trouble! Il ne savait pas que
dans certaines âmes la pudeur a des physiono-
mies encore plus divines que l'amour.

Rose mystique qui allait saigner sous un
souffle, au lieu de s'épanouir, elle était tellement belle, — et tellement sainte, dans sa beauté
troublée, qu'il tomba à genoux devant elle...
comme ceux qui ont la foi tomberaient devant
Dieu.

Elle ne fut pas sévère, — elle ne se montra pas surprise. L'Innocence a un front de lumière encore plus impassible qu'un front d'airain.

— Je ne puis être que votre sœur, Néel, — dit-elle doucement en redevenant pâle. Nos pères sont entre nous... Oh! reprit-elle à un tressaillement de Néel et avec ce geste charmant qu'avaient peut-être les vierges du Cirque pour faire baisser la tête aux lions et les forcer à lécher leurs pieds, — je n'ignore pas que deux cœurs qui s'aiment sont une grande force et que souvent l'inimitié des pères a été vaincue par cet amour involontaire de deux enfants ; mais, ô mon cher Néel! s'il y a deux pères entre nous, il y a un père, à moi, entre moi et la vie...

Vous rappelez-vous ces pauvres brebis qu'ils marquaient l'autre jour dans le fossé des Longs-Champs pour la tonte et pour la boucherie ? Je ressemble à ces brebis-là, Néel. Je suis marquée pour la mort et pour le rachat de l'âme de mon père. Vous le savez bien, vous qui n'avez voulu voir qu'une fois cette marque qui vous a semblé si terrible ! — insista-t-elle avec le sentiment délicat d'une femme qui a craint d'offenser l'imagination sur laquelle elle règne, en dévoilant un défaut corporel, une misère.

— Eh bien, oui ! — dit Néel avec une passion infinie, — oui, Calixte, vous êtes marquée pour

mourir, je le sais. Je sais que vous vous en
irez au ciel de bonne heure. Je le sais, et je
n'en pleure pas, je n'en tremble pas, je n'en
souffre même pas, ma Calixte aimée, car je sais
aussi que je m'en irai avec vous, que nous
boirons la mort ensemble... et ne dites pas non
maintenant! fit-il à son tour à un geste de la
jeune fille.

Vous disiez tout à l'heure que la Malgaigne
ne se trompe pas et que vous y croyez. Je suis
donc dans votre destinée, et, si vous mourez,
je dois mourir. Nous boirons la mort au même
verre, et jamais je n'aurai bu rien de meilleur
que cette mort que vous me faites aimer. Oui,
nous mourrons, vous pour votre père, cher
holocauste, qui rachèteriez les crimes de toute
une race et qui n'avez que celui d'un seul
homme à racheter ; moi pour vous, parce que
vous avez mis de votre vie dans ma vie, le jour
que vous avez posé votre main sur ma tête
blessée. La vie de Calixte m'est entrée dans ces
veines-là par ma blessure, — et il lui montrait
le réseau bleuâtre de ses poignets, — et quand
vous mourrez, elles se rompront! et votre vie
dans Néel ira vous rejoindre où vous serez!
Oui, tout cela est vrai, tout cela est certain,
mais aussi voilà pourquoi il n'y a plus de
pères entre nous. Vous disiez bien, il n'y a que
le vôtre entre vous et la vie, mais la vie de

Calixte et de Néel est la même vie... Ils mourront tous deux pour le même père, s'il faut mourir. Ils mourront en un, ma Calixte aimée, — ma sœur aussi, mais bien plus, bien plus que ma sœur!!! Oh! pardonnez-moi de vous aimer encore ainsi et de vous le dire; mais votre Ange Gardien ne vous a-t-il pas avertie? Ne vous a-t-il pas dit que je vous aimais aussi comme on aime une fiancée?

Calixte, Calixte, ajouta-t-il avec une irrésistible aspiration de prière, ne fussiez-vous jamais à moi sur cette terre où vous êtes venue passer à travers ma jeunesse, en l'entraînant après vous dans la tombe où vous irez rejoindre votre mère, laissez-moi vous appeler ma fiancée! et soyez-la pour le peu de temps que nous avons à vivre, en attendant que nous partagions le même cercueil!

Il était toujours à genoux et si vrai, ce beau jeune homme qui palpitait de vie en parlant de la mort avec cet amour sans tristesse des âmes aimantes qui croient au ciel, qu'elle le regarda plus longtemps peut-être qu'elle n'aurait voulu et ferma les yeux comme devant un charme...

— O Néel, dit-elle, je suis déjà fiancée, et celui dont je dois être l'épouse est un fiancé jaloux.

Absurdité et cécité des passions vraies! Néel ne comprit pas la jeune fille. Il devint blanc

comme un linge, et *la veine de la colère* faillit
se briser sur son front gonflé. Ces mots de
fiancé et d'*épouse* l'enivraient d'une jalousie insensée.

Mais, avec cette main de diamant sur lequel
le feu ne pourrait rien et qu'ont les êtres purs
comme elle, Calixte prit hardiment la main du
jeune homme, qui brûlait.

— Cher fou et cher violent! — dit-elle avec
sa grâce familière et tendrement tranquille. —
Venez par ici que je vous conduise à celui que
je préfère à vous!

Et elle l'entraîna, par une porte qu'elle ouvrit, sur le seuil de sa chambrette de jeune
fille, le mystérieux et chaste abri où cet oiseau
du paradis, blessé par la vie, cachait d'indi-
cibles douleurs. En entrant dans ce sanctuaire
virginal qu'elle lui ouvrait comme elle lui ouvrait son âme, ce qui frappa les regards de
Néel fut un crucifix colossal, presque de grandeur naturelle, couvrant tout un panneau et
ressortant sur la tenture d'un violet profond.

Dans cette chambre étroite et plus que simple
où tout était gravement triste comme la pénitence, ce crucifix, de grandeur inaccoutumée,
aurait accablé une âme moins pieuse que Calixte, aurait terrifié une imagination moins héroïquement religieuse.

Mais elle, la sainte enfant, la sainte *Expiante,*

pouvait vivre en face de ce marbre sculpté par
un homme de génie, et qui suait l'angoisse et
l'agonie dans son immobilité éternelle. Sombreval avait acheté pour Calixte au poids de
l'or, en Italie, ce Christ qui était le chef-d'œuvre
retrouvé en ces derniers temps d'un artiste à
manière inconnue, que la Gloire avait oublié !

— Le voilà, Néel ! — fit-elle simplement, —
car la piété était en elle infusée à de telles
profondeurs qu'elle n'avait plus d'exaltation.
L'Esprit-Saint qui planait dans son âme y planait si bien qu'on ne sentait même plus le
tremblement de ses ailes ! — Voilà Celui qui
m'empêche d'être votre fiancée, parce que je
suis la sienne ! Soit que je vive, soit que je
meure, je ne serai jamais que l'épouse de Notre-
Seigneur Jésus-Christ. Bien avant de vous
connaître, cher Néel, bien avant de devenir
votre sœur, j'avais fait serment d'être à lui et
j'avais prononcé mes vœux...

— Vos vœux ! — dit Néel, que ce mot atteignit jusqu'aux racines de son être..., là où
dort caché le dernier espoir, pour nous faire sa
dernière morsure. Hélas ! le petit-fils des anciens chevaliers chrétiens savait ce qu'est le
poids d'une parole, et le mot de vœux soulevait dans sa pensée l'idée d'une parole d'honneur, faite à Dieu !

— Oui, Néel, mes vœux ! reprit Calixte puis-

samment émue et calme. Ah! vous êtes bien
pour moi un frère, puisque je vous dis ce que
je cache même à mon père. Je suis carmélite.

Il laissa échapper une exclamation d'étonne-
nement et la garda, ne sachant ce qu'il devait
croire.

— Vous ne comprenez pas une carmélite
hors de son cloître et de sa règle, mon cher
Néel, — reprit-elle, — et pourtant c'est la vérité, ce que je vous dis. Je suis carmélite, et je
vis au Quesnay près de mon père, et je ne porte
pas l'habit de mon Ordre, et j'ai encore sur ce
corps désormais consacré à la mortification et
à la pénitence les livrées de ce monde auquel
j'ai renoncé pour jamais. Une chose si extraordinaire et si nouvelle vous paraît incompréhensible, mais elle n'en est pas moins, mon
ami. L'Église, dont les entrailles savent s'ouvrir et se dilater avec une inépuisable tendresse, a été pour moi plus qu'une mère. Elle
a accepté ma foi et m'a fait participer aux mé-
rites de ceux qu'elle enchaîne dans des liens
sacrés, mais elle n'a pas voulu me séparer de
mon père, croyant, dans sa sublime intelligence
et dans sa sublime charité, que je pourrais
mieux, en restant près de lui, le ramener à
Dieu et sauver son âme.

Alors elle raconta à Néel de Néhou la par-
ticularité de sa vie qu'il ignorait encore. Dès

qu'elle avait appris par l'abbé Hugon l'ignominie de sa naissance, elle avait eu l'inspiration de se consacrer tout entière au Seigneur, ne voulant pas (comme elle le dit avec une virilité d'expression que la religion donne aux plus faibles créatures) continuer une race qui n'aurait pas dû naître ; mais l'amour de son père, qui l'aimait tant, l'avait retenue.

Elle connaissait la passion paternelle, cette force des bras de Sombreval, qu'elle ne pourrait vaincre, quand il s'agirait de lui échapper. Elle savait que ce géant muraillerait la porte de sa maison, ou, comme Samson, l'abattrait sur lui et sur elle, plutôt que de se résigner à en voir sortir sa fille bien-aimée.

Dans cette difficulté suprême, elle demanda à l'abbé Hugon de diriger sa conduite, et ce prêtre, qui consulta ses supérieurs ecclésiastiques, obtint une dispense de prononciation de vœux publique et lui fit faire secrètement son noviciat hors du cloître.

Pour cet homme profond et les esprits auxquels il s'adressa, la mission de Calixte sur la terre était de ramener à l'Église l'apostat qui l'avait désolée et qui pouvait en être l'honneur encore, si quelque jour il venait à se repentir.

« Carmélite par la pratique de la contempla« tion et de la prière, — avait-il dit à l'o-

« béissante jeune fille en lui remettant cette
« dispense que la supérieure générale avait
« consentie, — que votre Carmel soit la maison
« de votre père. Assainissez-la par le parfum
« de vos vertus. L'Église, qui vous accepte pour
« une de ses servantes, vous charge de lui re-
« conquérir l'âme perdue dont le plus grand
« crime a été de vous donner la vie. »

Et Calixte avait dignement compris le grand
acte qu'on attendait d'elle. Auprès de ce père
qui ne croyait plus, la carmélite du Quesnay
devait se trouver dans un désert plus profond
que celui dont l'entrée lui était interdite. C'é-
tait pour elle une captivité sans chants et sans
compagnes, et, avec le secret qu'il fallait cacher à Sombreval, *une heure de silence* éternelle !

Elle ne devait pénétrer dans ce cloître, dont
elle était exilée, qu'après la mort de Sombreval, s'il persistait dans son endurcissement sacrilège, ou le jour consolant qui le verrait
changé et reprenant les vêtements de son sacerdoce. Jusque-là, elle avait la consigne sacrée de ne pas abandonner son poste de dévouement et de sacrifice.

Comme le fil d'archal le long duquel glisse
la foudre, elle devait être dans la vie de Sombreval le fil conducteur tendu à la Grâce, si la
Grâce revenait toucher cet obstiné pécheur.

L'abbé Hugon, avec cette science de l'âme
qui distingue les grands confesseurs et leur
crée une prédominance si nette sur les autres
hommes, avait mesuré le sentiment paternel
de Sombreval, de ce prêtre dévoyé qui repor-
tait sur la tête de l'enfant qui était son crime
l'amour qu'il aurait dû étendre sur ses nom-
breux fils en Jésus-Christ.

Il avait sondé cet abîme, et s'il avait été
épouvanté de sa profondeur, y pressentant cette
revanche terrible d'une Providence qui punit
le péché par le péché même et nous écrase le
cœur sur ce que notre cœur a le plus aimé, il
s'était dit aussi pourtant que cet amour, monstrueux comme tout sublime qu'on déplace,
était peut-être une voie secrète, — le filet
tissé par les mains d'un enfant pour prendre le
léviathan des mers révoltées !

Formidable par la science et par la volonté,
taillé dans le plein drap des grandes facultés,
soit de l'esprit, soit du caractère, ayant pendant vingt ans versé comme une cataracte de
l'enfer ce qui peut tenir dans la coupe profonde du scandale, ce renégat d'abbé Sombreval, rentrant solennellement dans l'église, au
tard de la vie, mais néanmoins pas assez tard
pour que l'insolente Impiété vît dans sa conversion le plongeon de la peur et la débilité de
la vieillesse, était, au point de vue de la pré-

dication par les œuvres et par les exemples, un des plus éloquents qui pussent remuer les âmes et les intelligences et les enseigner.

— O mon enfant! — avait dit bien des fois l'abbé Hugon à sa chère pénitente Calixte, — il y a plus beau, croyez-moi, que de rapporter dans le sac de cuir de Judith la tête coupée d'Holopherne : c'est de rapporter à l'Église une tête vivante qu'on arrache aux ténèbres et qu'on replace dans la lumière et dans la vérité. Et si cette tête-là est la tête d'un père, — ajouta-t-il, — Dieu qui a un Fils ne devra-t-il pas combler de bénédictions et de grâces celle qui, pour la vie reçue de son père, lui aura donné le ciel ?...

Néel était foudroyé par cette dernière confidence de Calixte : mais la foudre allume ce qu'elle touche avant d'en faire une poignée de cendres, et il éprouvait cet amer courroux de ceux qui aiment et qui veulent qu'on les aime ! cette colère vaine que nous enverraient jusque dans leurs regards tranquilles les êtres trop purs que nous adorons et qui nous terrassent de leurs placidités indifférentes !

L'ange auquel il l'avait toujours comparée montait de plus en plus dans son inaccessible éther, sur ses ailes invulnérables, et par conséquent s'éloignait de lui davantage. Tant de perfection le laissait seul... Comme on pressent

avant l'accès les attaques de l'épilepsie, Néel
sentait venir du fond de son âme les souter-
raines convulsions du désespoir qui pousse aux
folies. L'état de son cœur était indescriptible
de douleur, d'emportement et de confusion. Il
l'avait plein de ces vagues d'un sang chaud
qui roulent le désir, le ressentiment, la colère :
mais voir Calixte si près de lui, dans cette
chambre fermée aux regards de tous comme
un tabernacle, et dont on pouvait dire qu'elle
lui avait offert la virginité en l'y faisant entrer
avec tant de confiance, sentir dans sa main
cette main de sœur qu'elle n'avait pas retirée,
tout cela le domptait, l'indomptable enfant.

Calixte était pour lui cette Vierge des Mers
qu'il voyait appendue au mur de la chambre,
et qui a les pieds sur les flots et sept étoiles
autour de la tête. Elle marchait aussi sur les
flots soulevés de son cœur et en aplanissait les
tempêtes.

— O Calixte! fit-il, — vous êtes trop grande
pour moi et trop sainte ! — et deux larmes, —
les premières qu'il versât depuis la mort de
Gustave d'Orglande, — sillonnèrent ses joues
de héros encore enfant et roulèrent dans ses
moustaches naissantes.

Calixte ne put résister à ces larmes désolées
et presque silencieuses. Pour une âme comme
la sienne, quelle douleur et quel reproche que

cette pensée : « C'est moi pourtant qui les fais couler ! »

— Néel, cher Néel, vous souffrez, mon Dieu ! fit-elle attendrie, — mais voilà Celui qui console ! Voilà celui qui m'a bien souvent consolée et qui vous fera m'aimer... seulement comme une sœur. Oh ! si vous le priiez avec moi, cher Néel ! Voulez-vous ?... Si nous partageons tout, partageons aussi la prière. Voyez, — ajouta-t-elle avec la grâce d'une séductrice du ciel, restée femme, — sur ce prie-Dieu où je m'agenouille toujours seule, il y a, en nous pressant un peu, place pour deux.

Et, sirène qui ne savait pas sa puissance, elle rangea les plis de sa robe pour qu'il pût s'agenouiller près d'elle, et il s'agenouilla pieusement, tant elle était irrésistible ! tant elle lui semblait son Ange blanc, sa dominatrice, son bon génie !

Et de cette voix qui lui fendait l'âme, à lui, elle pria pour lui, — pour elle, — et encore pour son père, pour lequel elle priait toujours ! Et Néel éperdu de l'entendre, éperdu de sentir la tiédeur de cette chaste épaule contre la sienne, Néel, la tête plongée dans ses deux mains, sur le prie-Dieu, ne priait pas, ne pouvait pas prier, mais l'écoutait ravi et se suspendait à elle au fond de son cœur en extase.

Lorsqu'elle eut prié, elle se détourna... et le

vit ainsi courbé sur le prie-Dieu, écoutant encore la voix adorée qui semblait lui verser
dans le cœur une pluie de rayons, et avec une
commisération naïve, — car elle se retrouvait
enfant quand elle avait cessé d'être sublime, —
elle lui releva doucement le front comme l'aurait fait une vraie sœur :

— N'est-ce pas que déjà vous souffrez moins ?
dit-elle. Et son souffle involontairement effleura
les cheveux du jeune homme.

Il allait lui répondre « oui ! » car elle l'avait
calmé, mais ce petit souffle de la bouche aimée
lui injecta le front de feu ! Il ne vit plus rien.
La terre tourna. Il la prit dans ses deux bras...

Mais tout à coup le sang des chevaliers chrétiens dont il était l'arrière-petit-fils se mit à
crier dans sa poitrine, et il eut le courage de
s'enfuir.

S'il avait monté le perron du Quesnay
« quatre à quatre » (ainsi que l'avait dit le
vieux Herpin), il le redescendit d'un seul bond !
Le bonhomme Herpin était toujours à la même
place, rentrant ses pommes à cidre : « C'est des
jarrets, fit-il, *coutumiers* des sauts-de-loup du
Lude, mais je *crais* bien que, pour le coup,
monsieur Néel est un brin *aversat*[1] ! »

1. Fou, — possédé du diable.

XII

E qui avait décidé Néel à vaincre
sa timidité et à parler de son amour
à Calixte, ç'avait été la défense
expresse de son père de retourner
au Quesnay, quand ce dernier avait
appris que son fils allait, sans en rien dire,
plusieurs fois la semaine chez ce défroqué de
Sombreval; mais Néel, tout en l'apprenant à
Calixte, n'était point entré dans le détail de
cette défense, et Calixte n'en avait demandé
aucun.

A quoi bon, en effet? les sentiments qu'inspirait son père expliquaient et justifiaient
tout. Pour le vicomte de Néhou cependant, il
n'y avait pas que l'horreur du prêtre marié
dans l'ordre impérieux qu'il avait donné à son
fils.

Il était de son temps, le vicomte Ephrem. C'était un de ces derniers gentilshommes dont les mœurs ont plus fait contre la monarchie que leurs épées pour elle, quand ils la tirèrent pour la défendre. Jeune et débutant dans le monde à l'instant où le règne de Louis XV finissait, le vicomte avait vécu comme on vivait dans la Maison-Rouge, en 1756, et comme quelques émigrés continuèrent à vivre dans plusieurs cours étrangères où ils importèrent les vices brillants des mœurs françaises.

On ne sait pas assez à quelle profondeur la corruption du XVIIIᵉ siècle pénétra la vie des hommes dont elle avait meurtri la jeunesse. La tache y resta toujours, et ni le malheur, ni la guerre, ni la Religion, pour laquelle beaucoup se battirent et moururent, ne purent l'effacer.

Croirait-on, si tous les documents ne l'attestaient, que le terrible draconien Charrette lui-même, ce dur partisan, au milieu des plus âpres misères d'une existence incessamment menacée, était une espèce de sultan, — un *homme à femmes,* ayant sa petite maison comme un seigneur du temps de Louis XV, et tenant sa cour de galanterie dans sa ferme de Fonte-Clause, au fond du Poitou?...

Le vicomte de Néhou, qui n'avait rien de ce loup de fourré, le vicomte de Néhou, le

joyeux compagnon, à Berlin, de ce Tilly si fameux par son esprit et par ses aventures, avait
mené la vie de toute sa génération, et, s'il l'a-
vait un jour tout à coup interrompue, c'est
qu'il s'était pris d'une passion qui le rendit
sage pour la belle Polonaise qu'il avait épousée
à Dresde, ne pouvant faire pis. Marié et fou
de sa femme, il lui était resté fidèle sans aucun mérite, car elle était un astre de beauté,
et le centre des astres est (à ce qu'il paraît) de
la flamme : mais, s'il avait avec l'amour, l'âge
et le malheur, revêtu des mœurs plus graves,
il n'en avait pas moins gardé, en fait de femmes,
ces opinions légères qui sont les opinions françaises depuis que la France a cessé d'être la
chevaleresque et catholique nation d'autrefois.

Il ne l'eût pas dit à son fils, avec lequel il
conservait la dignité paternelle, mais il comprenait que Néel allât au Quesnay *conter fleu-
rette* à la *petite fille* qui l'habitait. Volontiers il
il en aurait *ristonné* dans sa barbe grise, s'en-
veloppant dans l'indulgent et vieux dicton co-
tentinais, comme dans son vitchoura des di-
manches : « J'ai lâché mon coq : gardez vos
poules ! »

Seulement, s'il se souciait infiniment peu de
l'âme d'une pauvre enfant que la grande beauté
de Néel pouvait troubler, il savait par sa propre expérience l'empire souverain qu'une jeune

fille comme Calixte Sombreval était capable
de prendre sur un jeune homme dont les veines
contenaient de ce sang qui avait si bien flambé
en 1794 pour la belle palatine Gaétane-Casimire, comtesse de Zips, et c'est à cet empire
qu'il voulait, pour toutes sortes de raisons et
pendant qu'il en était temps encore, s'opposer.

Une de ces raisons, et la meilleure, c'est qu'il
pensait à marier son fils. Indépendamment du
bonheur d'avoir des rejetons qui assurassent
l'avenir de sa race, le vicomte Ephrem avait
un motif déterminant pour désirer que Néel
se mariât de bonne heure, et ce motif prenait
sa source dans les sentiments du vieux roya-
liste contre le gouvernement d'alors.

A cette époque-là, en effet, le mariage était
la seule ressource que pussent employer pour
sauver leurs fils de l'obligation militaire les
pères qui ne voulaient pas les envoyer, comme
disait une phrase du temps, « à la boucherie
des champs de bataille ». Il est vrai que cette
boucherie n'aurait nullement répugné aux instincts guerriers du vicomte Ephrem, et il y eût
envoyé Néel avec une joie stoïque, s'il les
avait écoutés seuls : mais la tyrannie de ses
opinions politiques ne lui permettait pas de
transiger avec son devoir, qui était (croyait-il)
de haïr l'Empereur, malgré sa grandeur et sa

gloire (chose difficile pour un tempérament militaire), et de lui refuser son fils.

Aux approches des dix-huit ans de Néel, le vicomte avait donc regardé autour de lui dans les châteaux et les gentilhommières de la contrée pour y découvrir une jeune personne noble et bien portante, qui refît la souche des Néhou sur le point de défaillir, et il avait fini par aviser, avec le coup d'œil du connaisseur, une fille superbe à la manière des Normandes, et qui devait donner aux Néhou futurs un sang *bayeusain* pour la beauté. Le sang de Bayeux est réputé le plus beau de la Normandie[1].

C'était Mlle Bernardine de Lieusaint, fille de l'ancien seigneur de Lieusaint, — une enclave du diocèse de Bayeux, jetée assez singulièrement au travers du diocèse de Coutances. Le vieux Bernard de Lieusaint avait connu le vicomte Ephrem, émigré en Prusse et en Allemagne.

A son retour d'émigration, il s'était marié à une femme riche. Opinions, sentiments, voisinage de terre, tout rendait les deux gentilshommes fort amis. Ils avaient, en fumant leurs longues pipes allemandes et en buvant leur *Château du pape*, après leurs chasses à la sar-

---

1. On dit en proverbe : Garçons de Caen, filles de Bayeux.

celle et au canard sauvage, arrêté *de compte à demi* le mariage de leurs deux enfants.

Néel eut l'entrée de la maison à Lieusaint. Quelque temps avant que Calixte habitât le Quesnay avec son père, Néel avait offert de la part du vicomte Ephrem à mademoiselle Bernardine la croix de topazes sibériennes et l'opale arlequine de sa mère, tant cette jeune personne était officiellement, dans le pays et dans sa famille, la femme qu'il devait épouser !

Mais de ce temps au temps où nous voilà arrivés dans cette histoire, il avait passé bien des gouttes d'eau sous l'*écoute s'il pleut* de Néhou[1] et les moulins de Colomby ! Néel, qui avait senti la griffe de l'amour lui prendre le cœur par tous les côtés à la fois, avait été enlevé à toutes les habitudes, à tous les projets qu'il avait subis ou acceptés jusque-là.

Malheureux, avant de connaître Calixte, de la mort de son ami Gustave d'Orglande, qu'il avait involontairement causée ; malheureux de ne pouvoir se livrer au génie militaire de sa race, il se serait laissé marier tranquillement, sans goût ni dégoût, sans amour et sans haine, et il se serait éteint, comme jeune homme, pour se rallumer, comme père, dans ses enfants.

1. Petit moulin sur peu d'eau et qui pour cela attend de la pluie.

A ce moment, l'Empereur paraissait indes-
tructible. Les Princes français étaient oubliés.
On pensait autant aux Mérovingiens qu'à eux,
et on avait devant soi un homme qui devait
être le Charlemagne d'une quatrième race.

C'était donc une fatalité pour Néel, — la
fatalité de l'honneur et du devoir, — de mourir
sans tirer du fourreau le sabre de son père. Or,
quand les choses sont irrévocables, le cœur de
l'homme n'est pas assez fort pour garder son
désespoir. La vie reste manquée, mais on se
distrait et l'on se résigne, humble manière
d'être malheureux!

Et d'ailleurs mademoiselle Bernardine de
Lieusaint n'avait rien qni pût répugner à personne, pas même au jeune homme qui, jusqu'à
l'arrivée de Calixte au Quesnay, aurait mieux
aimé se marier à une bonne épée qu'à la plus
belle fille du Cotentin.

Par tout pays c'eût été une admirable jeunesse d'une beauté grave et d'une forme largement épanouie. Comme dit ce divin matois de
La Fontaine, *on pouvait bien l'aimer, et même
étant sa femme!* Mais Néel, qui devait la prendre pour la sienne, qui l'avait vue dès son
enfance, qui avait été élevé avec elle, ne l'aimait pas, du moins d'un sentiment d'amour. Il
portait sans émotion ses yeux de dix-huit ans
sur cette fraîcheur éblouissante, sur cette che-

velure épaisse et magnétique qui avait les fris-
sonnements, les ondoyances et les reflets d'un
champ de blé mûr, sur ce corsage à la Niobé,
auquel des grappes d'enfants devaient se sus-
pendre, enfin sur tout cet ensemble de force et
de santé qui la faisait ressembler, cette grande
et belle personne, à un espalier de roses-pom-
mes, entremêlées plantureusement à l'espèce de
pêche que nos aïeux, moins prudes que nous,
appelaient le *téton de Vénus*. Elle donnait si
bien l'idée et de ces fruits et de ces fleurs, mas-
sés les uns avec les autres, qu'on l'avait peinte
dans le salon de son père, un ruban incarnat
dans les cheveux, tenant, à brassées, contre son
sein rougissant, dans ses bras plus roses que
sa robe rose, une corbeille de pêches vermil-
lonnées, et ce portrait que j'ai vu encore dans
ma jeunesse faisait, sous sa couche de poussière, venir l'eau salée du désir aux lèvres. Mais,
— est-ce singulier ? — Néel n'avait jamais senti
le besoin de tremper les siennes dans cette
coupe où tout était rose, la coupe, la liqueur
et l'écume !

A ses yeux, mademoiselle Bernardine de
Lieusaint n'était qu'une de ces fraîcheurs,
comme il y en a tant sous la coiffe carrée ou
le bonnet rond des filles de Saint-Sauveur-le-
Vicomte ou de Valognes. Pour le poète caché
dans cet adolescent, pour cette jeune tête é-

qui sa mère Gaétane-Casimire avait fait lire,
dès qu'il avait pu lire, Klopstock et Sweden-
borg, et avait laissé dans sa pensée l'idée de sa
beauté, à elle, — la splendeur d'une aurore
boréale dans des immensités de neige, — mademoiselle de Lieusaint était presque vulgaire.

On comprend alors quel coup de foudre
lumineuse avait été dans son imagination et
dans son cœur cette Calixte qui avait, comme
sa mère, la diaphanéité de certaines substances
nacrées et la grâce mélancolique des eiders,
et qui, de plus que sa mère, dont le front
n'avait jamais cessé de porter la perle sans
rayonnement du bonheur domestique et de
l'amour permis, était couronnée de douleur.
Dès cette rencontre, tout fut fini pour la pauvre
Bernardine et tout commença pour l'homme
qu'elle devait épouser ! Un abîme se serait ouvert sous ses pieds et l'aurait engloutie, qu'elle
n'aurait pas mieux disparu. Elle était là, et elle
n'y était plus. Néel lui parlait du ton le plus
doux, le plus poli, mais le plus indifférent ; et
quand une larme qu'il y faisait naître se montrait dans ces yeux, violette des bois tremblant
dans la rosée, il ne s'en apercevait pas !

Mais Bernard de Lieusaint s'en apercevait,
lui. Témoin des distractions de Néel et des
tristesses de sa fille, il avait mis le nez au vent ;
il avait flairé, reniflé, et enfin découvert que

son futur gendre allait plus souvent au Quesnay qu'à Lieusaint, et il s'empressa de faire
jouir de sa découverte son grand ami le vicomte Ephrem. Un soir que Néel n'était pas
pas rentré au manoir, le vieux Bernard, après
avoir silencieusement bourré sa pipe, pendant
un temps fort long, l'alluma, l'aspira et finit
par lâcher, avec la première bouffée, au visage
du seigneur de Néhou, qui se chauffait bien
tranquillement devant un feu de pommier,
dans ses bottes de carton verni, un : — « Où
pensez-vous qu'est à cette heure votre libertin
de fils, mon compère ? »

Puis, *de fil en aiguille,* — aurait dit Jeanne
Roussel, — il raconta, après cette entrée en
matière, les visites de *sire Néel* au Quesnay et
ses présentes *amourettes.* Mais le vicomte laissa
dire son ami Bernard et ne fronça pas autrement les sourcils de la déclaration du bonhomme.

— Hé ! vous veillez au grain ? c'est bien,
lui dit-il. La *fille au prêtre* est diablement jolie, mais c'est la *fille au prêtre* ! Puis, elle est
malade. C'est de plus une sainte, un lis de pureté, dit le curé de Néhou, et, au fait, pour
qu'il soit beau, ce lis-là, ce n'est pas le fumier
qui a manqué, avec un tel père ! Quand Néel
chasserait par là, compère Bernard, il en serait pour sa poudre et son plomb, et il n'a-

battrait pas un si fin gibier aussi facilement qu'un cygne ou un grèbe. D'ailleurs vous pouvez dormir sur vos deux oreilles. J'interdirai à mon jeune gars toute accointance avec ce vieux drôle de Sombreval, que le pays honore beaucoup trop, en le traitant de vieux diable. Il ne faut pas grandir les coquins. Et Néel est un brave garçon qui m'obéira.

Rassuré ou non, le baron de Lieusaint remonta sur son cheval gris et regagna sa gentilhommière : mais le même soir, — une heure après le départ de son compère, — le vicomte Ephrem apprit que l'amour de son fils n'était pas, comme le disait le vieux baron, une *amourette*, et que la consigne paternelle allait se briser contre un cœur virilement épris. Néel, qui s'était tu jusque-là, mais qui était incapable de mentir, avoua à son père qu'il aimait Calixte. — Je l'aime, lui dit-il, comme vous avez aimé ma mère.

— Oui, mais ta mère était comtesse de Zips, alliée aux Radziwill et aux Sapieha, de race presque royale. En l'épousant, je n'ai pas descendu les Néhou par une mésalliance, tandis que ta petite Sombreval est la fille à Jean Gourgue, un va-nu-pieds, né dans la crotte et digne de sa naissance ; et tu ne comptes pas, je pense, l'épouser ?

Néel aimait et respectait trop son père pour

lui dire la résolution qu'il avait formée dans ses longs jours passés à errer autour du Quesnay et qu'il avait renfermée à triples verrous dans son cœur.

— Jamais, avait-il pensé bien des fois, je ne causerai de peine à mon père, mais, s'il doit mourir avant moi...

Ce soir-là, il se tut encore — laissa passer sur sa tête un ouragan qui fit plus de bruit que de mal, et le lendemain, sous l'influence alarmée des paroles de son père et d'une défense qui allait couper son bonheur par le pied, s'il obéissait, il alla se jeter à Calixte ! Qu'on juge donc de ses sentiments, quand il apprit qu'il aimait seul, — que seul il était bouleversé, — et que jamais, — ni avant ni après la mort du vicomte Ephrem, Calixte ne serait à lui, — et par cette raison souveraine, — c'est qu'elle ne s'appartenait plus !

En sortant du Quesnay, en proie à une véritable fièvre d'amour et de désespoir, il n'osa pas retourner à Néhou où il devait retrouver l'irritation paternelle, et il se dirigea vers Taillepied, chez cette Malgaine qui lui avait prédit que son amour pour Calixte Sombreval serait son malheur et sa perte, mais qui, de toutes les infortunes et pis que la mort même, ne lui avait pas prédit la plus grande, — le malheur de n'être pas aimé !

Il marcha vite, sous le fouet et l'aiguillon de ses pensées. Le jour, qui dans cette saison n'a pas de crépuscule, tombait vite sous ce long ciel gris, et il se demanda si la Malgaigne, la grande fileuse de toutes ces paroisses, serait rentrée de sa journée à une heure si peu tardive... Il était à présent un habitué de sa bijude (¹). Il y avait entre elle et lui cette amitié, singulière et commune pourtant, qui peut exister entre la jeunesse aveugle et la vieillesse clairvoyante. La Malgaigne l'avait saisi par l'imagination depuis la scène de l'Étang et l'histoire du *Rompu*. Mais il l'aimait surtout (ô passions, vous êtes toutes les mêmes !) parce que la prédiction de cette femme, toute terrible qu'elle fût, l'avait lié à Calixte, comme la main fatale de l'esclave lie les deux amants dans le sac où ils vont mourir au fond du Bosphore.

Néel voyait son sort dans cette image. Il aurait baisé la main de l'esclave... « Nous mourrons, pensait-il, mais nous mourrons entrelacés... » Il s'intéressait encore à la Malgaigne, parce que Calixte s'était mise à aimer aussi cette vieille femme qui avait servi de mère à son père. Quoi qu'eût pu faire la jeune fille, la Malgaigne, *qui avait ses idées*, comme

---

1. Petite maison à toit de paille et à murs d'argile.

disaient les paysans avec une emphase solennelle, n'avait jamais voulu mettre le pied sous
les poutrelles du château du Quesnay ; et,
pour cette raison, Calixte l'avait bien souvent
visitée avec Néel, dans ces promenades con-
fiantes où Néel, chaque jour plus épris, s'était
imbibé de Calixte comme la chair s'imbibe du
sang qui la fait vivre ! Il y avait donc pour
eux un passé déjà dans cette *bijude* où ils
avaient leurs places marquées sur des esca-
beaux à peine dégrossis, auprès du rouet de
de cette fileuse éternelle. Image de sa vie la-
borieuse et rêveuse que ce rouet qui tournait
toujours en revenant sur lui-même, comme sa
pensée.

Quand le jeune de Néhou arriva à Taillepied
et au bas du mont, on ne voyait plus son chemin devant soi. La bijude de la grande Malgaigne n'était pas sur le bord d'une route, mais
dans un bas-fond où les eaux qui tombeaient
du mont faisaient comme un petit lac du milieu duquel s'élevait l'indigente masure. C'est
à cause de l'obsession de ces eaux pluviales,
dans un pays humide comme ces parages de
l'Ouest, qu'on avait pratiqué devant sa porte
un petit pont d'une seule arche, s'il est permis
de donner le nom d'arche à une humble courbe
de pierre rasant le ruisseau qui passait sans
bruit par-dessous.

A moitié de ce petit pont était une barrière
entrelacée de *jan* et d'épines, et Néel fut bien
étonné de la trouver hors de son lien, cette barrière, entr'ouverte et poussée comme si quel-
qu'un, qui, certes, n'était pas la Malgaigne,
n'avait pas pris la peine, après avoir passé, de
se retourner pour la clore. Il crut qu'un paysan était venu là pour chercher la fileuse de-
mandée dans les fermes, ou lui apporter du
lanfois [1], car de voisin ou de voisine il n'y en
avait point. Le seul voisinage de la Malgaigne
était le clos à Jean Sombreval, avec sa maison
sur la lisière du clos, — maison fermée depuis
plus de dix ans, et que Sombreval, riche
comme il était, n'avait voulu fieffer à personne.

Le clos était loué à des cultivateurs assez
éloignés, mais la maison n'avait pas rouvert ses
contrevents et entendu sa grosse clef grincer
dans sa serrure depuis qu'on avait enlevé du
seuil de cette porte, alors ouverte, la bière du
père de Sombreval. Néel, qui ne voulait montrer sa douleur et son visage qu'à la Malgaigne
s'arrêta en voyant l'état de cette barrière et il
allait, toujours violent, prendre le parti de retourner à Néhou, affronter les ordres et les co-
lères de son père, quand une voix qu'il ne

1. Le chanvre qu'on met sur la quenouille.

pouvait méconnaître, — car elle avait la vi-
bration de l'orgue dans ses basses profondes et
étendues, — résonna tout à coup et prononça
le nom de Calixte. Arrêté par ce nom tout-
puissant qui faisait toujours le silence d'une
église devant le saint-sacrement dans son cœur,
Néel écouta ce qu'*ils* disaient d'elle, comme si
tout ce qui se rapportait à elle lui appartenait de
plein droit, et qu'il n'y eût plus d'indiscrétion
à écouter.

— Non, — disait Sombreval, — Calixte n'a
rien à craindre de ce que tu crains, la Malgaigne. L'avantage de parias comme nous est de
pouvoir vivre comme il nous convient, sans que
le monde ait rien à y voir. Le monde et nous
sommes trop éloignés l'un de l'autre pour pouvoir réciproquement nous blesser.

— Mais si ces enfants allaient s'aimer ? dit la
Malgaigne.

— Tant mieux ! fit Sombreval tranquille.
C'est déjà fait, du moins pour l'un des deux !

Le cœur de Néel battait dans sa poitrine
comme une cloche.

— Le jeune de Néhou aime Calixte, reprit
Sombreval : et qui ne l'aimerait, l'adorable enfant ? Mais Calixte, elle, est trop pure et trop
parfaite pour aimer personne sur cette terre, —
ajouta-t-il avec l'âpre mélancolie d'un homme
qui, en disant *sur cette terre*, disait partout ;

ne pouvant croire qu'il y eût un être à aimer
ailleurs.

— Et l'on dirait que tu le regrettes, Jean !
— fit la vieille fileuse avec une insistance pleine
de pensées ; — et cependant, si elle l'aimait
comme il l'aime, — car il l'aime, tu l'as bien
vu, Sombreval, — ce serait un malheur de
plus pour tous les deux !

— Pourquoi? fit la voix de Sombreval avec
la confiance de la force. Pourquoi donc? Si
elle l'aimait, je le lui donnerais. Je n'attends
que cela, la Malgaigne ! J'irais le lui chercher
jusqu'à Néhou, jusque dans les bras de son
père', et je le lui apporterais, comme la première fois qu'elle le vit je le lui rapportai sans
connaissance et l'étendis devant elle sur le mur
de la grille du Quesnay. Oui, je le lui donnerais pour qu'elle fût heureuse d'abord et ensuite, qui sait ? guérie. La nature cache des
secrets que la science veut apprendre en vain
et qui la défient. Quand il s'agit de cette
machine nerveuse qu'on appelle la femme, qui
sait l'influence que pourrait avoir ce grand
fait physiologique du mariage?... Dans une
foule de cas, ç'a été un remède. Eh bien !
Calixte épouserait Néel et serait peut-être
sauvée.

— Épouser Néel de Néhou ! Encore ton orgueil, Jean !— dit avec une pitié triste la Mal-

gaigne. Les Néhou ne sont pas faits pour les Sombreval.

— De l'orgueil! reprit-il, j'en peux avoir comme un autre homme. Mais je n'ai pas celui que tu crois, ma vieille mère. Je sais tout aussi bien que toi la distance qu'il y a entre les Néhou, l'honneur et la puissance de la presqu'île depuis des siècles, et des *vestes-rousses,* des *riens-du-tout* comme les Sombreval. Pour ma part, je n'ai jamais donné dans cette chimère de l'égalité entre les hommes, que tout dément, foule aux pieds et soufflette dans la société comme dans la nature. L'observation et les faits m'ont appris la hiérarchie, l'impérieuse et inflexible hiérarchie! Mais l'observation m'a appris aussi la force de la passion dans certaines créatures, et j'ai vu, du premier coup d'œil, ce qu'il en tient dans ce jeune Néel.

Il est d'un sang, par sa mère, où l'impétuosité du désir touche à la folie, et il tient beaucoup de sa mère, comme tous les enfants amoureusement faits. Un jour, vieille Malgaigne, dans le pays de cette Polonaise, mère du jeune de Néhou, on a vu un roi donner son plus beau régiment de dragons pour douze vases en porcelaine[1], et ce n'était pas le plus fou de son royaume. Il aimait les vases! voilà tout.

1. Auguste II (de Saxe).

Calixte en est un qui contient tous les nectars
de la vie. Pour l'avoir, Néel de Néhou donne-
rait sa race, son blason, son nom, tout ce qui
est pour lui bien plus que l'existence, si Calixte
était à ce prix...

Néel, appuyé contre sa barrière, écoutait
Sombreval avec une espèce de joie fière, et,
malgré la douleur que Calixte venait de créer
dans son âme, il jouissait d'être si bien compris.

— Tu le ferais maudire de son père, — dit
avec autorité la Malgaigne. Tu l'as été du
tien, Jean. C'est assez comme cela !

Sombreval ne répondit pas. Le silence tomba
dans la bijude. Le mot de la Malgaigne avait-il
atterré l'homme qui ne voulait être que son
Jeanotin et avec qui elle venait d'oser un souvenir terrible ?... Néel, que cet homme aurait
intéressé quand il n'aurait pas été le père de
Calixte, eût voulu voir, en ce moment, le visage
de Sombreval, mais la résine de la Malgaigne
n'était pas encore allumée. On ne pouvait rien
apercevoir à travers l'huis ouvert de la bijude ;
le silence qui s'était produit tout à coup avait
comme l'expression de la physionomie qu'on
ne voyait pas. Il agit sans doute sur la Malgaigne comme il avait agi sur Néel. Émue du
mal qu'elle venait de faire, la sévère vieille
femme mit tout à coup de l'huile dans sa voix

et sembla reprendre et caresser la tête crépue de son fils d'autrefois, en l'appelant du nom qu'elle lui donnait dans son enfance.

— Tu es trop père toi-même, Jeanotin, pour ne pas savoir ce que pèse la malédiction paternelle sur le cœur d'un homme, et tu ne voudrais pas la faire porter !

— Oui, reprit Sombreval d'une voix altérée, ils disent que mon père m'a maudit... Tu y étais, toi, et tu le sais, tu l'as entendu. Tu n'as pu l'empêcher, ma pauvre Malgaigne. Mais c'était un homme dur, absolu, un cœur de chêne plutôt qu'un cœur d'homme, un vrai paysan, que mon père. Il aimait son morceau de terre mieux que moi. Je n'ai jamais cru aux pères qui maudissent.

— Et à quoi donc crois-tu, Sombreval ! interrompit la Malgaigne, reprenant son accent triste et sévère, indignée de cette dernière impiété dans cet athée à toute chose, et dont l'athéisme était horriblement complet.

— Je crois à moi, — dit-il avec véhémence. Je crois à *ce qu'il y a là dedans ;* — et on entendit le bruit de sa main qui frappait sa poitrine sonore, — voilà mon orgueil, la Malgaigne. Tu sais si Jean Sombreval manque de force, et pourtant il ne pourrait jamais maudire Calixte, l'eût-elle poignardé de douleur !

Ce fut la vieille femme qui se tut à son

tour, vaincue par cet homme si fort et qui con-
fessait la divine faiblesse des mères, cette tendresse infatigable à l'indulgence, à la pitié et
au pardon. Les yeux de Néel se remplirent de
larmes... Avec cet être étrange, qu'il voyait
dans l'intimité et qui s'y purifiait pour lui de
son effroyable renommée, Néel était incessamment suspendu entre l'admiration et le mépris.
Il avait comme des remords d'admirer le coupable dont la réputation ne mentait pas, mais
qui retrouvait dans son amour pour son enfant
un rayon de cette moralité qu'il avait depuis
si longtemps étouffée au fond de son âme.

Pour le jeune amoureux de Calixte cette
tendresse transfigurait Sombreval. Elle infusait
de l'âme et presque de la grâce dans ce Titan
de perversité et de science, à l'esprit positif,
cruel et quelquefois brutal comme la réalité, et
finissait par donner comme des mamelles à son
génie. En l'entendant s'exprimer ainsi, recon-
naissant d'ailleurs de le voir si disposé à lui
donner sa fille, pour peu qu"il fût aimé d'elle,
Néel fut plus touché que jamais de cet amour
de Sombreval, qui couvrait tout, qui eût ra-
cheté un parricide !... Aussi, quand le châtelain
du Quesnay sortit de la bijude de la Malgaigne, dans la nuit tout à fait noire, Néel,
emporté par cette impulsion qui devait plus
tard briser sa vie, saisit-il la large main qui

s'était posée sur le poteau de la barrière pour
l'ouvrir et la porta-t-il involontairement à ses
lèvres :

— C'est moi, monsieur, dit-il dans le trans-
port de tous les sentiments qui agitaient son
âme ardente, et, il n'y avait qu'un moment, sa-
turée de douleur, — pardonnez-moi, j'étais là...
J'ai écouté et j'ai tout entendu !

Et, au lieu d'entrer chez la Malgaigne comme
il en avait le projet, il s'en alla avec Sombreval qui lui dit avec cette amabilité joyeuse que
la pensée de Calixte faisait toujours fleurir
dans les anfractuosités de cet homme, bâti,
semblait-il, de ce chêne dont il disait que le
cœur de son père avait été fait :

— C'est trop d'honneur pour la patte d'un
vieil ours comme moi, jeune homme. C'est sur
la main de ma fille que vous devez me re-
mercier.

Et alors, tout en marchant dans la direction
du Quesnay, ils parlèrent de ce mariage qui
était possible encore, — qui était un plan dans
la pensée de Sombreval, mais qui n'était plus
qu'une ruine dans celle de Néel de Néhou,
parce qu'il savait, lui, que Calixte n'était plus à
elle et qu'elle avait pris un époux. Noble toujours, il se tut sur ce qu'il savait, il ne révéla
point le désolant secret que Calixte lui avait
appris. Il n'était pas homme à trahir la fille et

à percer le cœur du père. Il resta le paladin qu'il était, ne voulant rien devoir qu'à lui-même et à l'héroïsme de son amour.

— J'ai dit aujourd'hui même à Calixte que je l'aimais, fit-il avec la simplicité d'un enfant qui sera plus tard une grande âme, — mais je suis au désespoir, monsieur, car elle m'a répondu qu'elle ne m'aimait pas.

— Elle me l'a dit aussi, Néel, répondit Sombreval, car j'ai cherché à vous faire aimer, moi. J'ai, depuis que Calixte est au monde, pétri cette tête, pétri ce cœur, et y mettre de l'amour pour un beau jeune homme est plus difficile que d'y mettre la vie, — ce problème, cet effort de mes derniers jours.

Oui, j'aurais voulu qu'elle vous aimât ! L'amour heureux aurait une influence sur le plexus nerveux de cette enfant, victime d'une sensibilité morbide et que je ne puis comparer qu'à une harpe éolienne dont les cordes saigneraient en résonnant au moindre souffle. Et puis, pour un vieil observateur de cette chair à canon qu'on appelle les hommes, vous êtes un de ceux contre qui j'aimerais le mieux appuyer ma pauvre fillette avant de m'en aller pourrir, un de ces soirs, dans la vallée. Je serais sûr de l'avoir laissée sur le cœur d'un mâle qui saurait la défendre, et cela me coûterait peu alors de sentir se dissoudre cette matière ferrée qui fut Sombreval. Il semble que vous et elle soyez de la même race : vous, un gentilhomme de sang presque royal, elle, de naissance une paysanne : mais il y a des individualités qui valent des races, parce qu'elles sont faites pour en fonder !... Si je croyais à l'enfantillage d'une Providence, je dirais que ce sont là des noblesses vierges, tombées du ciel pour empêcher la noblesse éternelle de s'en aller de ce monde, dans la décrépitude des familles, usées par l'excès et le temps.

Il s'arrêta, fouettant la haie de son bâton de houx. Néel l'écoutait comme un oracle. Sans l'haleine d'impiété qui s'y mêlait, les idées qu'exprimait cet homme singulier continuaient de le grandir au regard de cet enfant trempé dans le fleuve bouillonnant de l'enthousiasme, et près d'en sortir peut-être un Séide, si Sombreval l'avait voulu !

— Le mariage que je rêvais entre vous et Calixte, reprit Sombreval, n'aurait donc pas été physiologiquement une mésalliance. Je le souhaitais peut-être aussi ardemment que vous, jeune homme, car j'aime Calixte avec une passion paternelle plus grande que la vôtre en abnégation, et pour le moins aussi grande en intensité. Ce mariage, espoir de ma vieillesse, je lui ai dit souvent que je le désirais !

Bien des fois, lorsque vous nous aviez quit-

tés après ces longues heures d'intimité dont
toute âme de jeune fille a besoin, et dont Calixte doit avoir plus besoin que personne dans
la solitude où elle vit, je l'ai prise sur mes genoux, comme on y prend son enfant souffrante,
et j'ai tourné et retourné dans mes deux mains
ce cœur tranquille où je vous cherchais.

Rien n'y précipitait la vie ! J'y discernais
bien quelque chose comme un frère. Je n'y
voyais pas ce que j'y cherchais. Alors je lui
parlais de vous comme il faut parler pour at-
tirer l'imagination des jeunes filles. Je connais-
sais la sienne. Je savais quel Orient magnifique
et charmant s'étendait d'une tempe à l'autre
de ce front de vestale, où le feu sacré de l'intelligence menace, à certains moments, de dévorer les cloisons délicates dans lesquelles il
est enfermé. Je touchais à ce clavier nerveux
qui peut éclater dans le vide, mais qu'une
émotion toute-puissante et douce, comme celle
de l'amour heureux, pourrait raccorder.

La maladie de Calixte, monsieur de Néhou,
cette souffrance qui la rend si pâle et la tient
des jours entiers morte, — inanimée, — à l'état
de cadavre, ou lui fait pousser ces cris aigus
qui percent tout, murs et draperies, et s'entendent parfois au bout de l'étang du Quesnay,
cette maladie sur laquelle les gens de ce pays
ont débité des contes si absurdes, est une né-

vrose d'un caractère presque inconnu, due à l'état psychique de sa mère quand elle la conçut, et aux circonstances de sa naissance...

Cette maladie, venue d'une cause morale, un sentiment pouvait l'emporter! Mais mon désir, mes précautions, mon éloquence, toute ma connaissance de la tête et du cœur de cette enfant qui est mon ouvrage, tout est inutile! elle ne se troublait pas; j'étais comme un sorcier vaincu par ses propres sortilèges. J'avais beau souffler sur la glace de ce cœur limpide, votre image n'y apparaissait pas. Je recommençais l'expérience, l'expérience avortait toujours.

Quand elle souffrait de ces douleurs inexprimables dont les symptômes me déchirent, quoique je les connaisse et que je puisse même les prévoir; quand, brisée et défaillante de son martyre, elle venait appuyer son pauvre front sur cette poitrine que j'aurais ouverte, si mon sang lui avait fait du bien, je lui disais que ces horribles douleurs, plus fortes que mes élixirs, mes éthers et toute ma chimie, seraient vaincues par le mariage, par l'influence mystérieuse, mais positive, d'un homme qu'elle aimerait, elle m'opposait invariablement les mêmes résistances, les mêmes refus, et elle avait au sein de ces tortures des manières de me dire *non* qui me terrassaient. On dit *non* comme cela au bourreau!

Néel écoutait presque avec transe. Les douleurs de ce père s'entrelaçaient aux siennes et doublaient l'intérêt des haletantes paroles qu'il s'en allait disant dans la nuit. Néel ne voyait pas la face de son compagnon, mais il sentait, à je ne sais quel tremblement dans la mâture de cet homme, que quelque chose de formidable secouait la robuste carcasse de cette espèce d'arbre humain qui cachait sous son tronc la tempête. Le pas pesant de Sombreval coupait en zigzags ces chemins creux. Il ressemblait à celui de Catilina quand il sort du sénat romain, dans Salluste, chancelant, égaré sous cet épouvantable coup de ceste, — la fameuse et dévisageante apostrophe du Consul.

— Vous vous trompez de chemin, monsieur, lui dit Néel. Ce n'est pas la route du Quesnay. Par là, nous retournerions chez la Malgaigne, d'où nous venons.

— C'est vrai, — dit Sombreval, rappelé à lui-même. Je connais pourtant tous ces chemins aussi bien que vous, monsieur de Néhou, car j'y ai traîné ma jaquette... Mais j'étais l'esclave d'une pensée plus forte que moi quand elle m'empoigne, et qui me fera trouver un jour brûlé vif et en cendres sur le brasier de mon fourneau.

Néel n'osa pas demander à ce malheureux, qui lui imposait par sa douleur comme par

l'ensemble de sa personne, ce qu'il voulait dire.
Au Quesnay, il ne l'avait vu presque jamais
que silencieux, excepté quand il s'occupait de
sa fille et qu'il enroulait ses bras et son esprit
autour d'elle. Quoique dans l'éclair de sa parole, rare et brusque, on sentît bien l'homme
supérieur, le porte-foudre intellectuel, il était
d'attitude comme tous les esprits qui ont épuisé
la vie et les idées et sont devenus ces indiffé-
rents de la terre dont parle si fièrement Shake-
speare.

Or, pour la première fois, il parlait de lui.
Il ouvrait des jours sur son âme ordinairement
sombre comme la nuit qui les entourait, et
Néel, qui se retrouvait dans cette âme au moment où il s'attendait le moins à s'y voir, écoutait les révélations du père de Calixte avec
une passion si intéressée, qu'il n'en oubliait
pas sa propre douleur, oh! non, certes! mais
qu'elle en était suspendue.

— Une pensée, — reprit Sombreval, — un
enfer! car l'enfer, ce doit être une pensée! Et
pourquoi ne le dirais-je pas entre nous, qui
causons ce soir comme deux hommes, — deux
amis, — presque un fils! presque un père! et
qui aimons Calixte, chacun à notre manière,
tous les deux? Quelles cruelles ironies nous
cache parfois la destinée! Voilà une enfant
soumise et tendre comme il n'en exista peut-

être jamais ; et savez-vous pourquoi elle me
résiste et me désespère, pourquoi elle ne vous
aime pas, vous qui l'adorez ; pourquoi elle ne
veut épouser personne, pourquoi elle ne veut
pas guérir d'une maladie qui peut la tuer, monsieur Néel ! et se complaît dans ces souffrances
sans nom que je sens dans ma propre chair
quand elles tordent et déchirent la sienne ? C'est
qu'elle aime son Dieu plus que nous, monsieur
de Néhou ! C'est qu'elle me croit un grand
coupable parce que... vous savez bien pourquoi ! Vous connaissez bien ce que je suis, ce
que Sombreval a été... C'est qu'elle veut souffrir pour son père, expier ce qu'elle croit un
crime, racheter ce qu'elle appelle mon âme !
Illusion qui dévore sa vie ! cela est sublime
pour elle, mais pour moi ce n'est qu'insensé...
Nous sommes sacrifiés à une chimère. Nous
avons, vous pour rival, et moi pour ennemi, le
Dieu de Calixte, le Dieu de la Croix !

— Oh ! monsieur ! — dit Néel effrayé d'une
impiété qui rejetait le masque de silence sous
lequel Sombreval la gardait toujours, c'est vous
qui un jour l'avez dit, Calixte est une sainte !
Son Dieu est le mien. Ce Dieu n'est pas l'ennemi des hommes ; ce sont les hommes plutôt
qui sont ses ennemis.

— Oui, vous devez dire cela ! — reprit Sombreval avec une tristesse abattue, la tristesse

du déchu qui, dans l'abîme, a touché le fond, — c'est tout simple. Vous croyez à Dieu. Vous avez l'âme jeune, mais vous vieillirez. Vous deviendrez un homme. La foi que vous avez, je l'ai eue... et vous la perdrez. Ce n'est pas toujours nous, voyez-vous, qui tuons l'idée de Dieu dans nos âmes. Elle y tombe d'elle-même, comme les choses tombent en nous, hors de nous, partout, émiettées, dissoutes, anéanties !

Moi qui vous parle, monsieur Néel, c'est au pied de l'autel, c'est à l'autel même que le Doute et l'Incrédulité se sont dressés devant moi, — obstinément, — pendant des années, comme des Répondants moqueurs et terribles qui insultaient tout bas aux paroles que je prononçais tout haut, aux signes de mes mains consacrées qui accomplissaient le mystère... J'ai longtemps prié Dieu de me délivrer de ces obsessions... Il ne l'a pas voulu ; il ne le pouvait pas ! Je l'ai longtemps prié, *s'il était,* de me délivrer de ces tentations d'impiété que j'imputais à l'Esprit du Mal, et qui étaient, au contraire, les premières évidences de l'esprit de l'homme qui s'éveillait, qui se mettait debout en moi !

L'homme ne s'avoue dupe que bien tard... Oui, j'ai longtemps demandé, dans l'horreur et les larmes, à ce Dieu qui se voilait pour moi, d'empêcher l'impiété de monter, en sa présence,

du fond de mon âme, comme ce pied effrayant
dans l'Apocalypse, qui s'élève tout à coup du
sein de la mer.

J'ai été jaloux du prêtre de Bolsène, à qui
l'hostie saigna sur les mains, et je souhaitais
toujours que ma foi ébranlée se raffermît dans
la terreur d'un tel miracle ; mais la goutte de
sang que je demandais, pour y noyer cet
athéisme qui envahissait ma raison, n'a jamais
rougi la table de l'innocent sacrifice, et c'est
alors que, las d'attendre, j'ai renversé ce calice
dans lequel il n'y avait plus que des fluides de
la terre que je pouvais décomposer sans y trouver Dieu !...

L'homme qui a fait cela, Néel, pensait bien
avoir mis cette grande illusion de Dieu hors
de sa vie, et elle y revint cependant pour se
venger des mépris de ma raison, me frappant
comme un être réel, comme une main de chair,
dans les entrailles ! La Religion foulée aux
pieds a trouvé le moyen de me rendre, coup
pour coup, cette blessure...

Ce rocher de Golgotha qui pèse sur le monde,
et que je croyais avoir rejeté de ma vie comme
un joug brisé, y retombe, — et c'est la main
de mon enfant qui le fait rouler sur mon
cœur !...

Sombreval s'arrêta encore ; Néel se taisait.
Il se taisait par respect pour ce Laocoon

étrange, souffrant dans son enfant qui mourait et qu'il voulait sauver ! A toutes les impiétés qu'il venait d'entendre, Néel savait la réponse à faire, mais il ne la faisait pas. Il n'osait pas dire à ce grand aveugle, à qui l'orgueil et ses éclairs avaient brûlé les yeux, que la vie est au fond, terriblement bien faite, et que, quand les plus forts ont cru couper les ongles au lion de Juda, ils repoussent, ces ongles, plus longs de moitié, dans leurs flancs !

Il avait pitié de cette douleur de père, soudée dans sa propre douleur d'amant.

— J'ai lu un jour dans une histoire, — reprit Sombreval après une pause, — que Cromwell arrivé au pouvoir suprême, heureux par sa famille comme il l'était par l'état de force et d'honneur où il avait mis l'Angleterre, trouva chez lui, — dans son logis, — la douleur qui n'en faisait qu'un homme, et que cette douleur lui venait aussi d'une enfant.

La dernière de ses filles, son amour à lui, sa Calixte, avait horreur du pouvoir de son père, et s'était prise, tête romanesque, d'un violent amour pour les Stuarts. Triste partout, jusque dans les bras paternels, elle y portait la honte, le remords, l'accablement de la puissance du vieux Cromwel. Elle mourait de l'idée fixe du retour des Stuarts ! Lorsqu'il caressait cette tête bien-aimée : « Père,

lui disait-elle, quand leur rendras-tu leur couronne ?... » Ce n'était pas de l'immense amour
de son père qu'elle était touchée, c'était de la
destinée de Charles Stuart ! Toujours elle lui enfonçait cette épine ! Toujours sous chaque baiser de cette bouche innocente, il trouvait cette
morsure, les Stuarts !

Eh bien, moi aussi, je connais cette douleur
horrible d'une honte et d'une tristesse que j'ai
faites dans le cœur d'une enfant aimée ! Moi
aussi, je vois sur le front qui porte ma vie le
reproche muet, l'accusation, l'éternelle prière
que je ne puis exaucer ! Je sens quelque chose
de plus fort que moi dans ce cœur à moi et
qu'avec toute ma force, — inutile ! — il m'est
impossible d'arracher !

Et il retomba dans le silence. Ah ! Néel ne
s'était jamais plus senti son ami... Ils furent
longtemps sans rien se dire, mais, comme ils
entraient dans la petite lande qu'on appelait la
Lande au Rompu, la lune se leva tout à coup
sur le bois d'en face et se mit à écailler d'argent les tuiles bleues du Quesnay, qu'ils apercevaient sous leurs pieds.

— Voilà donc, dit Sombreval, où elle vit,
notre espérance ! — et il étendit sa large main
vers le château où, sous les persiennes fermées
à tous les étages, il aperçut luire des clartés
mobiles, — pour un autre que lui impercepti-

bles à cette distance, car Néel, avec ses jeunes yeux, ne les voyait pas !

Un blasphème passa sur ses lèvres. — Elle est plus mal, dit-il d'une voix altérée. Elle aura ce soir une de ses crises ! Je vois des lumières qui vont et qui viennent à travers les appartements. Prenons nos jambes à notre cou, monsieur Néel. Il est temps que nous arrivions !

Et l'un et l'autre ils s'élancèrent par la rampe qui descendait à l'étang et au Quesnay, comme s'ils avaient couru au feu.

Ils arrivèrent par la barrière, qui n'était pas fermée ; car les Herpin ne la fermaient qu'après le souper, quand ils regagnaient les écuries où leurs garçons couchaient avec les chevaux. Ils montèrent rapidement le perron et cognèrent à la porte vitrée, mais on ne s'empressait pas de leur ouvrir.

— Ils n'ouvriront pas, monsieur ! dit Néel, effrayé de ces symptômes.

— Eh bien ! ouvrons, nous ! répondit Sombreval, et du genou il fit sauter en éclats les verrous de la porte, qu'il enfonça aussi aisément qu'un enfant, qui y tombe, enfonce les plombs vitrés d'une cloche à melons.

Et ils entrèrent, — mais, sans la lune qui passait par les fenêtres ouvertes du côté du jardin, tout aurait était noir et vide dans cette

maison muette. Les lumières, mobiles derrière
les persiennes, erraient maintenant du côté de
l'étang.

On entendait des voix confuses. — Par ici !
par ici ! disaient-elles. Sombreval et Néel se
dirigèrent sur les voix et tombèrent tous deux
comme la foudre au milieu des gens de la ferme
au moment où le nègre Pepé soulevait de terre
Calixte inanimée, — l'air d'une morte !

— Ah ! rugit ce lion de père qui devina tout,
— et d'une seule main il empoigna la nuque
vigoureuse de l'esclave courbé sur sa fille et,
l'arrachant, comme un arbre qu'on déracine,
au fardeau qu'il allait lever, il le fit rouler à
dix pas de là avec cette force surhumaine que
Dieu lui avait si étonnamment départie et qui,
toute sa vie, fut le seul porte-respect qu'il ait
eu au milieu de ces populations !

Il avait enlevé Calixte comme un morceau
de soie, et l'emportant vers le château :

— C'est ainsi donc, — dit-il d'une voix ton-
nante, — que vous veillez sur votre maîtresse,
quand je n'y suis pas !

« Nous étions là un tas de garçons qui n'é-
tions pas *bien génés*, disait le fils Herpin, mais
aucun ne souffla brin d'excuse, tant il était formidable ! Et cependant, malgré *l'atout* qu'il
avait campé à *la face de crêpe*, il n'y avait de
faute à personne. Il fallait qu'il s'en prît au

bon Dieu, lequel envoyait à la fille de son prêtre des maladies comme on n'en reverra jamais ! »

Il paraît, en effet, qu'après l'étreinte interrompue du malheureux Néel et sa fuite courageuse, Calixte (était-ce le saisissement de ce qui venait de se passer ?) avait eu un accès de sa maladie.

Les gens de Sombreval l'avaient trouvée sans connaissance entre les deux portes de sa chambre et du salon, et ils l'avaient couchée, s'attendant à un de ces évanouissements qui duraient quelquefois trois jours. Mais quel ne fut pas leur étonnement et leur épouvante, à eux, ces ignorants et ces sauvages ! quand ils la virent s'élever droite comme un Esprit, et, les repoussant d'un bras tendu, qui avait la dureté du fer, descendre au jardin avec ses mouvements solennels et mystérieux des somnambules qui ressemblent à de la folie !

Dans leurs terreurs de nègres superstitieux, ils appelèrent les fermiers qui vinrent à leur aide et qui n'avaient jamais vu marcher, — racontèrent-ils, — une femme qui *tombait de mal,* car elle marchait les yeux blancs et retournés et la *broue* aux lèvres, et elle allait *drait* devant elle sans qu'on eût besoin de lui crier : « Casse-tête ! » au tournant du rond des allées, comme si elle eût vu le buis des plates-bandes, avec ses yeux blancs !

Il faut en convenir, même pour des gen
moins simples et moins prévenus, c'était effrayant ! La pauvre enfant n'avait que la vague
mousseline de son peignoir sur son corps délicat et souple. Ses pieds et ses bras étaient
nus dans cet air marécageux du soir sur le
bord de l'étang où elle s'était réfugiée. On l'y
atteignit au moment où elle venait de s'affais-
ser tout à coup, comme si on lui eût fauché les
deux pieds d'un revers de faux !

Pour que rien ne manquât à la terrifiante
étrangeté du spectacle qu'offrait la malheureuse,
ses membres détendus et doués, il n'y avait
qu'un instant, d'une force surhumaine, s'étaient
comme fondus et liquéfiés sous elle, et l'on ne
voyait plus dans les plis gonflés de la mousseline où elle semblait nager que cette tête pâle
sans regard, avec son bandeau rouge et sinistre !

Mais Sombreval l'eût bientôt portée sur le lit
de repos qu'il avait fait dresser pour elle dans
le salon, comme j'ai dit qu'il en avait fait dresser un dans tous les appartements du château.
En marchant pieds nus sur le sable, où il y a
parfois du verre pilé, et sur les tiges d'osier,
taillées ras de terre au bord de l'étang, elle s'é-
tait cruellement blessée. Néel, avec la piété de
l'amour, essuyait de son mouchoir ces pieds
dont il n'emporterait pas l'empreinte, comme

la Véronique emporta le visage de Notre-Sei-
gneur Jésus-Christ sur le saint voile, mais dont
il retrouverait les traces sanglantes, reliquaire
qui ne le quitterait plus !

— Elle a saigné, dit Sombreval, — mais le
sang est figé maintenant. Vous la couperiez
par morceaux qu'il n'en tomberait pas une
seule goutte et qu'elle n'aurait pas conscience
d'une seule douleur. Elle ne sent rien ! La vie
est-elle déplacée ou suspendue ? État mystérieux
que la Science, cette tortue aveugle, constate,
mais ne peut pénétrer.

Elle ne souffre pas ! Mais avant de tomber
dans cet état sans nom qui n'est ni la mort ni
la vie, elle a traversé des milieux de douleur
d'une épouvantable acuïté ! Que de fois j'ai vu
le spasme la tordre, et quand je voulais contenir les tressauts de cet organisme fragile, toujours, à ce qu'il semblait, sur le point de se
rompre, ce corps mignon était plus fort que
mon étreinte et luxait ce poignet qui contient
par la corne un taureau.

Que de fois je l'ai vue marcher avec l'adresse
crispée d'un chat sauvage sur le cordon de
cette plinthe qui court autour de ce salon, et
m'apporter, comme elle aurait fait d'une sou-
coupe, le dessus de marbre de cette console,
dans ces deux charmantes mains, — regardez-
les, monsieur Néel ! — un chef-d'œuvre de

faiblesse transparente, de vraies mains de
Muse !

Eh bien, après tout cela, le croiriez-vous ?
une seconde après elle s'effondrait ; elle était
foudroyée ! Elle était comme vous la voyez !
La catalepsie avait remplacé la névrose. Névrose, catalepsie ! des noms ! Ah ! celui qui a
dit que nommer les choses, c'est les créer, a
dit une fière imposture ! Ce n'est pas même
les comprendre. J'ai consulté toute l'Europe.
Ils ne savent rien ! Toutes leurs médications
sont impuissantes, et voilà pourquoi la pensée
m'est venue de chercher, moi ! si, par une combinaison de toxides, je ne pourrais pas venir à
bout de ce mal, qui me prend mon enfant tous
les jours un peu plus.

Cette combinaison à laquelle j'ai été amené
par des observations et des analogies que je ne
vous dirai pas, à vous qui n'êtes ni un chimiste ni un médecin, cette combinaison sera
peut-être pour moi ce que fut la formation du
diamant pour Lavoisier, un rêve, une chimère,
une impossibilité ; mais peu importe ! je n'en
suis pas moins décidé à la poursuivre nuit et
jour sans repos ni trêve, jusqu'à ma dernière
heure d'attention et d'intelligence, jusqu'à mon
dernier regard, jusqu'à mon dernier souffle que
je cracherai dans mon fourneau !

Et il arrangea les coussins autour de la tête

de sa fille, avec une grâce presque maternelle.

— Quand se réveillera-t-elle de cet assoupissement ? fit-il. Qui le sait ? Demain, —
après-demain, dans deux heures. Nulle règle à
cela ! Nul symptôme. Rien que la plus profonde obscurité. Seulement, quand elle se ré-
veillera, elle versera de ces longues larmes qui
tombent sur mon cœur comme du vitriol, et
qui viennent encore plus de l'idée de retrouver
la vie que de la détente de ses nerfs. Elle est
encore plus malheureuse que malade, ma pauvre Calixte, et c'est par moi qu'elle est malheureuse...

Il n'acheva pas. Sa tête tomba sur sa poitrine, et il s'assit auprès du lit de cette enfant qui était peut-être tout son remords,
toute sa conscience, une conscience que Dieu
lui avait placée dans ses entrailles de père
pour remplacer cette autre qu'il avait étouffée
en lui. Il se taisait. Il était livré à la pensée,
qui ne le lâchait pas une minute, mais qui
par instants, le dévorait avec un acharnement
plus cruel.

Le dernier mot de Sombreval trouva dans le
cœur de Néel un écho, et il éveilla la voix du
reproche. Lui aussi n'était-il pour rien dans
l'état effrayant de Calixte ? Ce qui s'était
passé entre elle et lui, cette après-midi même,
n'avait-il pas déterminé la crise qu'il avait sous

I.   35

les yeux, et n'avait-il pas à partager les remords de ce père qui s'accusait ?

Ils étaient assis l'un en face de l'autre, Néel
vers les pieds du lit, Sombreval vers le chevet,
Néel regardant de ses yeux navrés ce semblant
de morte, plus blanche que la pelisse de grèbes
dans laquelle son père l'avait enveloppée...
Les deux bougies apportées par les domestiques, qui s'étaient retirés tremblants aux premiers signes de la colère de Sombreval, éclai-
raient mal de leur maigre lumière ce salon
fait pour un jour plus largement répandu.

Les Herpin avaient regagné leur *chez eux*
par la porte du jardin qui s'ouvrait sur la
cour de la ferme... Néel ne songeait pas à
partir. Il avait oublié Néhou. Il restait à veiller l'être qu'il aimait, et au milieu de sa pitié
et de sa douleur il ressentait une inexprimable
jouissance de passer la nuit auprès du lit de
cette malade adorée, tête à tête avec ce père
qui ne lui disait pas de s'en aller et qui le trai-
tait déjà comme un fils !

Il passa la nuit, en effet, à cette place, at-
tentif, anxieux, se partageant tout entier entre
Calixte inanimée et Sombreval absorbé, —
penché incessamment sur elle comme un vieux
pilote sur une mer morte dont le fond lui serait inconnu.

Néel suivait les mouvements de cet homme

en qui il avait une foi involontaire, et qui in-
terrogeait tantôt le cœur, tantôt la tempe de
cette forme d'albâtre dont on ne voyait plus
les veines, tant la paleur semblait avoir, en la
pénétrant, changé la nature de cette chair !
Sombreval avait pris dans une cassette de la
console une fiole d'un cristal glauque, et du
doigt il en étendait doucement le contenu sur
la lèvre supérieure de l'enfant sans souffle, qui
ne pouvait plus rien aspirer.

Et comme le front grandiose et sombre dn
père de Calixte se sillonnait de mille plis, semblable à l'étang du Quesnay sous une bourras-
que :

— La croyez-vous donc en danger ? dit Néel
avec transe.

— En danger ! reprit Sombreval avec explosion.

Et ses yeux battirent et s'effarèrent sous
leurs profondes arcades, pleines de feu et
d'ombres, à l'idée d'un danger, quoiqu'il n'y
crût pas.

— En danger ! non ! elle n'y est pas, du
moins actuellement. J'ai vu bien des fois ces
symptômes. Il y a tant de jeunesse en elle !
Un organisme sorti de Sombreval, une fille de
cette race de gens comme nous, des fils de la
terre, cache tant de ressources ! Mais il faut se
hâter, car, à chaque accès de ce mal il y a

perdition de la force nerveuse, consomption secrète, que sais-je, moi ? La coupe de la vie se
survide. « Nous sortons de la vapeur pour
rentrer dans la vapeur », a dit Paracelse. On
a vu bien vite le fond de cette coupe d'éther !

Tout en disant cela, il fut, sans doute, frappé
de la physionomie de Néel, cet observateur
qui était partout et qui voyait tout en même
temps !

— Ah ! il faut que nous réussissions, jeune
homme ! lui dit-il comme pour ranimer son courage. Vous ou moi ! mais, moi, cela peut être
trop long. La science n'a pas de pitié, pas d'entrailles. Elle est obstinée et cruelle. Elle dévore
onze vies d'hommes et fond leurs cerveaux
avant de dire son secret au douzième... La
science, c'est le sphinx. Et puis il ne s'agit pas
de ma vie, mais de la *sienne*, et nous n'avons
pas le temps d'attendre. Nous sommes pressés.
Tout nous déborde. Ah ! vous, vous êtes plus
fort que moi ! C'est à un cœur de femme que
vous avez affaire, et quel cœur ! Vous pouvez
réussir plus vite. Vous êtes beau et vous avez
l'amour, qui est une seconde beauté par-dessus
la première. Moi qui étais laid, gauche et pesant, j'ai bien su me faire aimer de la mère de
Calixte, et Calixte est plus sensible encore que
sa mère. Pourquoi ne vous aimerait-elle pas ?...
J'ai cette idée, ancrée en moi comme une cer-

titude, que le mariage la sauverait. Faites-vous-
en aimer !

Ce fut sous le coup de cette parole qu'il emporta en lui, comme un cheval saignant
emporte dans son flanc l'éperon rompu de son
maître, que Néel de Néhou (quand Calixte fut
revenue de sa léthargie) réalisa cet acte inouï
par lequel, — comme disait Sombreval, — il
tenta de se faire aimer.

« Il a raison, le vieux Sombreval. L'amour
est plus fort que tout, même que la mort, selon les Livres Saints, » se dit Néel, possédé
par une délirante espérance, — l'espérance qui
naît de la force de nos désirs ! Et il roula pendant des jours entiers, dans cette solitude qui
met la tête en feu et change l'aspect des choses
impossibles, ce problème qui a tué tant de
cœurs acharnés à sa vaine poursuite : le moyen
de se faire aimer !

En vain passait-il, par intervalles, dans cet
esprit éperdu, cette vision, ce souvenir, cette
confidence de Calixte : « qu'elle était l'épouse
de Jésus-Christ, » il étouffait cela. Il se répé-
tait : « On peut faire relever une fille si jeune
de ses vœux, » et il reprenait l'ardent problème.

Fut-ce une intuition de la passion qui éclaira
cet ignorant jeune homme ? mais il crut,
comme s'il savait la vie, que le meilleur moyen

d'inspirer l'amour, si l'amour pouvait naître à la volonté de ceux qu'il dévore, était encore de frapper l'imagination de la femme et de déchirer sa pitié, et il finit par s'arrêter à une de ces idées qui ne pouvaient surgir que dans un cerveau comme le sien.

Ce n'est pas assez de dire que ce fut une folie, — ce fut une folie... polonaise! comme parlent encore à l'heure qu'il est ces Normands, quand ils veulent qualifier ce qui est resté pour eux incompréhensible et ce qu'ils n'auraient jamais pu concevoir d'un normand comme eux.

XIII

T ils disent bien, ces têtes rassises, ces grands jugeurs ! C'était une folie polonaise ! Le sang des Sapieha et des Zips, exaspéré par un amour à qui on faisait respirer sa proie, monta au cerveau du Normand et l'embrasa comme de la poudre ! Néel tenait du pays où la vie ne pèse pas plus que la plume qu'on porte à son bonnet, impalpable aigrette ! et où les hommes, quand ils boivent seulement à leurs maîtresses, cassent sur leur occiput de lourdes coupes de cristal qui blessent plus cruellement que des sabres, et pétrissent dans leurs mains nues leurs verres comme du sable,

pour faire pâlir après dîner les joues qu'ils aiment.

Ce fut une folie polonaise ! la vanité et
l'imagination des races Slaves y eurent autant
de part que l'ardeur du sang. Les Polonais,
qui touchent à l'Orient de la pointe de leurs
lances, reçoivent la réverbération de ce pays,
soleillant et fastueux, autant sur leurs mœurs
que sur leurs armes.

Par sa mère, Néel était Polonais ! et quelque
chose d'oriental, d'altéré d'éclat, d'amoureux du
splendide, se jouait dans sa pensée, dans sa
franchise et dans sa vaillance.

Le caftan de diamants qui manquait à cette
poitrine, faite pour le porter, il l'avait sur tous
ses sentiments et il aimait à l'y étaler. C'était
sa force ou sa faiblesse, mais c'était sa nature !
Dites-vous-le bien ! ou, comme ces Normands
qu'il révolta par son action insensée, somp-
tueuse et sauvage, vous ne le comprendriez
pas ! Tout autre aurait comme lui pu risquer
ses jours, mais il voulut les risquer d'une manière poétique, dramatique, pittoresque, qui
laisserait au moins dans l'âme de sa bien-aimée un souvenir inextinguible, s'il succombait,
— un spectacle qu'elle n'oublierait plus !

Il se prépara un magnifique suicide avec
l'art et la coquetterie d'un Sardanapale. Il
joua tout sur cette carte étincelante, — la ma-

gie d'un superbe danger ! Il y avait certainement dix à parier contre un qu'il y mourrait,
que la chance serait contre son courage : mais
s'il ne mourait pas, peut-être serait-il aimé de
Calixte, et ce *peut-être*-là valait dix fois plus
que sa vie !

Il y avait plusieurs jours que le projet de
Néel fermentait en lui, et personne, dans son
entourage, ne se serait douté de ce projet sinistre et terrible. Sa belle tête idéale avait la
même expression de physionomie. Seulement,
un peu de mélancolie, la mélancolie d'une passion cachée et qui est déterminée à jouer son
va-tout, en adoucissait l'ardente et romanesque
fierté.

Mademoiselle Bernardine de Lieusaint le
trouvait plus beau et plus touchant avec cette
teinte de tristesse qui ombrait son front, mais
cette beauté la faisait trembler. Des propos
échappés au mécontentement du vieux Bernard
contre son futur gendre avaient éveillé une
vague terreur de jalousie dans ce cœur jusque-
là tranquille.

Elle savait que Néel allait au Quesnay. Bien
souvent, quand elle avait passé par là sur la
croupe du cheval de son père, elle avait jeté de
loin, du sommet de la butte Saint-Jean, sur ce
château fermé et solitaire, le regard effrayé
d'un enfant qui regarde dans le fond d'un puits

Elle avait le pressentiment que le malheur couvait là pour elle, et Bernard sentait alors trembler sur sa poitrine ce bras si frais qui l'entourait, par-dessus sa casaque de cheval, comme un ceinturon couleur de rose.

Bernardine avait aperçu Calixte à l'église, sous son voile, et ce qu'elle avait pu en voir lui semblait singulier et funeste. Calixte l'attirait et la repoussait en même temps. Elles s'étaient quelquefois agenouillées ensemble, l'une à côté de l'autre, à la Sainte-Table. La charité de la chrétienne comprenait qu'une telle fille dût être malheureuse avec un tel père. Mais était-ce l'horreur de ce père ou le pressentiment du mal que lui causerait la fille, qui la faisait frissonner près de Calixte, lorsque son coude touchait le sien, sur les degrés de l'autel, la nappe blanche de la table sainte entre ses mains ?

On était dans les derniers beaux jours de novembre qu'on appelle l'été Saint-Martin. Néel, qui ce soir-là avait soupé avec son père et qui s'était promis d'exécuter le lendemain sa résolution, annonça au vicomte Ephrem qu'il irait le lendemain à Lieusaint et qu'il partirait de bonne heure. Il ne voulait pas réveiller le vieillard pour lui dire adieu, et il l'embrassa (ce pouvait être pour la dernière fois) avec une émotion dont le vieillard, ému lui-même, s'aperçut :

— Tu t'en vas à Lieusaint pour deux jours, et tu m'embrasses comme si tu partais pour ta première bataille !

Le vicomte ne croyait pas si bien dire. C'était, en effet, pour son fils la première bataille et il allait plus s'y exposer qu'en se mettant à la gueule même du canon.

Néel ne répondit pas, mais il ne put s'empêcher de sourire de cette sagacité paternelle, et le vicomte fut la dupe de ce sourire.

— A la bonne heure ! fit-il joyeusement, — est-ce que ta bataille n'est pas encore gagnée contre mademoiselle de Lieusaint ?...

Le lendemain, Néel se leva avant le jour, et, selon sa coutume, il descendit à l'écurie pour y préparer son départ. D'ordinaire, dans ces tournées de chasse qu'il faisait dans tous les châteaux environnants, il allait indifféremment à cheval ou dans une espèce de *briska* ramené par son père de l'émigration, d'une structure inusitée dans le pays et auquel le vicomte Ephrem donnait je ne sais quel nom polonais.

C'était une voiture très versante et très légère, car on l'avait extrêmement élevée sur ses roues pour éviter les éclaboussures de ces effroyables boues de la Pologne à travers lesquelles elle avait été destinée à passer. On n'y pouvait guère tenir que deux. Découverte, elle avait presque la grâce d'un char antique, mais il

était facile de ramener la capote de cuir néces-
saire contre la température pluvieuse et froide
du Nord.

Un seul cheval aurait suffi pour enlever
cette voiture construite d'après un système qui
la rendait extrêmement roulante, mais Néel
aimait à en mettre deux, et il lui fallait une
adresse et une vigueur de main supérieures
pour les conduire, sans accident, dans les chemins pierreux du Cotentin.

— Il va chez sa maîtresse et il veut *faire le
araud*, — pensa le vieux palefrenier Jean Bellet, qui couchait à l'écurie avec ses bêtes, quand
il le vit regarder l'essieu du briska. — Et le
brave homme, se tirant de dessous ses serpil-
lères, se prépara à atteler les chevaux qui ser-
vaient habituellement à cette voiture ; mais quel
ne fut pas son étonnement et même son épouvante, quand Néel lui dit :

— Ce ne sont pas là les chevaux qu'il faut
atteler, Jean ! mais les poulains du Mellerault.

Jean Bellet crut que son jeune maître devenait fou. Les poulains du Mellerault étaient de
l'air et du feu sous des nerfs et des muscles.
C'étaient de jeunes chevaux, effrayants d'ardeur.
Néel aimait les chevaux comme tout gentilhomme de loisir ; il faisait des élèves. Les poulains du Mellerault (comme il les appelait du
haras de ce nom) étaient des chevaux de trois

ans, magnifiques d'encolure dans leur robe d'ébène, étoilés au front, les yeux bordés du ruban de feu qui indiquait la flamme intense de leur sang. C'étaient des chevaux, selon Jean Bellet, à faire mettre à genoux tous les maquignons de la Sainte-Croix et de la Saint-Floxelles, mais ils n'avaient jamais senti ni le fouet ni le mors, et Néel parlait de les atteler !

— Sainte-Marie de la Délivrande de Rauville, — dit Jean Bellet, — y pensez-vous, monsieur Néel?

Et le vieux palefrenier stupéfait en oublia de passer la manche de sa veste.

Néel y pensait très bien.

— Je le veux! fit-il, impérieux comme toujours.

Mais Bellet, tout respectueux qu'il fût pour ses maîtres, trouva la force de lui résister.

— Vous le voulez! mais moi je ne veux pas votre mort, monsieur Néel. Je ne veux pas être chassé comme un chien galeux de la maison de votre père pour avoir aidé à vous rompre le cou. Vous pouvez jouer de la cravache, si cela vous plaît, sur les vieilles épaules qui vous ont porté tout jeune, mais les chevaux que vous me demandez, non, monsieur Néel, je ne les attellerai pas !

— Eh bien ! je les attellerai, moi ! fit Néel, blanc de colère et avec une résolution à la-

quelle le vieillard commença de comprendre
qu'il n'y avait pas à s'opposer.

— Il est timbré, pensa-t-il, mais je vais réveiller le vieux vicomte. — Et il déposait déjà
sur le coffre à l'avoine la lanterne qu'il tenait
à la main, quand Néel, qui avait vu l'intention et le mouvement à la lueur de cette lanterne : — Reste là, lui dit-il en le saisissant
par le collet, — pas un mot! pas un geste! Tu
sais ce que je veux et si je le veux! — ajouta-
t-il avec l'accent qu'aurait le bronze, si le bronze
parlait. Tu ne me quitteras que quand je serai
en voiture et hors de la cour !

— Non, monsieur Néel, — dit alors le vieillard, — je ne vous quitterai pas, puisque vous
le voulez. Mais il y a deux places dans la voiture, et, si vous y montez, j'y monte avec vous !

Néel fut touché de ce dévouement.

— Tu es un brave homme, mon vieux Jean
Bellet, dit-il au fidèle serviteur de sa maison.
Mais, si tu viens avec moi, qui soignera les
chevaux? Ils ne connaissent que toi et moi.
Il faut que tu restes. D'ailleurs, il n'y a pas de
danger, ajouta-t-il avec le mensonge d'une confiance superbe, — car il allait en courir un
terrible et il s'élançait au devant : — n'est-ce
pas toi qui, dès que ma main a su tenir des
guides, m'as appris à conduire? Tu sais si je
peux mener !

— Oui, dit Bellet, vous n'êtes pas un acho-cre[1]. Il n'y a que vous, dans tout le pays, — car me v'là vieux, — qui puissiez passer main-tenant à la Sangsurière ou dans les perditions de Gavré. Mais ces chevaux-ci sont *pucelles* de bride et d'attelage. C'est de la poudre, et vous êtes de la flamme, et quand cela se rencontre...

Un geste compléta sa pensée.

— Sois tranquille, dit Néel, je serai aussi prudent que toi, mais je veux les chevaux ! je vais chez ma fiancée. C'est une bonne occasion pour les essayer. Tiens, ajouta-t-il en lui ten-dant quelques flocons de ruban rose qu'il avait pris dans la corbeille de Calixte et qu'elle lui avait donnés, — mets-leur ceci à la têtière ! Il faut que nous soyons beaux et que nous piaf-fions, puisque nous allons faire la cour à la future châtelaine de Néhou !

— Future et prochaine, — dit Jean Bellet, à qui toute cette légèreté joyeuse de jeunesse envoya un reflet de gaîeté sur sa figure rude et tannée. Seulement ce fut le diable, pour parler comme le vieux palefrenier, que d'atteler les bêtes. Elles ruèrent, hennirent et se cabrèrent, offrant un spectacle à recommencer toutes les terreurs de Jean Bellet, s'il ne s'était appliqué sur la conscience cette raison suprême : « Après

1. Maladroit.

tout, il faut bien qu'ils soient domptés, ces rageurs-là, et monsieur Néel vaut mieux pour
cela que tous les *piqueurs* de la contrée ! »

La lutte fut longue. Quand ils furent mis à
la voiture, ils étaient déjà couverts de sueur,
tremblants dans ces liens inusités, et ils raclaient
de leurs fers avec impatience le pavé de la
remise. Néel monta, s'assit et prit les rênes. Il
faisait grand jour.

— Ne touchez pas le fouet, monsieur Néel !
dit Jean Bellet, menez-les doucement. Parlez-
leur. Ils connaissent votre voix. A présent, que
Notre-Dame-de-la-Délivrande de Rauville vous
protége ! Et claquant de la langue contre son
palais, ancienne habitude de manége : « En
route, mauvaise troupe ! » fit-il aux chevaux.
Son mot de postillon.

Tout effrayé qu'il fût de la témérité du jeune
homme, il était intéressé, comme cocher et
comme palefrenier, à la manière dont Néel s'y
prendrait pour se tirer de sa dangereuse entreprise. Il le regarda rendre la main aux chevaux étonnés et frémissants, sortir de la cour
en frisant adroitement de l'essieu les poteaux
de la barrière et enfiler le chemin du bourg de
S... « sans trop de cérémonie, » au grand trot.

— *Ça y est tout de même !* — fit-il, et il souffla
sa lanterne d'écurie. S'ils ne *farcent* pas d'ici
le Lude, ils iront à Lieusaint sans encombre.

Les chevaux sont comme les hommes. Tout
dépend de la manière de s'y prendre et des
commencements. Ils sentent fièrement bien avec
qui qu'ils sont ! Ils sont *invectifs* [1]. Hennissent-ils ! Hennissent-ils ! reprit-il, ne les voyant
plus mais les entendant jeter dans les airs, par-
dessus les haies, des hennissements furieux et
répétés !

— Ils vont s'affoler, s'ils hennissent ainsi
longtemps, — fit-il soucieux, — mais le souci
ne resta pas longtemps sur sa vieille figure.
« Bah ! reprit-il, si, comme ils disent, il y a
un bon Dieu pour les ivrognes, pour*quoi qu'il*
n'y en aurait pas un *itou* pour les amoureux ?... »

Le but de Néel n'était pas Lieusaint ; ce
n'était pas le Quesnay non plus, du moins pour
l'instant : il était de trop bonne heure. Les
persiennes fermées y dormaient par-dessus les
stores et les rideaux, quand il descendit le mont
Saint-Jean, d'un trot qui devenait de plus en
plus rapide, car les deux chevaux s'animaient,
l'un par l'autre, par le grand air, par le bruit
des roues sur les pierres, et par leurs propres
hennissements, répercutés de tous côtés par les
échos.

Comme il dévalait de la butte qu'il avait tant
de fois montée avec *elle*, il envoya de sa main

1. Méchants à force d'ardeur.

gantée et libre un baiser d'amoureux éperdu à
ces quatre murs blancs qui renfermaient la bien-
aimée pour laquelle il allait peut-être mourir.
Le briska volait dans la poussière. Les paysans
qui allaient aux champs se rangeaient sur le
bord du chemin et sentaient le vent chaud de
ses roues, quand il passait de ce train rapide.

« C'est monsieur Néel, disaient-ils, qui s'en
va de cette fois à sa noce, car il est beau
comme un *bruman*[1]. » Il avait mis ses habits
de fête, ce costume que dans son tableau de
Corinne le génie de Gérard a consacré en le
donnant à lord Nevil. Gracieusement assis
dans la conque de cette voiture découverte,
son manteau flottant derrière lui dans l'air du
matin, il rappelait, par la beauté correcte de
son visage et le calme plein de sécurité et de
puissance de son attitude, ces coureurs olym-
piques, aimés de la peinture d'alors, et il semblait s'élancer avec l'enthousiasme de la jeunesse et de l'amour vers toutes les couronnes
de la vie ! Un poète qui l'aurait rencontré eût
pensé à une ode de Pindare.

Sous sa main qui lâchait de plus en plus les
rênes, en les secouant, les chevaux eurent bientôt dépassé le Lude et dévoré l'espace qui
sépare Néhou du bourg de S... Il y entra par

---

1. Bruman, — fiancé.

la vieille rue qu'on appelle encore la *rue aux Lices*, dans cet ancien bourg féodal, brûlant le pavé sous ses roues, et il s'arrêta devant la porte de l'auberge borgne, connue sous le nom d'*Hôtel de la Victoire*, ne pouvant s'empêcher, — superstitieux comme on l'est toujours dans les circonstances décisives de la vie, — de remarquer ce nom qui lui parut d'un bon présage.

Il venait, en effet, chercher la mort ou la victoire! Parti de bonne heure de Néhou afin d'eviter l'œil et peut-être les ordres de son père, il avait résolu de mettre à exécution une pensée à laquelle certainement tout le monde, à Néhou, se serait opposé. C'était de faire boire à ses chevaux un breuvage qui les rendît sauvages, — qui leur donnât cette impétuosité surnaturelle à laquelle il allait confier sa fortune de cœur, — sur laquelle il allait jouer le tout pour le tout de sa destinée!

En revenant de la chasse aux sarcelles sur les bords de la rivière de Douve, il s'était, comme disait le vieux Picot, parfois réchauffé *la caillette* [1] avec du vin du Rhône, capiteux et turbulent, acheté par le digne aubergiste à la vente d'un curé défunt. Il en demanda deux bouteilles qu'il versa dans l'avoine de ses che-

---

1. Ou caïette — ? — le centre même de l'estomac.

vaux. « Je vais leur faire boire des éperons, »
fit-il gaiement au groupe d'oisifs, familiers à
toute cour d'auberge, qui le regardaient avec
étonnement.

De fait, c'étaient là des éperons, que ce breuvage, qui devait allumer en quelques tours de
roue, dans les veines de ces animaux, si vio-
lents déjà, un épouvantable incendie. Personne
ne se doutait de ce qui devait suivre... Ils
crurent à quelque pari forcené et ils ne s'oppo-
sèrent pas à cette frénésie. D'ailleurs, il n'était
pas très facile ni très prudent de s'y opposer.

Néel était connu comme un *crâne*. Il était
aussi *entier*, disait Jean Bellet, que ses chevaux. L'idée d'un pari, qui est une manière de
gagner de l'argent, et l'idée d'une lutte engagée
contre le plus effroyable danger, — deux sortes
d'idées qui intéressent le plus les têtes normandes, — les arrêtèrent, fascinés de curiosité,
quand ses chevaux repus et enivrés, le téméraire enfant remonta lentement sur sa voiture
et s'élança d'un galop, à fond de train, par le
chemin où il était venu. De cette fois, il avait
pris le fouet, et il en cinglait les bêtes électri-
sées, dont les pieds étaient huit éclairs !

— *Mal-au-Ventre*, mon brave garçon, — dit
le perruquier Landre à Guilbert, dit *Mal-au-
Ventre*, son voisin, — en voilà un qui ne connaît pas ta colique !

Guilbert était un poltron fieffé chez lequel la conscription du temps avait déterminé les accidents les plus grotesques et lui avait valu son surnom.

— Mais il pourrait bien, avant peu, connaître le mal à la tête ! — répondit tranquillement Mal-au-Ventre, — qui avait l'impudence de sa poltronnerie et qui était le premier à en plaisanter.

— Il est flambé ! dit un troisième. C'est tout le bout du monde s'il va jusqu'à la fontaine du Gripois.

Le briska disparu ne s'entendait même plus au loin sur la chaussée. Néel volait comme un oiseau... monstrueux !

On n'a jamais bien su et lui-même n'a pas raconté tous les détails de cette épouvantable course qui n'eut pas lieu en ligne droite, mais en spirales, redoublées les unes sur les autres, à travers les fossés et les haies contre lesquels il poussait ses chevaux et faussait les ressorts du plus moelleux acier. Ceux qui le virent emporté ainsi à travers tout dirent que ce n'était plus là une voiture, des chevaux, un homme, mais une trombe, un tourbillon, une foudre qui rayonnait en zigzags meurtriers, à travers l'espace, sifflant et embrasé. Des chiens errants le long des routes furent trouvés coupés par la moitié du corps et gisants sur le sol le

lendemain. Ils n'avaient pu fuir. Un *limonier*,
attelé à une charrette, qui ne se dérangea pas
assez vite devant cette furie', fut atteint par le
moyeu de la roue et eut le poitrail emporté.
Enfin un taureau effaré et pris de peur se jeta
sur le char lancé, et la roue, l'implacable roue,
toujours tournant, lui cassa les cornes dans ses
irrésistibles rayons !

Partout ce fut dégât et désastre ! car ce Ma-
zeppa à deux chevaux, que sa volonté seule
liait à leurs croupes, n'avait pas les steppes
infinis du désert pour s'y enfoncer. De toutes
parts, résistances et obstacles ! Il trouvait des
arbres qu'il cognait et dont il arrachait l'écorce ;
des haies qu'il trouait ; des barrières dont il
renversait les poteaux ! Il traînait après lui des
débris de toute sorte dont les chemins restaient
jonchés quand il était passé. Les chevaux fumants, écumants, toujours plus fouettés, toujours plus rapides, devinrent de plus en plus
fous. Ils couraient et marchaient dans leur
propre écume, ruisselante autour d'eux ; dans
leur propre sang qui commençait de rouler
sur leur musculature déchirée aux buissons et
de pourprer leur jais profond d'un rouge sinistre.

Quelques tours de roue de plus, ils allaient
peut-être s'abattre et rester sur le flanc, mais
Néel avait calculé l'heure. Lorsqu'après tous

ces *lacs d'amour* tracés par son briska dans
cette poussière, il monta le plateau de la lande
qui dominait le Quesnay, c'était le moment de
la matinée où Calixte venait d'ouvrir sa fenêtre
et regardait dans la campagne... Son père placé
près d'elle vit le premier, de cet œil pour lequel
il n'y avait pas de distance, la voiture lancée,
et il reconnut Néel. Mais il ne voulut pas
effrayer Calixte :

— Voilà Néel qui vient au Quesnay d'un
train terriblement rapide, dit-il froidement. On
dirait qu'il ne peut plus gouverner ses chevaux.
Ils auront eu peur et ils ont pris le mors aux
dents. Rentre, mon enfant : moi je vais descendre. J'ai le bras bon. Avant qu'ils ne soient
à la barrière contre laquelle ils peuvent se
heurter, je les aurai arrêtés.

Une pâleur affreuse sembla s'incruster dans
la pâleur habituelle de Calixte, puis elle devint
du ton de feu de son bandeau et repâlit horriblement encore... Ce fut rapide comme la pensée.

— Oh ! père, dit-elle, j'ai de votre courage.
Allez et descendez bien vite ! Il peut se briser,
sauvez-le !

Toujours et à propos de tout, elle invoquait
son père. Elle croyait à sa force comme à Dieu.
Elle avait peur pour Néel ; elle n'avait pas
peur pour son père, du moins dans ce monde :

elle ne tremblait pour lui qu'en pensant à l'éternité.

Sombreval la quitta, — traversa la cour ;
mais Néel, aperçu, il n'y avait que quelques
secondes, sur le haut du plateau, en descendait
la rampe. Ce n'étaient plus, lui, les chevaux,
le briska, que sang et boue, car il avait traversé plusieurs fondrières, et comme les chevaux qui le traînaient, il s'était aux halliers et
aux branches des arbres déchiré le visage et les
mains. Ah ! il avait calculé juste !

Du haut du plateau, il avait vu la persienne
poussée, la fenêtre ouverte, la tête qu'il aimait,
l'étoile de sa vie, y apparaître, et c'était sous
ses regards charmés d'effroi et de pitié, c'était
à ses pieds, sur les marches du perron qui con-
duisait vers elle, qu'il voulait mourir ! — Ah !
il faut qu'elle tremble pour moi, disait-il ; —
et il ne cinglait plus la croupe de ses chevaux,
il les sabrait ; — il faut qu'elle me croie perdu.
Il faut qu'elle me voie fracassé ! A force de me
frapper, peut-être, je trouverai la place de son
cœur !...

Et il se précipitait vers la barrière. Les
chevaux, au dernier degré de la furie, ne
hennissaient plus, mais criaient comme des
hommes. Tout à coup Sombreval parut et se
planta comme un cyclope entre la grille et
la voiture.

— Otez-vous de là, monsieur Sombreval !
s'écria Néel. Il faut qu'elle m'aime !

Et Sombreval, aussi sublime que le magna-
nime enfant, s'écarta.

Il avait compris et il l'admirait. Les chevaux,
dans le paroxysme d'une rage que rien ne pouvait plus augmenter, mais maintenus par le
poignet de fer qui faisait sentir la bascule du
mors à leurs bouches sanglantes, entrèrent dans
la cour comme deux flèches, et Néel, pour fati-
guer et épuiser leur fureur, — car il semblait
impossible de les arrêter en les ramenant sur
leurs jarrets, — les fit tourner autour du grand
gazon ovale, sous les yeux de Calixte, qu'il
sentait sur lui ; qui lui jetaient dans la poitrine
plus de flammes que le vin du Rhône n'en
avait versé au flanc de ses chevaux !

— Bien mené, monsieur Néel ! firent les
Herpin, accourus à l'étrange spectacle.

Quand tout à coup par un mouvement de
main d'une énergie suprême, Néel imprima à
la bouche broyée de ses chevaux une secousse,
— la secousse désespérée du dernier effort sur
lequel il avait compté. Les malheureux firent
un écart à se rompre aux aines, et ils se précipitèrent d'effarement et d'angoisse sur les marches en granit du perron. Ils y tombèrent à
faux.

Ce fut un craquement auquel répondit un

cri de la fenêtre. Néel, en s'abattant, put l'entendre encore ; mais le briska éclata, fracassé,
— et, mort ou vivant, le jeune homme roula
inanimé dans ses débris.

— A son secours ! dit Sombreval aux fermiers, — mais Lui, lui courut à Calixte. Il la
trouva sans connaissance. La main crispée de
cette fille nerveuse tenait l'espagnolette comme
une pince, et cette crispation l'avait empêchée
de tomber.

Les Herpin ramassèrent Néel, — fracassé
aussi comme sa voiture. L'un des chevaux
s'était éventré sur l'angle d'un soubassement et
perdait ses entrailles. L'autre était fourbu pour
jamais. Quand les fermiers relevèrent de dessous les débris de son attelage ce jeune homme
si beau il y avait quelques heures, si méconn-
naissable à présent, les roues flambaient. Elles
avaient pris feu !

Quelques heures après cet évènement (devait-
il être heureux ou funeste ?) Néel était couché
dans le lit que Sombreval avait fait dresser
pour sa fille dans le grand salon du Quesnay.
Le médecin de S... avait été mandé sur-le-
champ. Néel s'était, en tombant, brisé le col
du fémur et la clavicule droite. Ses bras, ses
mains, son front, avaient été déchirés par les
éclats de la voiture et les angles du perron sur
lequel il avait roulé. Les blessures étaient assez

profondes pour faire craindre des cicatrices. Le médecin, aidé de Sombreval, dont la force lui fut d'un grand secours, réduisit les os et mit les premiers appareils sur les plaies. Néel, au milieu des plus vives douleurs, ne sentait pas son mal et ne pensait qu'à Calixte... Lorsque le médecin fut parti, Sombreval, qui voulait scruter les impressious de sa fille, l'amena au bord du lit du jeune homme : « Je le mets sous la garde de tes soins, » lui dit-il ; et il les avait laissés seuls.

On voyait encore sur le visage de la jeune fille les traces de l'épouvantable terreur qui l'avait fait s'évanouir à la fenêtre.

— O Calixte ! lui dit Néel rayonnant de la voir si émue, — me pardonnerez-vous ?

— Vous pardonner ? — fit-elle étonnée.

— Oui, — reprit-il, — je voulais mourir. Je souffre tant depuis que je vous aime ! Je suis parti ce matin de Néhou avec la ferme résolution de me briser à midi sur le perron du Quesnay, — et il ajouta avec une joie presque fière, — je viens d'accomplir mon dessein.

— Oh ! — dit-elle, comme si une lueur affreuse l'avait pénétrée, et elle se cacha la figure dans ses mains pour se soustraire à ce qu'elle voyait.

— Je voulais mourir devant vous, — reprit Néel, qui continuait de frapper sur cette âme pour en faire jaillir cette goutte de vie à laquelle il voulait boire, — mourir sous vos yeux, pour qu'au moins, si vous ne m'aimiez pas, vous ne puissiez plus jamais m'oublier !

Elle resta muette un instant, ses belles mains pâles, faites pour porter la palme verte des martyrs, collées à ce visage qu'il cherchait à voir à travers ses mains.

— Otez vos mains que je vous voie, Calixte, — lui dit-il avec l'aspiration impérieuse d'un homme qui demande bien plus que la vie, que je puisse voir si vous m'avez pardonné !

Elle les ôta et il la vit. Il chercha l'amour dans ces traits, qui peut-être lui envoyèrent au cœur une espérance, car il lui sembla que la pitié y tenait moins de place que la confusion.

— Ce n'est pas à moi de vous pardonner, Néel, — dit-elle. Je suis affligée et non offensée... C'est à celui qu'on offense à pardonner, et il y est toujours prêt, vous le savez bien, mon cher Néel. Moi, je ne puis que le prier pour vous. Hélas ! je l'avais bien prié déjà. Depuis le jour où vous m'avez dit qu'être mon frère n'était pas assez, je l'ai bien prié pour vous ôter du cœur cette pensée... pour y faire descendre sa force et sa paix. Mais je ne suis pas heureuse, — ajouta-t-elle avec une adorable tristesse, — ce que je demande à Dieu, je ne l'obtiens pas !

Les larmes en vinrent aux yeux de Néel,
qui comprit et s'oublia.

— O cher holocauste ! dit-il, vous l'obtien-
drez un jour. Dieu qui vous éprouve doit exaucer une âme comme la vôtre. Vos prières le
vaincront, cher ange irrésistible, mais ne le
priez pas pour que je cesse de vous aimer
comme je vous aime. Il vous exaucerait aussi
peut-être, et je ne veux pas qu'il vous exauce !
Je veux vous aimer jusqu'à la mort, sans espoir
et toujours.

Sombreval rentra.

— Monsieur Néel, — dit-il en rentrant, j'ai
envoyé l'un des fils Herpin à Néhou pour apprendre à monsieur votre père que vous étiez
forcément l'hôte du Quesnay pendant quelques
jours. Sans votre accident d'aujourd'hui, je crois
bien que le vicomte Ephrem n'aurait jamais
mis le pied dans la maison du vieux Jean Gourgue, *dit* Sombreval. Et c'est tout simple, avec
ses idées ! mais la circonstance est impérieuse.
Le vicomte Ephrem me fait dire qu'il va venir
tout à l'heure visiter son fils.

— Merci ! monsieur, d'avoir pensé à mon
père, — répondit Néel en essayant de lui tendre une main reconnaissante.

— Au Quesnay, on pense toujours aux pères,
n'est-ce pas, ma Calixte ? fit Sombreval en prenant d'une main celle du jeune homme et en

saisissant de l'autre le cou de sa chère enfant,
dont il amena le front sous ses lèvres et qu'il
embrassa par-dessus ce bandeau qu'elle y portait pour lui.

— Le vicomte Ephrem ne tardera pas, —
reprit Sombreval, — il faisait atteler son char-
à-bancs quand le fils Herpin est parti. Herpin
n'a d'avance sur lui que parce qu'au lieu de la
route il a pris à travers les clos. Monsieur de
Néhou va donc arriver. C'est à toi de le recevoir, ma Calixte. Moi, je monte au laboratoire.
J'ai à travailler. Je n'en descendrai que ce soir.

Je n'offrirai pas au vicomte le visage d'un
homme odieux qui lui gâterait par sa présence
le bord du lit de son fils unique, malade et
blessé. Je ne rendrai pas l'hospitalité plus
pesante à un vieillard pour qui, dans les évènements de ce jour, elle est déjà assez cruelle.
Tu es là, toi, et tu es chez toi ; tu me rempla-
ces, ma Calixte aimée... Qui peut résister à
l'influence aimable et charmante qui sort de toi,
cher orgueil de ma vie? Sois donc la fée de ma
maison et fais oublier à ceux qui le haïssent le
vieux Sombreval !

— Non, monsieur, dit Néel, touché de cette
délicatesse. Restez avec nous, je réponds de
mon père. Il ne verra en vous que ce que vous
êtes..., l'ami de son fils.

— Noblement répondu ! — dit Sombreval

— mais ce serait peut-être une raison de plus
pour qu'il souffrît de ma présence. Vous êtes
jeune, Néel, et vous avez du cœur : mais moi
je connais les hommes, et j'ai le droit de me
défier d'eux. Ce que je suis à votre père, aucun service rendu à son fils ne pourrait l'effacer. Je serai toujours pour lui un... Il s'arrêta en voyant l'air de sa fille et n'acheva pas
le mot terrible. Puis en reprenant : Ne fai-
sons donc pas des visites d'un vieillard d'horribles corvées, et que, sans dégoût, il puisse
revenir, quand il lui plaira, s'asseoir au chevet
de son enfant.

Néel insista en vain, — fortement, — Calixte
aussi, mais d'une voix plus faible, car elle avait
conscience de l'effet que produisait son père,
et son séjour dans ce pays où tant de détails
avaient marqué cet effet redoutable n'avait pu
la blaser sur la honte, — l'immense honte qu'elle
n'épuisait pas ! La tache d'un rouge hâve qu'elle
avait presque sous les yeux, tant c'était haut
sur la pommette pâle ! révélait toujours cette
honte, quand elle y pensait... Mais Sombreval
ne voulut rien entendre, et il se sauva.

— Quel homme, Calixte, que votre père ! —
dit Néel, car sincèrement il l'admirait.

— Ah ! fit-elle, c'est plus qu'un génie, c'est
une âme, lui qui ne croit pas à l'âme ! Pauvre
père ! Mais voici le vôtre, Néel, j'entends sa

voiture dans la cour ; — et elle alla jusqu'à la fenêtre dont elle fit retomber le rideau.

— Il n'est pas seul, ajouta-t-elle en revenant vers le lit de Néel, — deux autres personnes l'accompagnent et sont descendues du char-à-bancs après lui.

— Ah ! s'il y a du monde avec mon père ! dit Néel contrarié, ce ne peut être que monsieur de Lieusaint et sa fille ! Il n'y a qu'eux qui puissent venir me voir.

XVI

’ÉTAIENT eux, en effet. Ils étaient
à Néhou, venus du matin même,
quand la nouvelle de l'accident de
Néel y avait été portée par le fils
Herpin. A cette nouvelle qui les
atteignait presque autant que le vicomte lui-
même, Bernardine s'était évanouie. Elle aimait
Néel et le regardait toujours comme lié à elle
par la promesse, quoiqu'elle sentît bien qu'il
ne l'aimait plus.

Doublement malheureuse ce jour-là, l'énergie
ne lui était revenue que quand on avait parlé
d'aller voir le blessé au Quesnay. Pendant tout
le temps du trajet avec son père et le vicomte,
cette idée du Quesnay lui faisait plus de mal

que l'idée de Néel brisé, abîmé, peut-être mourant.

Oui, cette idée qu'il allait passer, là, bien des
jours, — on parlait de quarante, seulement sans
se lever du lit où il gisait, — dans cette maison où il était bien trop allé, peut-être, la pensée que cette Calixte dont elle était jalouse déjà
et qu'elle ne pouvait s'empêcher de trouver si
belle et si touchante, pourrait soigner son fiancé, à elle, et que n'étant que sa fiancée, elle ne
pourrait disputer ce bonheur à une étrangère,
la mordait au cœur, sous son châle bleu qu'elle
tenait croisé dans ses mains crispées, silencieuse
au fond du char-à-bancs, pendant que les deux
vieillards parlaient de la chute de celui qu'ils
appelaient également leur fils.

Ces vieillards, qui étaient deux soldats et
qui avaient vu sur les champs de bataille de
bien autres blessures que celles de Néel, étaient
calmes, malgré leur tristesse. Mais, quand ils
entrèrent dans ce salon où Néel était étendu,
l'œil plein de feu, la bouche souriante, malgré
ses douleurs, parce qu'il avait près de lui son
dictame vivant, *sa* Calixte, ils retrouvèrent la
gaieté et la plaisanterie d'hommes forts qui
n'ont pas élevé dans du coton leur progéniture
et qui aiment les périls, gaillardement bravés.

— Diable ! chevalier, — dit le vicomte que
l'air de son fils électrisa, — tu vas bien, — un

peu roide pourtant ! Un cheval éventré, l'autre
sur les dents, ruiné à jamais ! le meilleur briska
de la Pologne en quarante morceaux comme
un flacon de vin du Rhin qu'on jette d'un quatrième étage, et toi, en trois ou quatre morceaux
aussi, à ce qu'il paraît...

— Bah !... une cuisse cassée... qu'est-ce que
cela ? — fit Néel, qui était de sa race et qui
regarda Calixte avec la coquetterie triomphante
de l'espèce de martyre qu'il souffrait pour elle.

— J'ai eu la jambe brisée en trois endroits,
— reprit le vicomte, — et trois mois après,
jour pour jour, je pinçais si fort mon cheval à
la bataille de..... qu'en roulant les quatre fers
en l'air dans cette carrière que le brouillard
nous empêchait de voir, et où nous nous en-
gouffrâmes tout un escadron de hulans, j'empor-
tai avec moi ma selle, croupière rompue, sangle
brisée, comme si j'avais été vissé et pattefiché
sur son cuir.

Cependant Bernardine restait les dents serrées
sous ses belles lèvres roses. Son œil, si doux
d'ordinaire, affreusement dilaté maintenant,
allait incessamment du visage de Néel au visage de Calixte, et du visage de Calixte retour-
nait au visage de Néel. C'était l'attention fixe
et perçante qui dominait en elle d'ordinaire et
qui n'était pas méchante encore, quoiqu'elle
eût un sillon creusé par la peine entre ses deux

sourcils d'or bruni. Elle voulait savoir s'ils
s'aimaient. Elle était venue pour cela encore plus que pour le voir, *lui*. Esclave de
cette avide et cruelle préoccupation, elle avait
oublié de s'asseoir dans le fauteuil que Calixte
avait traîné vers elle, et, debout, les bras appuyés
sur le bois doré du lit où Néel était étendu,
avait — serrée comme elle l'était dans son
châle bleu qu'elle tenait toujours collé à ses
hanches et qui lui faisait comme une tunique
par-dessus sa robe sombre — l'attitude pensive
de la Polymnie. Immobile, elle observait en
silence. Elle s'imbibait lentement de douleur.
Elle s'en pénétrait pendant que son père et le
vicomte Ephrem disaient leurs joyeusetés autour de Néel, exalté, triomphant, et couché sur
ce lit de soie verte avec l'air superbe qu'il aurait
eu sur un pavois de lauriers.

« Il l'aime ! » — pensait-elle, mais il lui était
impossible de savoir si Calixte partageait
l'amour qu'elle inspirait à Néel. Calixte, la
pure et tranquille Calixte, échappait au regard
qui l'étudiait et qui cherchait en elle l'ombre
d'un trouble. Elle y échappait comme l'éther
échappe à la vue dans les profondeurs bleues
du ciel. « Elle est peut-être trop malade pour
aimer, » se disait Bernardine, car le bruit qui
courait dans le pays, et qui était venu jusqu'à
elle, d'une incompréhensible maladie qui dévo-

rait Calixte, était justifié par l'étrange et pâle
matidité de son teint et par ce bandeau qui lui
liait le front à la maison comme à l'église et
qui cachait, sans doute, quelque plaie par laquelle s'en allait la vie. « Cependant, disait
ingénument en soi la pauvre Éprise, si je n'a-
vais, moi, que deux jours à vivre, je l'aimerais
encore ces deux jours. » Cette idée d'une mort
prochaine menaçant une rivale qu'elle croyait
heureuse, puisqu'elle la croyait aimée, ne cau-
sait pas, du reste, de joie amère à ce cœur que
la jalousie déchirait sans le dépraver. Cette
jalousie n'était pas cruelle. Et comment l'aurait-elle été avec Calixte, avec cet agneau ?
Calixte, qui n'avait jamais eu d'amie, qui avait
passé son enfance solitaire dans l'intimité sérieuse de son père et de son aïeul, éprouvait
alors pour la première fois cette sympathie des
êtres jeunes les uns pour les autres, et elle la
montrait délicieusement à cette fille de son âge
dont elle voyait le cœur avec le regard intuitif
de l'innocence. Elle devinait que mademoiselle
de Lieusaint aimait Néel et commençait d'être
jalouse, et la pitié qu'elle avait pour Bernardine lui faisait prendre mille adorables précautions pour ne pas augmenter le mal dont l'infortunée était atteinte.

Les cœurs qui souffrent ont leur finesse.
Bernardine comprit et fut touchée. Elle était

sous le charme dont avait parlé Sombreval. Ils
y étaient tous ! Les deux vieillards, gens de
l'ancien monde et d'une société où les femmes
tenaient beaucoup de place, reprenaient le ton
de leur jeunesse avec cette douce personne qui
leur paraissait tout à la fois imposante et touchante, et ils montraient la plus belle chose peut-
être qu'on puisse admirer dans la vie, la majesté de la vieillesse inclinée devant la pureté
de la jeune fille, — de presque un enfant ! En
la regardant, ils oubliaient son origine.

Quand, suivant l'immémorial usage en Normandie, elle leur offrit le verre de vin hospita-
lier qui s'offrait encore à cette époque dans
toute visite à la campagne, ils acceptèrent. Ils
ne se souvenaient plus qu'ils étaient au Quesnay, chez l'*abbé* Sombreval, et qu'ils allaient
mettre entre eux et lui le lien de ce verre de
vin, pris sous son toit et versé par la *fille au
prêtre !*

— Nous avons passé le Rubicon, Lieusaint,
— fit à voix basse le vicomte à son ami en lui
montrant la couleur du vin dans son verre,
pendant que Calixte, pour vaquer à ses soins
de maîtresse de maison, s'était un instant éloi-
gnée. — Après ce vin là (comment le trouvez-
vous ?) nous ne pouvons plus nous dispenser de
lui parler de son père !

Aussi, comme elle revenait vers eux : — Mademoiselle, fit le vieillard en belle humeur, remerciez pour nous tous, et surtout pour moi, monsieur votre père, et dites-lui bien que de tout ce que nous avons trouvé chez lui, ce n'est pas son vin qui nous a semblé le meilleur, quoiqu'il soit fort bon !

Et ce n'était pas là une vaine politesse. Quand il fut remonté dans son char-à-bancs et qu'il eut repris la route de Néhou : — Il faut avouer, compère, dit-il à M. de Lieusaint, — que Dieu permet quelquefois au Diable de travailler aussi bien que lui. Comprenez-vous que ce prêtre marié de Sombreval ait une fille pareille à celle que nous venons de voir ?...

M. de Lieusaint en était tout aussi étonné que le vicomte, et ses inquiétudes le reprenaient. Il n'osait pas exprimer devant Bernardine les pensées que ce qu'il venait de voir lui inspirait, mais il sentait, ainsi qu'il le dit le soir même au vicomte, que « c'était le mariage de Néel qui avait versé et qui s'était cassé la tête et les jambes. » — Et si ce n'était que cela, ajoutait-il, nous sommes de trop anciens amis, compère, pour que nos relations ne résistent pas à cette culbute, mais le cœur de Bernardine en sera brisé.

Pendant sa visite au Quesnay, il avait été frappé de la profonde altération des traits de sa fille et de son silence. Mais il n'avait pas

tout vu, M. de Lieusaint. Les jours sont courts
à la Saint-Martin et la nuit tomba vite sur le
char-à-bancs, attardé par le mauvais état des
routes. Bernardine s'était placée derrière les
deux vieillards au fond de la voiture pour y
pleurer tout à son aise les larmes qu'elle avait
jusque-là réprimées.

Elle les versa dans le bouquet que lui avait
donné Calixte et dont elle se voilait le visage,
en les respirant. Calixte avait cueilli pour
Bernardine les plus belles fleurs de la serre du
Quesnay.

Ces magnifiques fleurs, apportées avec une
générosité si sincère par cet ange, — cet *Ange
blanc* (comme l'appelait Néel), qui aurait
voulu donner avec à Bernardine la paix du
cœur, brûlaient les mains de la jalouse par la
pensée que ces fleurs venaient de la femme
qui lui prenait le cœur de son fiancé, et elle
fit un mouvement pour les jeter furtivement
dans la fondrière du Bocquenay, quand ils y
passèrent. Mais quelque chose du charme de
Calixte était infusé dans ce bouquet, et elle le
garda.

— Ce n'est pas sa faute, après tout, à elle,
s'il l'aime ! pensa-t-elle.

Et, le visage enseveli dans les fleurs qu'elle
ne jeta pas, elle prit ce soir-là une résolution
héroïque, celle de renoncer à Néel pour tou-

jours. Comme toutes les femmes qui aiment à s'enterrer vives de leurs propres mains, elle ne parla de sa résolution à personne. Seulement, le jour que Bernard de Lieusaint et le vicomte Éphrem retournèrent voir leur blessé au Quesnay, elle voulut encore aller avec eux.

Elle y vint donc, grave, calme, et déjà pâle, avec une tache de pêche meurtrie aux joues. Ce n'était plus cette Bernardine, qu'on aurait dû appeler Ambroisine bien plutôt, si l'on avait pu deviner l'espèce d'ambroisie qu'il y aurait un jour dans sa beauté savoureuse ! Elle y fut douce avec Calixte dont elle prit mélancoliquement la main qu'elle garda longtemps dans les siennes.

Néel s'étonnait et s'émerveillait de cette douceur dont il imputait le miracle à la puissance irrésistible de la bien-aimée. Mais, quand l'égoïste amoureux voulut, pour lui marquer sa reconnaissance, lui serrer la main, à la fin de sa visite, mademoiselle de Lieusaint la retira sans rudesse, et en la retirant elle laissa sur le lit la petite boîte en galuchat si connue de Néel et qui renfermait les topazes sibériennes et l'opale arlequine de la belle Polonaise,

— Ah ! dit-il, heureux et délivré du lien quelle venait de dénouer plutôt que de rompre, Bernardine ne veut plus des bijoux de ma mère. Elle a compris, Calixte, que je vous aimais !

Il avait ouvert l'écrin qui renfermait les parures maternelles, et Calixte, enfant et femme tout ensemble, pencha curieusement son front sur ces pierres qui renfermaient des fascinations.

— Voici l'anneau de ma mère ! — dit Néel avec l'ardeur d'une prière qu'il ne faisait pas.

Elle l'entendit, et secouant avec mélancolie son front penché auquel le feu orangé des topazes envoyait des lueurs mystérieuses :

— Rendez-le à qui vous l'aviez donné, — fit-elle. Vous avez mon secret, Néel ; moi aussi je suis promise ; mais je serais libre, que ce n'est pas moi qui pourrais jamais séparer les deux mains que Dieu a unies.

— Mais nous ne sommes pas fiancés — comme vous l'entendez, Calixte ! — reprit Néel. Nos pères seuls, à Bernardine et à moi, se sont entendus pour ce mariage...

— Mais les pères, Néel, c'est Dieu sur la terre ! — interrompit-elle ; et, comme Sombreval, qui allait toujours se cacher au fond de son laboratoire, quand les Néhou et les Lieusaint venaient au Quesnay, rentrait dans la chambre : — N'est-ce pas, père ? ajouta-t-elle avec une coquetterie filiale, croyant qu'il l'avait entendue.

— Ah ! Dieu, c'est toi ! répondit-il en l'enlevant joyeusement sur son cœur avec ses mains noires de son fourneau et de sa chimie. Si les pères étaient Dieu sur la terre, est-ce que toi tu résisterais au tien !...

Ce mot gaiement lancé, mais qui disait pour la première fois devant Néel de Néhou qu'il y avait une chose sur laquelle Calixte ne cédait pas au désir ou à la volonté de son père, fit monter le rouge passager de la confusion sur le visage de la pure enfant, comme si elle eût été coupable.

Dans l'intimité où ils vivaient tous les trois, elle ignorait qu'il y en eût une autre entre Néel et Sombreval. Elle ignorait qu'ils se fussent rencontrés, un soir, chez la Malgaigne, qu'ils se fussent parlé, qu'ils se fussent tout dit, qu'ils eussent mis enfin en commun leur désir de la voir rentrer dans la santé et dans la vie par le mariage et par l'amour, et comploté presque l'un et l'autre contre la tranquillité de son cœur !

Elle savait que son père, cet homme d'une sagacité si redoutable, avait pénétré l'amour de Néel et qu'il le voyait avec joie. Comme il l'avait confié à Néel dans le chemin de Taillepied, Sombreval parlait souvent à Calixte de cet amour du jeune de Néhou et du bonheur qu'il aurait de la voir mariée à ce bel et noble enfant, mais il avait toujours trouvé une résistance absolue aux sentiments qu'il voulait faire naître, et c'est à cette résistance qu'il venait de faire illusion.

Hélas! ils se résistaient tous! La vie n'est faite que de résistances. Quand elles ne viennent pas des évènements qui composent l'indifférente destinée, elles viennent jusque des êtres que nous aimons le plus. Néel, pour la première fois, en refusant de rendre à Bernardine les bijoux de sa mère, résistait à Calixte elle-même.

Calixte résistait à l'amour de Néel et au désir de son père, qui voulait la voir mariée, heureuse et guérie ; et lui, à son tour, Sombreval, résistait à sa toute-puissante Calixte vaincue, qui voulait le ramener à Dieu et qui ne le pouvait pas !

Et le temps qui passait ne diminuait point ces résistances. Elles jetaient entre eux une tristesse qu'ils sentaient, mais qu'ils ne se reprochaient pas. Sans cette tristesse dont il avait sa part, sans cette certitude de n'être pas aimé comme il voulait l'être de cette créature inouïe de charme, mais désespérante de fermeté, Néel aurait été, sur son lit de douleur, le plus heureux des hommes.

Les quarante jours de repos et d'immobile attitude nécessaires à sa guérison, passaient

bien vite pour ce jeune impatient qui, à Néhou
par exemple, se serait dévoré de rester si longtemps à la même place, cloué sur ce lit insup-
portable, même quand on n'y souffre pas, aux
êtres d'une activité si bouillante.

Néel mettait toute sa vie dans la contemplation de Calixte. Il ne sentait rien que sa vue,
comme les fakirs qui ne sentent pas la douleur
dans leur extase et vivent absorbés dans la
chimérique vision de leur dieu. Il faut avoir
été soigné par une femme aimée pour savoir
toute la profondeur et toute l'ivresse de ce bonheur lentement dégusté, dont chaque goutte
est un infini! Il faut avoir senti autour de
son pauvre visage enfiévré les souffles chargés
de vie de la robe qui renferme la femme qu'on
aime; il faut l'avoir longuement regardée,
debout devant vous, attendant que vous ayez
bu la potion calmante qui ne vous calmera pas,
parce qu'elle l'a touchée, et être retombé de cette
contemplation éperdue au fond de l'oreiller,
relevé par elle, et où vous sentez errer le long
de vos tempes ses mains fraîches! Délices qui
payeraient mille fois la vie!

Vous figurez-vous ce qu'elles furent pour
Néel pendant ces quarante jours d'intimité sous
le plafond de la grande chambre du Quesnay?... Il n'aurait pas été insensé déjà de Calixte qu'il le serait devenu. Seul le plus sou-

vent avec elle (Sombreval étant toujours à ses fourneaux et d'ailleurs espérant toujours que du tête-à-tête l'amour jaillirait un jour pour sa fille), il lui parlait sa passion pour elle avec des flammes d'expression qui l'auraient enfin pénétrée, si elle n'avait pas mis entre elle et lui cette croix de la chrétienne qui est le meilleur bouclier.

Dans ces longues conversations au bord du lit de Néel, Calixte revint plus d'une fois à ces bijoux répudiés par Bernardine et que Néel avait été presque heureux de reprendre, quand elle les avait rapportés. En les reprenant, il s'était comme repris lui-même à mademoiselle de Lieusaint, car à ses yeux les bijoux portés par sa mère et donnés à Bernardine formaient comme une chaîne qu'il aurait eu peut-être la superstitieuse faiblesse de ne pas briser. Tous les sentiments profonds sont-ils autre chose que des superstitions de nos âmes? Il y avait plusieurs sentiments dans sa manière d'aimer sa mère. Il l'aimait parce qu'elle était une mère adorable, et il l'aimait encore comme un astre charmant qui s'était couché derrière la première aurore de sa vie, et sur ces pierreries il en retrouvait les rayons !

— Maintenant, disait-il en étalant les richesses de son écrin sur sa courte-pointe de soie verte, — ah ! maintenant ces bijoux, ces reliques vénérées, qui ont encore le parfum de la peau de ma mère, ne seront à personne... ou seront à vous, ma Calixte chère ! Il n'y a que vous de digne à mes yeux de porter ce qu'elle porta ; ce qui fut longtemps autour de son cou, sur son front, autour de ses bras ! — Et, enfant comme tous les amoureux, il voulut un jour attacher un de ces bracelets autour du poignet délié de Calixte.

— Voyez-vous ! — lui dit-il en lui montrant le diamètre de ce bracelet, dentelle d'or, semis d'étoiles en pierreries, chef-d'œuvre d'un orfèvre polonais du dix-huitième siècle ; — il n'y a que vous qui puissiez passer à votre bras cette merveille de fée. Les gros bras roses de Bernardine n'y tiendraient jamais... Vous seule avez le bras assez fin pour entrer dans le bracelet de ma mère ; et il essaya de le lui agrafer.

— Non, — dit-elle, de souriante devenant tout à coup sérieuse, en retirant doucement le bras qu'il avait pris, — la règle de mon Ordre s'y oppose, Néel !

Par un tel mot, elle lui rappelait cette étonnante confidence dont elle l'avait foudroyé un jour. Elle lui rappelait ce qu'elle était, — la Carmélite cachée encore aux yeux des hommes, mais vouée à Dieu et acceptée ! Le front de Néel, guéri des blessures de sa chute, retrouva sa veine de colère.

Il trouvait Calixte si belle qu'il la croyait parée quand elle ne l'était pas, et que, pour la première fois, en la regardant, il s'apercevait que ses mains n'avaient pas de bagues, et que ses pauvres charmants bras étaient entièrement nus dans les manches flottantes d'une robe de laine brune.

— Monsieur Sombreval, lui dit-il, le soir, quand ils furent seuls, — j'ai voulu donner aujourd'hui à Calixte le bracelet que préférait ma mère.

— Si elle l'avait pris, — répondit Sombreval, qui lut dans la tristesse de Néel, — vous étiez aimé ! C'était là un symptôme ! Moi qui suis comme tous les idolâtres, enragé de parer mon idole, j'ai rempli ses coffrets d'une masse de bijoux à tourner toutes les têtes de jeunes filles, excepté celle de ce Chérubin qui ne va vêtu et orné que de sa lumière. Eh bien ! je suis resté avec mon bagage de vieil orfèvre et ma courte honte, car de tous ces bijoux dont les femmes raffolent, elle n'a jamais voulu rien porter !

XVII

EPENDANT mademoiselle de Lieusaint ne revint pas au Quesnay. Les deux pères y revinrent seuls tous les cinq à six jours, quand les chemins étaient praticables. On était en hiver. Bernardine, dans la délicate pudeur de sa jeune fierté, n'avait probablement rien dit à son père, puisque M. de Lieusaint n'avait pas retiré sa parole au vicomte de Néhou et qu'entre eux le projet de mariage subsistait toujours.

Le vieux Bernard n'en avait pas moins le front chargé de beaucoup de soucis. Il sentait bien que sa Bernardine était malheureuse,

qu'elle portait jusqu'au cœur une effroyable
meurtrissure. Toutes les fois qu'il venait au
Quesnay, ce vieux normand que l'intérêt alarmé
de sa fille rendait observateur, se prouvait
davantage à lui-même que Néel aimait Calixte.

Le vicomte Ephrem se l'attestait aussi, mais
il n'en souffrait pas, du moins au même degré.
De jour en jour, il était plus enthousiasmé de
cette virginale enfant chez qui la sublimité de
l'expression ne tuait pas la grâce et dont il
comparait la beauté, pour lui donner la palme,
à tout ce qu'il avait vu de plus adorablement
beau dans ses caravanes d'émigration. — Je
crois, — disait-il un soir en revenant du Quesnay avec cette légèreté de leur jeunesse que
les hommes de son temps ne perdirent jamais,
— que, si j'avais l'âge du Chevalier, je ferais,
ma foi ! la cour comme lui à cette ravissante
fillette, quand même ce serait pour le mauvais
motif, Bernard !

— La-cour ! répondit en grommelant M. de
Lieusaint ; — vous voilà bien, compère, avec
les idées que nous avions dans les hulans, lorsque nous croyions qu'aucune femme ne pouvait
tenir contre la tournure de nos pelisses et la
flambante manière dont nous les portions : mais
votre Néel ne fait pas la cour à Calixte. Il
aime et se laisse dévorer par une folie qui
sera incurable demain. Je vous le dis, moi qui

ai de bonnes raisons pour voir clair. Quand Néel se retrouvera sur ses jambes, il n'aura plus de cœur du tout dont il puisse disposer.

— Ainsi fracassé d'abord, — fricassé ensuite ! dit gaiement le vieil Ephrem incorrigible, en aspirant avec le geste historique de Frédéric de Prusse une longue prise de macoubac dans une fine boîte à médaillon sur laquelle était peinte la belle Gaétane-Casimire de Zips, coiffée à la polonaise, avec un bonnet placé moins bas que le bandeau de Calixte, mais qui le rappelait.

— Tenez, compère ! ne trouvez-vous pas qu'elles se ressemblent ? fit-il avec cette touchante préoccupation des vieillards qui croient revoir dans un dernier mirage ceux qu'ils ont aimés dans ceux qu'ils aiment ; — et il tendit la miniature à M. de Lieusaint, qui la connaissait.

— Allons donc ! — dit brusquement M. de Lieusaint, contrarié de la sympathie et de l'admiration de son ami, — Le tokay vous toque, mon compère ! car, le diable m'emporte ! c'est bien parfaitement du tokay que nous avons bu aujourd'hui à la santé et aux prochaines relevailles de votre fils ! Voilà pourtant les révolutions ! Du tokay chez Jean Gourgue Sombreval, un manant fait pour boire toute sa vie l'eau des mares ! Savez-vous que les armes de

France et d'Autriche étaient encore sur le cachet de la bouteille ? Dans quelle cave d'émigré le vieux Satanas du Quesnay a-t-il volé un pareil trésor ?...

— Cela doit-être, compère, fit le vicomte en clignant l'œil, le tokay de notre voisin le duc de Coigny, à qui la pauvre reine en avait donné dans le temps un panier qu'il eût regretté toute sa vie, s'il n'avait pas été guillotiné par cette benoîte révolution.

Lors de la pillerie du château, le bonhomme Desfontaines, du bourg de S..., qui n'était ni blanc ni bleu, mais un usurier et un fessemathieu sur toutes les coutures, acheta pour rien les bouteilles qui restaient, et il les aura sans doute revendues à Jean Sombreval. Tout apostat qu'il est devenu, Sombreval a été prêtre et, comme ses confrères, grands connaisseurs en bonnes choses, il est peut-être un robuste partisan de la tisane de bois tordu, — quoiqu'après tout nous n'en sachions rien par nous-mêmes, puisque nous buvons son meilleur vin sans qu'il y goûte, et qu'il a l'esprit de décamper de chez lui dès que nous y arrivons.

Tout en parlant ainsi ils avaient, dans leur char-à-bancs envasé, atteint le sommet de la butte Saint-Jean. « Laissez souffler vos chevaux une minute, Bellet ! » cria le vicomte ; et Jean Bellet, qui menait en postillon, se mit à

siffler à la manière de tous les postillons du
monde, quand ils veulent délasser leurs chevaux. La nuit tombait, mais on y voyait assez
pour se conduire.

Les deux vieillards décrochèrent le tablier de
cuir du char-à-bancs et descendirent pour se
réchauffer les pieds, en battant la semelle contre les pierres du chemin. Une fois à terre,
bien enveloppés dans leurs houppelandes, ils
se mirent à regarder dans la vallée qui noircis-
sait. Le Quesnay, perdu sous ses bois, n'était
plus distinct, mais on voyait ses hautes lucarnes, en œils-de-bœufs, éclatant de cette
âpre lueur rouge qui s'y allumait tous les soirs.

— C'est donc le Quesnay que cette rangée de
feu là-bas ? dit le vicomte. Eh ! pardieu, oui,
c'est bien le Quesnay ! Ce sont les fourneaux,
dans les combles, de ce vieux souffleur de
Sombreval qui a gagné, à ce qu'il paraît, toute
sa fortune dans la chimie, et qui continue son
métier ! Dans la nuit, comme nous voilà, c'est
presque d'un effet sinistre, et doit pousser aux
mauvaises pensées et aux mauvais bruits sur
l'ancien prêtre. Avec ce cercle de lucarnes en
feu, on dirait que le Quesnay porte la couronne de l'enfer.

— Et c'est la couronne de l'enfer aussi, —
dit une voix calme auprés des deux vieillards ;
— ce n'est pas une apparence, un faux sem-

blant, c'est la vérité ! Oui, c'est la couronne de
l'enfer, car c'est la couronne de la science cu-
rieuse, de l'espérance insensée, de l'orgueil qui
lutte contre Dieu, et cette couronne dévore
ceux qui la portent, que ce soient des édifices
ou des hommes !

— Eh ! c'est la grande Malgaigne, — dit le
vicomte Ephrem, qui reconnut la grande fileuse
de la contrée. — Vous rôdez bien tard par ici,
la mère, et vous avez encore un fier bout de
route devant vous, si vous retournez ce soir
coucher à Taillepied.

— Que oui, j'y retourne, monsieur de Néhou,
répondit-elle avec respect. Je m'en viens de journée, et je suis dans les chemins comme dans
la vie, — une attardée et une esseulée, — pour
qui l'heure n'est plus rien, ni la vie, ni les chemins non plus ! J'ai ouï dire aux Herpin, dont
j'ai rencontré hier la charrette près le Vey du
Pont-aux-Moines, que vous iriez au Quesnay
aujourd'hui, et l'idée m'a prise de m'arrêter à
la butte pour vous demander des nouvelles de
la santé de monsieur Néel. Mais je m'étais
tout absorbée en moi-même, comme ça m'arrive toujours en regardant les lucarnes du
Quesnay, vomissant leurs flammes comme des
fours à chaux dans la nuit, car j'ai bercé dans
mes bras celui qui les allume et que leur feu
doit, tôt ou tard, consumer !

— En effet, reprit le vicomte, je sais que
vous avez vu le Sombreval enfant et que vous
lui avez été maternelle, ne vous doutant
guère de ce qu'il deviendrait un jour et du ca-
deau que vous feriez à la contrée !

— Vère ! — dit-elle avec une énergie familière, — je l'ai ramassé et lavé quand il était
petit, et quand il a été un homme, il m'a méprisée, moi et les autres, car il n'a jamais *entendu qu'à lui* et au démon, son maître, et
voilà comment ce qu'il avait d'idée, de sens et
d'invention, s'est tourné à sa perdition éternelle. Alors, je le sais bien et je m'en confesse,
je n'étais guère bonne non plus moi-même !
Lorsqu'il n'était encore, lui, qu'au seuil du
mal, j'avais déjà les deux pieds dans le bourbier de devant la porte, mais la grâce de Dieu
m'en a retirée, tandis que lui s'y est enfoncé
toujours plus avant, comme le porc dans son
ordure.

— Et si profondément, ajouta M. de Néhou,
qu'il ne vous connaît plus probablement, maintenant, la vieille mère, qui l'avez soigné quand
il n'était qu'un marcassin dans la bauge de
son père, et qu'il ne veut pas que vous approchiez de sa maison, puisque vous voilà ce soir à
la belle étoile, à m'attendre, pour des nouvelles
de mon fils Néel, au lieu d'en demander au
perron du Quesnay, en passant.

— Si je n'en demande pas, fit-elle, ce n'est pas ce que vous croyez, monsieur le vicomte. Non ! il n'a pas été ingrat. Il a été orgueilleux, têtu, bien indomptable, bien impie, un vrai Nabuchodonosor de vices : mais du moins il n'a pas ajouté l'ingratitude au dur compte qui lui sera demandé un jour. Quand il est revenu au pays et qu'il n'a pas craint d'acheter le Quesnay d'un argent qui lui venait de son apostasie, comme les trente deniers de Judas, puisque c'était la dot (qu'on disait) de celle qu'il avait épousée, il n'a pas eu honte de la vieille femme qui l'avait peigné et débarbouillé pendant qu'il n'était qu'un marmot, gardant nu-pieds la vache à son père. Oh ! non, il est venu à moi le premier et par plusieurs fois à Taillepied, au bourg et partout, me disant que je l'appelasse Jean devant le monde, comme au temps où il n'était qu'un écolier en camérie, au bourg de S..., et me tourmentant pour mettre bien des choses, dont je ne voulais pas, dans les poches de mon tablier.

Nombre d'autres fois, il m'a suppliée par lui et par son enfant, qui est bien plus que lui-même à ses yeux, de venir au Quesnay et d'y vivre quand je serai lassée de ma quenouille et que la salive me manquera pour mouiller mon fil. Mais j'ai tout repoussé, tout rejeté ; je me suis fait l'oreille dure ; j'ai été têtue comme lui,

je n'ai voulu *entendre à rien ni à personne*. J'a·
vais mon idée, et il la savait !

— Quelle idée ? — dit Bernard de Lieusaint
qui s'était tu jusque-là et que l'intérêt saisis-
sait aussi à la parole de cette femme, simple
et mystérieuse, qui ne parlait jamais impuné-
ment deux minutes, quels que fusssnt le rang
ou l'esprit de ses auditeurs.

— *Ceci doit rester entre nous deux*, fit-elle.
Seulement ne dit-on pas, monsieur de Lieusaint,
que ceux qui boivent à la même terrine s'ex-
posent à trouver au fond la même couleuvre ?...
Si ce n'était pas la place à Jean Gourgue, autrefois l'*abbé* Sombreval, que l'ancien château
du Quesnay, troqué par la misère de ses maîtres contre de l'argent qui sue le sacrilège, la
magie et l'impureté, ce n'était pas celle non
plus de la vieille Malgaigne, la fileuse à la
journée.

Aussi je le laissai seul dresser son front endurci sous ses solives qui se rompront peut-
être un jour pour l'écraser ! Je ne remontai
plus le perron que j'avais tant monté et descendu du temps des anciens maîtres, et ma
main ne se posa pas une seule fois sur la grille
de la cour ou sur la grande porte de la ferme,
qui est à côté, si ce n'est pour y effacer l'injure
à la craie que j'y trouvais le matin, en allant
faire ma journée, et qu'en passant j'y essuyais !

— Il est donc toujours aussi honni, aussi
méprisé, aussi haï que dans les premiers temps
qu'il vint s'installer ici ? fit le vicomte. Cependant il vit bien retiré et bien seul... Il ne fait
pas une grande poussière ! S'il a l'orgueil que
vous dites, la Malgaigne, c'est un orgueil ha-
gard et farouche qui s'écarte des autres plus
qu'il ne les brave ! Voilà mon compère Bernard
de Lieusaint et moi qui venons de voir Néel
aü Quesnay, et qui depuis un mois y allons
régulièrement toutes les semaines. Eh bien !
là, dans sa maison même, nous n'avons jamais
rencontré ni vu Sombreval.

— Et malgré cela, fit-elle à son tour, monsieur le vicomte, malgré son retirement de
toute société et son assiduité à la messe et aux
vêpres auprès de sa fille ; malgré bien des
chanteaux[1] de pain et bien des fagots portés
chez les pauvres de Monroc et de Néhou, qui
ne veulent pas venir chercher à sa porte les
morceaux et les os de la semaine, et qu'on ne
voit plus le dos contre le grand mur de la
cour, les mercredis et les samedis, comme du
temps des anciens maîtres, c'est toujours la
même malédiction sur lui quand on en parle,
et rien n'y fait ! pas même son enfant, qui est
bien un enfant-Jésus d'enfant pour la douceur

---

[1] Le morceau de pain du ménage, en Normandie.

et pour la bonté ; qui leur crie assez grâce
pour son père, mais qu'ils n'entendent pas,
avec toute sa beauté de bonne Vierge, ses per-
fections et ses vertus !

— Mais ils finiront par l'entendre ! dit une
autre voix qui s'éleva tout à coup sur la
butte. N'est-il pas écrit dans ce livre de vie
et d'espérance : « Frappez, et l'on vous ou-
vrira ? »

— Ah ! monsieur le curé de Néhou ! —
s'exclama le vicomte, qui en sa qualité d'ancien
chasseur de bécasses, y voyait sans lunettes
dans la nuit et la brume mieux que dans son
paroissien à la messe en plein jour, — vous
nous écoutiez donc, pour avoir su de qui nous
parlions ?

— Etait-ce donc si difficile, monsieur le vicomte ? répondit le curé. On parlait de perfection et de vertus demandant grâce pour un
coupable. Est-ce avoir manqué à la charité
que d'avoir deviné à ces paroles la nouvelle
châtelaine du Quesnay, mademoiselle Calixte
Sombreval ?

— Certes, non, curé, — fit cordialement le
vicomte. Sans dire du mal de vos paroissiennes,
vous n'en avez pas beaucoup dans le genre de
celle-là. C'est une fille digne d'un meilleur
père et qui honorerait une bonne race. Je ne
l'avais aperçue encore que dans votre église,

mais je la vois maintenant toutes les semaines,
comme une sœur de charité et de providence,
autour du lit de mon fils Néel, qui n'a pu être
rapporté à Néhou, à cause de la gravité de sa
chute et de ses blessures, — mais qui marchera
dans quelques jours, la Malgaigne ! Et maintenant je comprends l'enthousiasme que je vous
ai vu quelquefois pour elle, monsieur le
curé.

— L'enthousiasme, fit tristement le curé, est
bien difficile à qui confesse et pratique les
âmes. Lequel d'entre nous, après dix ans de
ministère, pourrait avoir un autre enthousiasme que celui que le grand Apôtre appelle
la *Folie de la croix*, et qui est notre sagesse ? Et
cependant c'est la vérité ! mademoiselle Calixte
est un de ces vases d'élection fleuris de Dieu
qui peuvent ranimer l'enthousiasme éteint,
même dans le cœur austère d'un prêtre. Les
saints sont peut-être au-dessus des anges
parce qu'ils souffrent. Mais cette enfant a les
deux natures. Elle est ange et sainte :
ange par la pureté, sainte par la douleur !

Et la voix du curé trembla. Un inconnu qui
eût passé par là et qui l'eût entendue aurait
trouvé qu'elle tremblait trop. Mais ceux qui
l'écoutaient connaissaient le curé de Néhou.
Ils savaient que l'eau réservée au calice au
fond duquel va s'accomplir la Transsubstantia-

tion divine n'était pas plus pure que l'âme de
ce prêtre qui parlait de pureté. Ils le connaissaient, et il faut aussi vous le faire connaître,
avant d'aller plus loin dans cette histoire, car
nous devons encore l'y rencontrer.

C'était un homme d'un âge peu avancé, qui
avait apporté à l'autel des facultés plus faites
pour le service de Dieu que pour celui des
hommes, car au service des hommes elles
brisent toujours celui qui les a. Il possédait
une de ces natures délicates qu'on s'étonne toujours de voir vivre dans l'air épais de cette vie,
tant elles sont organisées pour respirer l'air du
ciel !

Né avec une imagination mélancolique et
charmante, qui rappelait celle de Gray dans
son *Cimetière de campagne* ou de Wordsworth
dans sa délicieuse ballade *Nous sommes sept,*
poète d'instinct et de génie, il avait, en devenant prêtre, commencé par jeter son génie
dans la flamme de son sacrifice ; puis il y avait
jeté son âme tout entière. Or, s'il s'était résigné à n'être jamais un grand poète, il trouvait
plus amer et plus difficile de se résigner à
n'être pas un grand saint.

Perdu pour toujours dans les soins d'une
cure chrétienne et presque inamovible avec
l'état des mœurs et des diocèses d'alors, il
n'aurait jamais, comme saint Vincent de Paul,

de monceaux d'enfants à ramasser dans les
boues d'une grande ville, ni de femmes de la
cour à qui il pût dire : « Ils seront tous morts
demain, si vous les délaissez. » Dieu, qui
éprouve les cœurs qu'il aime, lui avait donné
une âme héroïque inutile et condamnée aux
plus humbles vertus.

Poète deux fois, réduit deux fois aux proses
de la vie ! Après avoir quêté pour les pauvres
de Monroc et de Néhou dans les châteaux voisins où il n'avait à essuyer aucun refus ; après
avoir mis en secret les deux tiers de sa cure
dans le tronc de son église et donné sa dernière
chemise aux malades qu'il administrait, comme
saint Martin donnait son manteau, il avait
épuisé tout ce qu'il pouvait faire de bien dans
les médiocres conditions où la Providence l'a-
vait placé.

Le poids de l'immense charité qu'il aurait
voulu étendre sur le monde lui restait donc sur
le cœur et le lui oppressait.

De même qu'il avait rêvé les dévouements
des Vincent de Paul et des François-Xavier,
il avait aussi rêvé la sublimité du martyre ; et,
quoiqu'il en eût un terrible à supporter chaque
jour dans sa propre maison, — une mère folle
qu'il n'avait jamais voulu abandonner, — il se
trouvait petit de toutes les façons devant Dieu
par la douleur et par les œuvres.

Sans doute, il s'acceptait ainsi, — mais il
n'en souffrait pas moins de cette petitesse de
mérite, et c'était là son infirmité ! Comme Jésus-Christ au jardin des Olives, il ne priait pas
pour que le calice s'éloignât de lui, mais pour
qu'il s'approchât au contraire, et qu'il pût y
boire à longs traits comme son divin Maître ;
et c'était là son *calice*, à lui, de ne pouvoir se
désaltérer à cette absinthe que Dieu a laissée
pour boire après lui, à ceux qu'il préfère.

Mystique à la manière de saint Jean de la
Croix et de saint Bonaventure, s'il n'avait pas
pas été l'enfant craintif et soumis, — le brin
d'herbe tremblant dans la lumière, — il aurait
incliné, disaient les doctes, vers une mysticité
trop tendre. Son cœur qui fondait de pitié aurait
submergé la doctrine. Il s'en fondait, mais il ne
s'en épuisait pas : citerne toujours pleine qu'a-
limentait le ciel !

De jour, c'était un grand jeune homme tout
d'une venue, mais d'une certaine grâce dans sa
maigreur longue, — comme un peuplier ou un
tremble ; se penchant comme l'un et palpitant
comme l'autre au souffle de la moindre pensée !
Il portait une soutane râpée, mais propre jusqu'à la dernière effilure du tissu rongé par
l'usage, et il en relevait, pour la préserver, la
queue dans ses poches, car c'était sa soutane
de tous les jours et de cérémonie, qu'il fallait

déployer sur les marches du chœur, quand il officiait à l'église.

Son visage, d'un ovale allongé, avait la pâleur de l'ivoire jauni d'un crucifix exposé à l'air d'une cellule, et les yeux, qui adoucissaient encore ce visage, étaient du même bleu épuisé qui veinait ses belles mains fines et longues, dignes de porter, sans gants, le saint ciboire, et d'offrir l'hostie aux lèvres virginales des premières communiantes.

Le seul luxe de cet homme de simplicité, c'était les jours de fête un peu de farine de pur froment jeté en guise de poudre sur ses cheveux blonds d'Éliacin, ses cheveux de diacre, comme il disait, et que les soucis du prêtre n'avaient pas flétris encore. Il s'appelait l'abbé Méautis.

Sa mère, une brave femme du peuple du bourg de B..., restée seule avec une fille de quatorze ans, pendant qu'il faisait sa dernière année de séminaire, avait perdu cette enfant d'une manière affreuse.

Un soir, en se baissant au foyer pour allumer la lampe de la veillée, la jeune fille avait incendié sa robe d'une étoffe légère, et, malgré les secours qu'on lui porta, elle avait été enveloppée et dévorée instantanément par la flamme. La mère, sortie quelques instants pour aumôner une pauvre voisine, rentra et trouva sa

fille qui mourait, en lui souriant, car elle ne
souffrait plus : le terrible travail du feu sur la
colonne vertébrale avait consumé jusqu'au siège
de la douleur. Du coup la malheureuse femme
devint folle, mais d'une folie aussi déchirante
que son malheur. Sa vie ne fut plus qu'une
idée et qu'un geste. Elle tenait perpétuellement
le bas de sa robe ou de son tablier contre sa
poitrine dévastée avec une crispation pleine
d'épouvante ; et quand elle l'avait froissé et
macéré en l'étreignant ainsi contre elle, elle
l'étendait sur ses genoux et disait horriblement : « Oh ! on pouvait l'éteindre ! » et fondait en pleurs... Excepté cette parole et cette
navrante pantomime, répétée automatiquement
vingt fois par jour, elle ne parlait ni ne bou-
geait plus.

Comme tous les fous tristes, elle restait
constamment à la même place, assise par terre
ou sur ses talons, s'usant la tempe contre le
mur où l'on avait été obligé de clouer un bout
de matelas pour qu'elle ne se brisât pas la
tête. Dévorée par une fièvre interne qui la
maigrissait, quand elle mangeait, elle ne prenait rien que de la main de son fils. « Il la
changeait même de tout, comme un enfant, —
disait Manette le Quertier, — la servante du
curé, une bonne fille, mais qui n'aurait pas,
pour tout l'argent qu'il y avait à Néhou, tou-

ché à cette folle dont la vue seule « lui tournait le sang. » Quand l'abbé Méautis n'était
pas à l'église ou chez ses malades, il était auprès de la malheureuse insensée, épiant, espion-
nant, attendant un éclair de lucidité qui ne
venait jamais. Il disait son bréviaire à côté
d'elle : — et des mains qui avaient offert le
divin Sacrifice, il faisait mieux que de laver
des assiettes comme saint Bonaventure ; il la-
vait pieusement les souillures de cet objet immonde et sacré.

Il avait toujours beaucoup aimé sa mère,
mais la pitié, qui était le génie de son âme,
communiquait à son sentiment filial quelque
chose de surnaturel. Le nom même de mère,
ce nom seul à prononcer lui fondait le cœur, et
comme dans ses instructions à l'église et au lit
des mourants, il était bien obligé, le pauvre et
saint pasteur, de parler de la Mère du Dieu-
Homme, il ne pouvait s'empêcher de s'arrêter
un peu, avant de prononcer ce nom de mère
et de refouler un sanglot... et rien n'était plus
éloquent que cette hésitation sublime pour qui
savait l'histoire du curé et son infortune ; rien
n'était plus puissant sur les cœurs et ne les
amenait mieux à lui !

Un tel homme ou plutôt une telle âme avait
dû se prendre pour Calixte d'une sympathie qui
n'a pas de nom dans les langues de la terre,

mais qui en a un, sans doute, dans celle des
Élus. Dès son arrivée au Quesnay, Calixte était
devenue la pénitente de l'abbé Méautis. Il
avait remplacé l'abbé Hugon.

Calixte avait pu verser à ses pieds, dans la
la confession, tous les secrets de sa destinée, et
il n'avait pu s'empêcher de la comparer à la
sienne. Elle faisait, en effet, auprès de son
père, — auprès du génie coupable, — ce qu'il
faisait, lui, auprès de sa mère, — auprès de la
folle innocente, et c'était lui peut-être qui était
le moins malheureux ! Du reste, il croyait,
comme l'avait cru l'abbé Hugon, que Calixte,
cette fille de Jephté, dont il savait le sacrifice,
obtiendrait de Dieu la conversion de Sombreval ;
— et c'est cette idée, passée en lui à l'état de
certitude, qui lui avait fait répondre comme il
y avait répondu, aux paroles de la Malgaigne,
quand il était arrivé sur la butte.

Cette idée, il l'exprima de nouveau. Il y insista, mais il trouva devant lui une incrédulité
à laquelle il ne devait pas s'attendre, et ce ne
fut point de la part du vicomte Ephrem, attiré
par l'aimant de Calixte à tout croire. Ce ne fut
même point de la part de ce renard madré de
Bernard de Lieusaint, jaloux comme un père
qui voyait une rivale de Bernardine en Calixte
Sombreval, et qui lui aurait tout refusé, excepté le Paradis, s'il en avait eu la clef dans

sa poche. Mais ce fut de la part de la grande
Malgaigne, qui s'était tue jusque-là.

— Pardonnez-moi, monsieur le curé, — dit-
elle enfin. Vous savez mon respect pour vous
et ma confiance dans la prière, mais Sombreval
ne se convertira jamais. Mes Voix me disent
qu'il est damné !

— Quelles voix ? dit Bernard de Lieusaint.

— Les Voix que j'entends quand je marche
seule, le long des chesnaies, en m'en revenant de
l'ouvrage, — répondit la grande fileuse. Depuis
plus de vingt ans que je les entends et qu'elles
m'avertissent, elles ne m'ont jamais abusée.
Sombreval est perdu !

Elle dit cela avec un accent si convaincu et
en même temps si triste, que l'abbé Méautis
crut de son devoir de réagir contre une impression qu'elle lui faisait partager peut-être et qui
inquiétait sa charité.

— Vous qui êtes une chrétienne et même
une bonne chrétienne, la Malgaigne, — fit-il
avec une sévérité pleine d'onction encore, —
comment osez-vous préjuger les jugements de
Dieu sur une âme à qui, dans sa miséricorde,
il a laissé la liberté de se repentir ?...

Mais elle n'écouta ni n'entendit l'objection du
prêtre, et suivant sa pensée :

— Ah ! cela m'a fait assez de peine, s'écria-t-
elle, cela m'est un assez dur crève-cœur que

de savoir qu'il n'y a plus de ressource et qu'il
est perdu sans espoir ! Je me suis assez débat-
tue contre mes Voix, quand elles m'annoncè·
rent sa perdition, mais elles ne se sont jamais
démenties et elles m'ont soumise à la fin ! Et
v'là bien des années, car, même avant qu'il re-
parût dans le pays, je causais de lui, quand
j'étais seule avec mes pensées. Vère, sa fille,
la Sainte de Néhou, ne gagnera le ciel que
pour elle, mais le père est réservé au feu.

— Et même dès cette vie, à ce qu'il paraît,
— dit le vicomte Ephrem avec la légèreté
d'un grand seigneur qui plaisante de tout, —
car voyez comme les combles du Quesnay bril-
lent ! Votre vieux damné de Sombreval est,
pardieu ! bien capable de l'incendier un de ces
soirs, s'il continue à se chauffer de ce bois-là.

— Ah ! — fit la Malgaigne, dont la tête se
montait toujours vite, dès qu'on parlait de
Sombreval, — il vaudrait mieux pour lui qu'il
roulât vivant dans les feux qu'il allume que
dans ceux qui lui couvent déjà sous les pieds !
Pour ceux-là, rien ne les éteindra, ni prières,
ni larmes. Non ! quand on en verserait autant
qu'il y a de gouttes d'eau dans l'étang du
Quesnay ou de feuilles qui y tombent par les
ventées d'automne !... Croyez-vous que je n'aie
pas prié et pleuré ?... Certes ! mes prières ne
pèsent pas devant Dieu le poids de celles de

Calixte, la sœur des Saints Innocents, et l'eau
croupie de mes vieux yeux ne compte pas devant ses belles larmes, mais Dieu prend tout et
ne regarde pas, comme l'avare, au denier
qu'on lui donne, et j'ai donné tout ce que
j'avais !

J'ai payé bien des messes pour Sombreval
avec les sous de ma journée. J'ai fait bien des
des douzaines de communions et suis allée
bien des fois, pieds nus, à la Délivrande du
Mont de Rauville, et ç'a été en vain ! Les
Voix ont ri de moi et m'ont dit avec ironie :
« Tu pleurerais à creuser le caillou du chemin
et tu vidrais tous les ciboires de leurs hosties
que tu ne pourrais pas le sauver ! »

— Taisez-vous ! dit l'abbé Méautis, pour
cette fois sévère ; c'est assez de visions comme
cela ! Vous êtes ma pénitente, la Malgaigne,
et comme votre pasteur et votre confesseur, je
vous défends de mêler ces honteuses et sacrilèges folies aux notions que l'Eglise nous
donne de l'inépuisable bonté du Sauveur !

Le ton qui accompagnait ces paroles si peu
ordinaires à ce prêtre, aussi doux que l'était
son nom, imposa silence à l'enthousiasme de la
Malgaigne, qui se tut comme si Dieu lui-même
avait parlé. Réprimandée par un homme à qui
la réprimande coûtait un effort et était plus
amère qu'à la personne qui la méritait, la vieille

filandière, confuse et troublée, resta un instant
sur la butte après que le vicomte de Néhou et
Bernard de Lieusaint furent remontés dans le
char-à-bancs où ils donnèrent place au curé.
Elle aimait et respectait son pasteur. Elle le
regardait avec juste raison comme le plus saint
prêtre de la contrée, et ce qu'il lui avait dit
avec une voix qu'il n'avait jamais avec elle lui
était allé droit au cœur.

Intelligente comme elle l'était, elle avait bien
compris tout le sens des paroles du curé, et
elle les opposait, dans sa conscience remuée,
aux superstitions qui dominaient sa vie et as-
servissaient sa crédulité. Sa nature donnée,
c'était déjà beaucoup pour elle que la Chrétienne eût ployé un instant cette tête halluci-
née, car la Visionnaire devait la relever, mais
plus tard. Aujourd'hui, toute à l'impression
que venait de lui causer l'abbé Méautis, elle
descendit la butte Saint-Jean, aussi agitée de
voir dans la nuit de son âme deux vérités con-
traires, en qui elle croyait également, que si
elle avait vu, des yeux de son corps, deux so-
leils !

C'était un tel désordre en elle qu'elle dépassa
la grille du Quesnay sans l'apercevoir. — « Si
le prêtre avait raison ! se disait-elle. Si tout
n'était pas dit et qu'il fût temps encore ! Si
mes Voix étaient de fausses Voix ! ! les men-

teries des Mauvais Esprits qui *déganent*[1] les
bons dans les airs quand la nuit est tombée,
— car le Démon, c'est le Prince des Airs et
des Ténèbres ! » — Et rejetée de ce côté par
sa pensée, elle revint brusquement sur ses pas
et fit ce qu'elle n'avait pas fait depuis que
Sombreval était au Quesnay.

Elle passa son bras entre les barreaux de la
grille, qu'elle ouvrit, et bravement entra. La
nuit était noire et sans étoiles. Les Herpin
dormaient dans leur ferme comme ils dormaient
tous au château, excepté Sombreval qui, selon
son usage, veillait sous son toit, brillant comme
un phare. Et c'était un phare, en effet, allumé,
non plus sur l'abîme de la mer, mais sur les
abîmes de la science, et pour sauver aussi
la vie à un être qui périssait !

Tout était si profondément silencieux dans
l'air de cette nuit tranquille qu'on entendait
par une des lucarnes, restée ouverte, sans
doute à cause de l'extrême chaleur du laboratoire, le ronflement de la flamme, grondant
dans le fourneau du chimiste.

— Sombreval ! — cria la fileuse, d'une voix
à laquelle son émotion donna de la force, —
Sombreval !

Il parut dans l'orbe de flammes, et comme

1. Contrefont.

les sens de cet homme complet valaient son intelligence :

— C'est toi, la Malgaigne, qui m'appelles, dit-il. Attends, ma vieille mère, je descends !

Quelques secondes après, il ouvrait la porte vitrée du perron et descendait, un flambeau à la main.

— Ah ! dit-il joyeusement, car il sortait de faire une expérience dont il était content et il espérait — tu te décides donc à venir au Quesnay, ma vieille entêtée ?

Mais, avec un mot, la Malgaigne souffla sur sa joie :

— J'y viens, mais je n'y entre pas, fit-elle. Et toi, Jean, qui m'appelles entêtée, tu es plus entêté que moi !

— C'est toi qui m'as élevé, — répondit Sombreval avec ironie. — Il n'est plus temps de te plaindre de ton œuvre, la Malgaigne. Molle d'abord, l'argile devient dure, et la main qui l'a pétrie ne l'arrache pas du mur dont elle joint les pierres, une fois qu'elle y a séché.

— Mais les murs, même bâtis à la chaux, se renversent, — fit-elle presque irritée. Et pourquoi ne renverserais-je pas tout cet orgueil que j'ai bâti de mes deux misérables mains ?... Pourquoi, moi qui ai fait le mal et qui m'en repens, ne pourrais-je pas le réparer, en te ren-

dant semblable à moi, comme je suis maintenant, après t'avoir fait d'abord comme j'étais ?...
Sombreval, Jean Sombreval, écoute-moi. Je
t'adjure de m'écouter encore cette fois. Ce sera
a dernière.

Il ne s'agit pas de ta vie ce soir, comme le
jour de l'étang. Il ne s'agit pas de Calixte, ni
de Néel de Néhou, ni de tes espoirs fous ou
des siens. Vous êtes tous perdus ! Vous vous
croyez vivants, vous ne l'êtes plus. Vous êtes
morts. Je vous vois tous morts, couchés dans
vos tombes, aussi clairement que si le dessus
en était de verre. Il ne s'agit plus, Jean, de
rien de toi que de ton âme, — de ton âme qui
ne mourra point parce que tu meurs et qui
peut-être, disait tout à l'heure l'abbé Méautis,
n'est pas encore condamnée au tribunal de
Celui qui doit tout juger ! Ah ! mon pauvre
Jean ! est-ce que tu ne feras rien pour ton
âme ? Tu n'es pas remonté sur l'étang. Tu ne
m'as pas crue, mais tu as donné cette
joie à ta fille de ne pas remonter sur cette
eau.

Eh bien ! ne me crois pas encore, mais donne
à cette enfant, mise, par toi, vivante dans le
Purgatoire, de te savoir au moins délivré de
l'Enfer ! Tiens, je m'en retournais à Taillepied
et j'avais déjà dépassé ta demeure ; une idée
m'a saisie. Il y a des idées qui sont la main

de Dieu dans les cheveux !... C'est cette main-
là que j'ai sentie me lever de terre et me porter ici pour te jeter ce dernier cri : « Aie pitié
de ton âme, Jean ! »

Tu as renié comme Pierre, mais Pierre a
pleuré. N'imite pas Judas, toi qui as été un
apôtre : n'aurais-tu donc plus rien d'un homme ?
N'y aurait-t-il donc plus rien, — ce *qui s'appelle rien*, — que je puisse remuer dans cette
poitrine que j'ai tant réchauffée contre la
mienne, quand tu étais petit ?...

Et avec l'autorité familière et tendre d'une
mère, elle caressait de sa main sèche cette
poitrine d'Ésaü qu'il avait à moitié nue, car, à
son fourneau, Sombreval se mettait à son aise
comme un forgeron. A la voix de la Malgaigne,
il était venu tout à coup comme il était là-
haut, cette nuit-là, avec sa chemise ouverte,
sa cravate rejetée, et ses cheveux balayés de
son front jupitéréen par l'ardente main de la
Préoccupation.

Mais il n'y avait plus que les foudres de la
matière qui pussent pénétrer dans cette poitrine endurcie :

— Si Calixte y a perdu ses larmes, tu me
pardonneras de ne pas t'écouter, ma vieille
mère, — dit-il avec une bonté calme qui expi-
rait au bord du mépris, mais qui n'y entrait
pas.

— Ah ! je ne suis pas ta vieille mère, Jean,
et tu me l'as prouvé ce soir, fit-elle désespérée.
— Elle sentait amèrement que tout se brisait
contre cet homme de bronze, — plus dur que
le pied de bronze du flambeau qu'il tenait à la
main et qui lui éclairait sa tête nue,
forte et impassible, comme un globe qui obéit
à sa loi !

— Je crois au sang, — fit-il, le chimiste, —
et que rien ne peut le remplacer ! Il fait ce que
vous autres appelez l'âme. Il fait les sentiments,
la famille, l'amour de l'enfant pour la mère
et de la mère pour l'enfant. Mais tu le vois,
la Malgaigne, mon sang, ma chair, ma Calixte
n'obtient pas plus de moi que toi de son père.
N'en parlons plus, — ajouta-t-il, — et entre au
lieu de rester à ma porte ! La nuit est épaisse ;
Taillepied, loin ! Viens t'asseoir et te chauffer
au feu du fourneau de ton fils Jean. Nous nous
rappellerons l'ancien temps. J'ai des cordiaux
pour ta vieillesse :

Mais pleine d'un ressentiment farouche :

— Moi ! entrer chez toi, Jean ! fit-elle. Tu
viens de murer la seule porte par laquelle
j'aurais pu passer !

Et son visage, pâle comme un linceul, recula, et disparut du cercle lumineux que formait la lueur du flambeau de Sombreval, au
bas du perron, sur le gazon ovale. Sombreval

le leva plus haut pour voir plus loin, et il
aperçut la grande fileuse qui, le dos tourné,
s'en allait muette dans l'ombre... Il ne la rappela pas.

Que lui aurait-il dit ? Il faillit prendre son
bâton de houx et la suivre pour la protéger à
cette heure de nuit, dans ces chemins creux que
l'on apppelle encore présentement dans le pays
des *Males Rues*. Mais il écarta vite cette pensée. Il avait à reprendre sa tâche, — le travail
dans lequel il usait ses nuits ; et oubliant tout
comme Newton, dans l'absorption de ce problème, auquel il pensait toujours, il prit le
perron et remonta.

FIN DU TOME PREMIER

Achevé d'imprimer

le douze juin mil huit cent quatre-vingt-un

PAR CHARLES UNSINGER

POUR

ALPHONSE LEMERRE, ÉDITEUR

A PARIS